SARA BILOTTI
DIE VERFÜHRTE
Eleonoras geheime Nächte

SARA BILOTTI

# Die Verführte

Eleonoras geheime Nächte

Roman

Deutsch von Bettina Müller Renzoni

blanvalet

Die Originalausgabe erschien 2015 unter dem Titel
*La colpa* bei Giulio Einaudi Editore s.p.a., Turin

Der Verlag weist ausdrücklich darauf hin, dass im Text
enthaltene externe Links vom Verlag nur bis zum Zeitpunkt
der Buchveröffentlichung eingesehen werden konnten.
Auf spätere Veränderungen hat der Verlag keinerlei Einfluss.
Eine Haftung des Verlags ist daher ausgeschlossen.

Verlagsgruppe Random House FSC® N001967

1. Auflage
Copyright der Originalausgabe © 2015 by Sara Bilotti
Copyright der deutschsprachigen Ausgabe © 2016 by Blanvalet
in der Verlagsgruppe Random House GmbH,
Neumarkter Str. 28, 81673 München
Redaktion: Angela Troni
Umschlaggestaltung: © www.buerosued.de
Umschlagmotiv: © www.buerosued.de
KW · Herstellung: kw
Satz: Buch-Werkstatt GmbH, Bad Aibling
Druck und Bindung: CPI books GmbH, Leck
Printed in Germany
ISBN 978-3-7645-0581-3

www.blanvalet.de

# 1

In der Menschenmenge erkannte Eleonora das Gesicht ihrer Mutter, das gefasst und ergriffen zugleich wirkte, die Augen tränennass. Rita, gerade erst angekommen, streifte zwischen den Gästen umher und starrte fassungslos auf den von dichten Ranken überwucherten Burgturm.

Obwohl sie sich seit Monaten nicht gesehen hatten, begrüßte Rita ihre Tochter nicht. Sie sagte lediglich: »Sieh nur, was die Engländer angerichtet haben mit ihrem absurden Fimmel, alles zu restaurieren. Was soll so schön daran sein, etwas zu erneuern, das die Zeit abgenutzt hat? Gar nichts, sag ich dir.«

Um zu verstehen, was ihre Mutter meinte, folgte Eleonora ihrem Blick und betrachtete den Turm, der Ende des neunzehnten Jahrhunderts in gotischem Baustil restauriert worden war. Die vorstehende Galerie mit den Zinnen erinnerte entfernt an den Wachturm an der Burgmauer, ohne allerdings den Stil getreu wiederzugeben.

Eleonora wandte sich ihrer Mutter mit einer Mischung aus Zärtlichkeit und Wut zu, jenen beiden Gefühlen, die ihre Jugend am stärksten geprägt hatten.

»Hallo, Mama. Wo warst du denn? Du bist erst ganz am Schluss in die Kirche gekommen, und dann habe ich dich aus den Augen verloren.«

»Hallo, mein Schatz.« Rita nahm einem der Kellner in Livree ein Champagnerglas aus der Hand und ging nicht weiter auf die Frage ihrer Tochter ein. »Zum Glück haben sie uns mit historischen Kostümen verschont.«

Eleonora küsste ihre Mutter auf die Wangen. »Was trinkst du, Mama?«

»Champagner«, antwortete Rita mit einem angedeuteten Lächeln. Dann erblickte sie Corinne, und ein Strahlen überzog ihr Gesicht.

Die Braut sah in dem schlichten, bodenlangen weißen Kleid aus wie ein Engel. Ein Kranz aus Jasminblüten krönte ihre Stirn und umrahmte die hellen Augen. An diesem Tag verkörperte Corinne jene Verheißung, die ihre Kindheit bereits hatte erahnen lassen und die sich später verflüchtigt hatte.

»Rita!«

Corinne drückte sie fest an sich, während Rita in der Bewegung innehielt und die Arme ausgebreitet ließ.

»Du bist tatsächlich gekommen!«

»Natürlich bin ich gekommen, schließlich heiratet meine geliebte Corinne. Lass dich anschauen.« Sie ließ den Blick über Corinnes zarten Körper gleiten. Die Braut so glücklich zu sehen brachte Rita in Versuchung, sie vor der Vergänglichkeit aller schönen Dinge zu warnen. »Du bist wunderschön.«

Hinter Corinne erschien Alessandro, und alles Strahlen ging von der Braut auf den Bräutigam über, obschon er ein schwarzer Engel war.

»Sie müssen Eleonoras Mutter sein.«

»Ja, richtig. Ich bin Rita Sannino.«

Alessandros Miene blieb reglos, während Ritas Pupillen sich weiteten und sie das Bild des attraktiven Mannes in sich aufnahm.

»Alessandro Vannini. Es ist mir eine große Freude, Rita. Gefällt es Ihnen hier?«

Er breitete die Arme aus, als wäre er der Besitzer des Anwesens, das ihm in Wahrheit aufgezwungen worden war. Alessandro hätte die Hochzeit gern in den prächtigen Gärten der Villa Bruges gefeiert, statt die beeindruckende, aber düstere Burg von Vincigliata zu mieten. Es war ihm vorgekommen, als hätte er die legendäre Spukgestalt von Bianca gesehen, die ihn aus einem der Turmfenster beobachtete, während er Corinne das Jawort gab.

»Die Burg stammt aus dem Jahr eintausend und wurde im Laufe der Jahrhunderte mehrmals zerstört und wieder aufgebaut, bis …«

»… bis man sie schließlich zu einer Kopie ihrer selbst gemacht hat«, fuhr Rita fort und leerte mit einem letzten Schluck das Champagnerglas. »Wenn der Mensch die Geschichte nicht beeinflussen kann, fühlt er sich machtlos.«

Alessandro machte ein verdutztes Gesicht. Beunruhigt über die effekthascherischen Bemerkungen, mit denen Rita gern herausplatzte, wandte Corinne sich mit einem angedeuteten Lächeln ab und zog ihren Ehemann mit sich fort.

Eleonora schaute den beiden nach, die Augen auf Alessandros breiten Rücken und Corinnes Schulterblätter geheftet, die wie abgebrochene, an den Rückenwirbeln befestigte Flügel aussahen. Sie stellte sich vor, wie Alessandro seine Frau in der Hochzeitsnacht gewaltsam nehmen würde, ungeachtet aller Wunden, auch seiner eigenen.

»Dann hat sie also ihren Traumprinzen gefunden«, sagte Rita und griff nach einer neuen Champagnerflöte.

»Wo ist eigentlich dein Mann?«

*Herrje, mein Mann.* Konnte man Emanuele ihren Mann nennen?

Eleonora hatte auf diese Auszeichnung verzichtet und Emanueles Vorschlag abgelehnt, auf seinem Hof mit ihm zusammenzuleben. Seither hatte ihre Beziehung Höhen und Tiefen erlebt. Es gab Zeiten, da dachte sie, es keinen einzigen Tag ohne Emanuele aushalten zu können. Dann wieder kam es ihr schäbig vor, dass sie sich mit der zweiten Wahl begnügt hatte, genau wie Denise und wer weiß wie viele andere Frauen vor ihr. Emanuele dagegen besuchte Eleonora zwar regelmäßig in ihrer kleinen Wohnung in Florenz und vögelte sie wie ein junger Gott, sah aber keine Notwendigkeit, mal ein romantisches Rendezvous zu organisieren oder etwas mit ihr zu unternehmen, wie Paare es üblicherweise tun. Möglicherweise ließ er ihr einfach Zeit herauszufinden, was sie wollte, oder es passte ihm ganz gut in den Kram. Selbst im weiteren Umkreis um die Villa Bruges herrschte Verwirrung.

Eleonora schaute sich um, bis sie Emanuele entdeckte. Er war allen Ernstes in abgenutzten Jeans und einem blauen Hemd auf der Hochzeit seines Bruders erschienen, ohne Rücksicht auf die Gäste. Als Corinne ihn deshalb vorwurfsvoll angefunkelt hatte, erwiderte er ihren Blick mit einem lässigen Augenzwinkern. Eleonora hätte ihn ohrfeigen können. Nun stand er da, einen Drink in der Hand, während wieder einmal eine Frau um ihn herumscharwenzelte. Sie sah ihm allerdings ziemlich ähnlich, vielleicht war es ja eine seiner Cousinen.

»Es gibt keinen Mann«, antwortete Eleonora gedankenverloren und beschloss, sich ebenfalls etwas zu trinken zu holen.

In dem von einem alten Gemäuer umschlossenen Burghof befand sich der Auslöser für ihre Verwirrung, und zwar in Gestalt des Brüderpaars Emanuele und Alessandro. Emanuele war ein unwiderstehlicher und energischer, aber von Schuldgefühlen gebeutelter Mann und unfähig, einer Frau Sicherheit zu bieten. Alessandro dagegen war sehr labil, traumatisiert von den Misshandlungen, die er als kleiner Junge erlitten hatte, und unfähig zu lieben. Die beiden Männer waren in ihr Leben getreten und hatten es völlig durcheinandergebracht.

»Wie kann das sein?«

Was sollte die Frage? Es war, als würde Rita die Drehbücher der Leben von Eleonora und Corinne sorgsam in einer Schublade aufbewahren, sie laufend miteinander vergleichen und dabei absurde Abweichungen feststellen.

»Entschuldige mich bitte, Mama«, sagte Eleonora. Während sie sich entfernte, dachte sie bei sich: Dich vertrage ich nur in homöopathischen Dosen.

Während sie auf Emanuele zuging, fühlte sie sich plötzlich unwohl in ihrem leuchtend roten Kleid und den goldfarbenen High-Heels-Sandaletten. Sie kam sich overdressed vor und fragte sich, warum sie ausgerechnet diese Farben und die hohen Absätze ausgewählt hatte, wo sie sich doch nichts weiter wünschte als trittsicheres Gelände, dank dem sie nicht weiter auffallen würde.

Emanuele blickte von seinem Glas auf. Zwei Grübchen bildeten sich in seinen Wangen, baten um einen Kuss, der jedoch ausblieb. Er stellte Eleonora die junge Frau vor, die tatsächlich seine Cousine war.

Im Gehen sagte sie: »Du bist also Eleonora.«

»Was erzählst du den anderen von mir?«, fragte Eleonora, als sie sich an dem langen Büfett etwas zu trinken holten.

Emanuele musterte ihre Sandaletten. »Schöne Schuhe. Damit spielen wir nachher ein bisschen.«

»Willst du sie anprobieren?«

Er stellte das leere Glas auf den Tisch. »Wo sind die Angehörigen von Corinne?«

»Die Angehörigen? Welche Angehörigen? Ihre Mutter ist vor ein paar Jahren an einer Überdosis Beruhigungsmitteln gestorben. Der Vater war bereits vorher verschwunden, wahrscheinlich hat er ebenfalls ein trauriges Ende genommen. Aber meine Mutter ist da, dort drüben. Die Frau mit dem Glas in der Hand, neben Raffaele.«

»Aha, wie ich sehe, hat unser Freund bereits eine Eroberung gemacht.«

In der Tat schien Rita sich bestens zu amüsieren, als Raffaele ihr etwas ins Ohr flüsterte. Innerhalb von zehn Sekunden hatte sie also bereits einen Kavalier gefunden.

»Komm, lass uns einen Spaziergang machen«, schlug Emanuele vor. »Hast du den Park schon gesehen? Dort gibt es einen künstlich angelegten See, der aus einem Wildbach gespeist wird. An den Ufern sind Felsenhöhlen. Es ist ein zauberhafter Ort.«

Gemeinsam verließen sie den Burghof und betraten das riesige, einem angelegten Schlosspark gleichende Gelände. Schon von weitem leuchteten ihnen die schlafenden Nymphen am See weiß entgegen, und die silberne Sichel des Monds teilte die Wasseroberfläche. Es war leicht, sich in solche Orte zu verlieben, und schwer, sich von ihnen zu trennen.

Als sie am Ufer standen, legte Emanuele eine Hand auf Eleonoras Nacken und zog sie an sich.

»Wollen wir gehen?«, fragte er ganz nah an ihrem Mund und leckte ihr keck über die Lippen.

Eleonora reagierte augenblicklich. Schon die kleinste Berührung von Emanuele versetzte sie in Erregung, löste ein wohliges Kribbeln in ihr aus. Aber …

»Ich kann nicht, Emanuele. Du weißt doch, wie es ist …«

»Nein, wie ist es denn?«

»Meine beste Freundin feiert gerade ihre Hochzeit.«

»Ach, tatsächlich?« Er ließ Eleonora los und tat, als bemerkte er nicht, dass sie dadurch ins Wanken geriet. »Was du nicht sagst. Ich gehe jedenfalls. Es wird niemandem auffallen, die anderen Gäste sind alle vollauf damit beschäftigt, so zu tun, als wollten sie an keinem anderen Ort der Welt sein.«

»Schon möglich.«

»Schläfst du heute Nacht bei mir?«

»Gerne, wenn du möchtest. Morgen ist zum Glück Samstag. Mama übernachtet in der Villa Bruges, und ich werde ganz früh zu ihr fahren, bevor sie auf die unglückselige Idee kommt, meine Wohnung in Florenz sehen zu wollen.«

»Dann erwarte ich dich auf dem Hof.«

Emanuele schaute an ihr vorbei. Eleonora folgte seinem Blick und sah auf der gegenüberliegenden Seite des Wildbaches Alessandro auf dem Gehweg stehen, der sich in der mediterranen Macchia verlor. Das Mondlicht erhellte die Statuen zweier mythologischer Ungeheuer und eine kleine Brücke am Rand des Wäldchens. Alessandro starrte auf die beiden Steinskulpturen, die typisch waren für die romantischen, von der englischen Aristokratie geliebten Gärten, und sah dabei selbst wie ein Standbild aus. Auf völlig natürliche Weise verschmolz er mit der Umgebung, ein tragischer, gequälter Held, unfähig, sich der Realität zu stellen.

»Was für ein erbärmlicher Mistkerl.«

Das idyllische Bild wurde durch Emanueles Bemerkung jäh mit ebenjener Realität konfrontiert.

»Im Ernst?«

»Oh ja. Die ganze Inszenierung ist eine einzige Verherrlichung seiner künstlerischen Karriere. Hoffentlich bekommen sie keine Kinder.«

Eleonora wandte sich zu Emanuele um. Boshafte Bemerkungen kamen ihm oft so ungezwungen über die Lippen, dass sie völlig plausibel klangen und somit jeden Einwand vorwegnahmen.

»Wir haben kein Recht, über die Entscheidungen anderer zu urteilen«, unternahm sie einen Versuch, klang jedoch nicht sonderlich überzeugend.

»Sieh nur, dort.«

Er deutete mit einem Nicken auf eine Sitzbank aus grauem Stein, auf der eine Frau saß. Die Glut ihrer Zigarette erhellte für einen Augenblick ihr schmales, regelmäßiges Gesicht und den vollen Mund. Die Frau starrte zu Alessandro hinüber und war sich der Anwesenheit von Eleonora und Emanuele nicht bewusst. Sie trug ein schwarz-weißes Kellnerinnenoutfit.

*Ich kann dich gut verstehen,* hätte Eleonora gerne zu ihr gesagt. Alessandro war schlicht unwiderstehlich. Vor allem wenn er in Gedanken vertieft war, versunken in eine Welt, zu der niemand außer ihm Zutritt hatte. Wenn man ihn so sah, wünschte man sich nichts sehnlicher, als diesen unerreichbaren Ort betreten zu dürfen, der hinter den Augen dieses einzigartigen Mannes verborgen lag.

Die Kellnerin stand auf und kehrte mit gesenktem Kopf zu den Feiernden zurück. Als sie an ihnen vorüberging, meinte Eleonora die Frau zu erkennen.

»Ihr Gesicht kommt mir irgendwie bekannt vor«, sagte sie, während Emanuele ihre Hand nahm und sich auf den Rückweg zur Burg machte.

»Ja, sicher. Ich habe es sofort erkannt.«

»Was?«

»*Emanuele, qu'est-ce que tu fais?*«, rief ein Mädchen am Eingang, vermutlich eine französische Verwandte.

»*Je vais me coucher, bébé. Je suis fatigué.*«

Das Mädchen brach in ein glockenhelles Lachen aus,

spöttisch wie nur Jugendliche sein können. »*J'y crois pas! Grand-père.*«

Das Mädchen rannte davon, als Emanuele so tat, als wollte er es fangen. Ihn so ausgelassen zu erleben erstaunte Eleonora und rief ihr in Erinnerung, dass dieser Mann zu allem fähig war, sogar zur Normalität. Allein die Last der Schuld, der schwerste Stein, den man im Herzen tragen kann, hinderte ihn daran, so zu leben wie alle anderen.

Bevor Eleonora den Burghof betrat, packte sie Emanuele am Handgelenk und küsste ihn auf den Mund.

»Lass nicht lange auf dich warten, Julia«, neckte er sie, und Eleonora gab die Beleidigte, weil er sie bei dem Spitznamen genannt hatte, den sie partout nicht ausstehen konnte.

»Ich werde mein Bestes tun.«

»Das Beste ist nicht genug für mich, wie du weißt.«

»Wer war das? Die Kellnerin, meine ich.«

»Versuchst du das Thema zu wechseln?«

»Nein. Jetzt komm schon, sag's mir.«

»Erinnerst du dich noch an die junge Frau, die wir bei dem Theaterfestival in Borgo San Lorenzo in die Notaufnahme gebracht haben? Sie hatte eine Schusswunde an der Schulter.«

»Aber ja, natürlich! Wieso habe ich sie bloß nicht sofort wiedererkannt? Ich habe sie später sogar noch einmal gesehen, im Auto vor deinem Hof.«

»Vor dem Hof?«

»Emanuele!«, ertönten Rufe aus dem Burghof, wo inzwischen in voller Lautstärke Musik lief.

»Ich verdrücke mich dann mal, ohne mich zu verabschieden.«

»Aber ...«

»Wenn ich jetzt da reingehe, lassen sie mich nicht mehr raus. Was für ein Heidenlärm, das arme Gemäuer.«

Eleonora strich ihm zärtlich übers Gesicht.

»Wir sehen uns später.«

Sie sah Emanuele nach, als er sich entfernte, und das Mädchen von vorhin spähte enttäuscht aus dem Tor.

Nachdem Emanuele gegangen war, fühlte Eleonora sich irgendwie fehl am Platz. Sie rang nach Luft, und die anderen Gäste traten ihr ständig auf die Füße, als sie zu einer traurigen Polonaise entlang der Burghofmauer genötigt wurden.

Ohne Emanuele war das Schauspiel unerträglich.

Alessandro stand hinter dem Tisch mit der Hochzeitstorte, während Corinne und Rita mit den Gästen Selfies machten. Eigentlich hätte sich auch der Bräutigam mit ihnen fotografieren lassen sollen, aber er stand einfach nur da, reglos, verwirrt. Genau wie Eleonora.

Als er den Kopf hob, kreuzten sich ihre Blicke. Eleonora wandte sich blitzschnell ab. Da standen sie nun und warteten, Alessandro hinter dem Tisch und sie davor, und offenbar waren sie die Einzigen, die sich unwohl fühlten.

Endlich sprach jemand einen Toast auf das Hochzeitspaar, die beiden senkten das Tortenmesser in die Schlagsahne und verteilten die weiße, vom Saft der Erdbeeren entweihte Torte.

Alessandro war nun Corinnes Ehemann, und Eleonora hatte der Zeremonie beigewohnt. Zeit zu gehen.

## 2

Unermüdlich suchte Emanuele nach der Abstammungsurkunde des Stütchens. Das Fohlen seiner preisgekrönten Zuchtstute hatte nicht nur die mütterlichen Qualitäten geerbt, sondern war auch sonst sehr vielversprechend, und Emanuele hatte ein lukratives Angebot erhalten.

Eleonora verstand nichts von Pferden und Pedigrees, trotzdem verfolgte sie fasziniert seine beharrliche Suche. Selten hatte sie Emanuele derart von einer Sache eingenommen erlebt.

Schweigend schaute sie zu, wie er den hinter der Anrichte verborgenen Safe öffnete, in dem sich Dokumente und Zeitungen stapelten. Es lagen weder Geldscheine noch Schmuckschatullen darin, nur Papier.

Emanuele wühlte eine Weile in dem schmalen Fach, dann drückte er den Safe mit dem Fuß zu. Er bemerkte nicht, dass ein Papier herausgefallen war. Es war eine alte Zeitungsseite mit dem Foto eines kleinen Jungen.

»Scheiße.«

»Was?«, fragte Eleonora scheinbar unbeteiligt, sah aber aus den Augenwinkeln, dass der Junge eine beunruhigende Ähnlichkeit mit den Brüdern Vannini hatte. »Dir ist da ein Zeitungsausschnitt runtergefallen. Was ist das?«

Statt auf ihre Frage einzugehen, faltete Emanuele hastig das Papier und steckte es in die Tasche. »Ich war sicher, dass das Dokument bei den anderen Abstammungsurkunden ist. Ist es aber nicht. Und am Montagmorgen kommt der Typ mit dem Geld.«

Er klang ungehalten, als ginge Eleonora ihm mit ihrer Fragerei auf die Nerven. Aber irgendetwas an seinem Tonfall überzeugte sie nicht.

Sie zuckte mit den Schultern. Ihr Instinkt ließ sämtliche Alarmglocken schrillen, und sie musste ihn dringend beruhigen. Sie würde erst weitere Fragen stellen, wenn sich ein günstiger Moment bot. Nur auf diese Weise konnte man in der Villa Bruges etwas herausfinden.

»Habe ich das richtig verstanden? Am Montag musst du den Preis für Fiamma verhandeln, und erst jetzt kommt es dir in den Sinn, nach der Abstammungsurkunde zu suchen?«

Er hielt inne und schaute sie genervt an. »Was ist, hat dich das Virus meines Bruders erwischt? Ich habe das Ding bisher nicht gesucht, weil ich davon überzeugt war, dass es bei den anderen liegt.«

Eleonora erwiderte lieber nichts, denn sie hatte keine Lust zu streiten. Sie hatte bereits die Vorwürfe von Corinne und ihrer Mutter ertragen müssen, weil sie an dem Abend nicht in der Villa Bruges übernachten wollte.

»Was?«, hatte Rita gefragt und dabei das A unerträglich in die Länge gezogen. »Ich komme extra aus Spanien her, und du gehst weg?«

»Ich gehe nicht weg, Mama. Morgen früh bin ich wieder hier.«

Corinne hatte nichts dazu gesagt, aber ihr trauriger Blick – nicht wütend oder enttäuscht, sondern tieftraurig – hatte gereicht, um Eleonora in Rage zu bringen.

»Komm mit, ich habe dir das Zimmer schon hergerichtet«, hatte Corinne zu Rita gesagt. »Ich habe dein Bett mit lavendelfarbenen Laken bezogen.«

Lavendelfarben? Was für eine Farbe war das denn? Und warum sollte sie Rita gefallen?

Vermutlich wusste Corinne, dass ihre Mutter solche Bettwäsche mochte, im Gegensatz zu Eleonora, die keine Ahnung hatte, weil sie ihrer Mutter nicht genügend oder zumindest deutlich weniger Beachtung schenkte als Corinne.

Emanuele hatte die Suche offenbar aufgegeben, denn er stellte sich nun hinter Eleonora und verband ihr die Augen mit einem seiner Bandanas. Zum ersten Mal ließ er nicht zu, dass sie ihn anschaute, dabei verlangte er für gewöhnlich ihre volle Aufmerksamkeit.

Das Blut strömte sogleich in ihre Beine, sammelte sich in der Leistengegend, drückte Eleonoras Herz zu Boden. Verblüffend, mit welchem Geschick Emanuele jedes Fühlen zu erden verstand, als ob die Seele, statt sich in einem Winkel des Herzens zu verbergen, durch die Blutbahnen zirkulierte und mit dem Körper eins würde.

»Was wirst du jetzt tun, am Montag?«, fragte sie leise im Dunkeln. Wenn man nichts sieht, gewinnt der Klang an Bedeutung, kann übertrieben, gar störend wirken.

»Ich kenne Fiammas Abstammung«, antwortete Emanuele, und Eleonora spürte seinen Atem erst an ihrem Ohr, dann auf ihrem Hals. »Der Typ wird nicht lange fackeln. Und die Urkunde taucht früher oder später wieder auf.«

Eleonora spürte seine Finger auf ihrer Wirbelsäule, er knöpfte ihr das Kleid auf. Sie war froh, das aufdringliche Rot loszuwerden. Ihr schien, als machte es ihre Schritte schwerer. Das Kleid fiel zu Boden, und sie kickte es weg.

Als Emanuele ihren Fuß festhielt, verlor Eleonora fast das Gleichgewicht. Der warme Druck zwischen dem Riemchen der Sandalette und dem Spann signalisierte ihr, dass Emanuele sich hingekniet hatte.

Sie ließ sich widerstandslos auf den Boden ziehen. Die Nacht war sommerlich warm, obwohl erst Mai war, doch der Fußboden war unangenehm kalt. Ihre Schulterblätter wurden hart gegen die Fliesen gepresst und schmerzten, aber Emanuele drückte ihre Beine weit auseinander und hielt sie an den Fußgelenken fest.

»Bring mich ins Bett«, sagte Eleonora und versuchte, ihre beunruhigte Stimme nicht befehlend klingen zu lassen. »Mir ist kalt.«

Emanuele hob ihren Fuß an und drückte den Pfennigabsatz gegen seinen flachen, harten Bauch. Dann strich er mit der Hand über die Innenseite ihrer Schenkel bis zum Slip, um ihn ihr mit einer geschickten Bewegung abzustreifen.

»Bring mich ins Bett, bitte.«

»Sei still. Lass dich vögeln. Nachher stecke ich dich unter die Bettdecke und mache den Kamin an, okay?«

»Nicht nötig«, sagte Eleonora. Sie hob den Arm, um das Bandana wegzuschieben, aber er packte sie am Handgelenk.

»Was soll das werden? Eine Meuterei?«

»Lass mich los.«

Emanuele hielt ihre Handgelenke auf Kopfhöhe fest, um sie auf den Mund zu küssen. Er hatte volle Macht über sie, was er ohne jede Rücksicht ausnutzte. Dies war einer der Gründe, weshalb Eleonora mit ihm so große Lust empfand. Sie wusste, dass sie nichts tun musste, und das gab ihr Sicherheit.

Mit den Knien drückte Emanuele ihr wieder die Beine auseinander, seine Jeans brannten auf ihrer Haut, als er sich einen Weg zu ihrer Körpermitte bahnte.

Begierig hob sie den Kopf, um ihn zu küssen. Selbst im Dunkeln fand sie alles Wichtige: seinen Mund, seine Hände, sein Herz. Es wäre ein Leichtes gewesen, mit ihm glücklich zu sein, aber vielleicht wollte sie dieses Glück gar nicht, weil zugleich Schuld und Strafe darin lagen. Die Verwirklichung ihrer Träume führte notwendigerweise über den Umweg der Sühne.

»Zieh mich aus«, befahl Emanuele.

Eleonora gehorchte, knöpfte die Jeans auf und umfasste sein Geschlecht mit beiden Händen, bevor sie es in sich einführte. Wonnig presste sie den Rücken auf den Fußboden, um zu spüren, wie er gegen ihre Bauchdecke stieß. Genauso wollte sie ihn, so tief in ihr drin, dass es kein Zurück mehr gab.

Ein zufriedenes, verlangendes Stöhnen entfuhr Eleonora, und gleich darauf noch eins, als er immer fester zustieß und sie versuchte, den Rücken so weit wie möglich aufzuwölben und so herauszufinden, wie aufnahmefähig ihr Körper war. Mit Emanuele entdeckte sie ständig neue Dinge.

»Gut so, nimm mich in dich auf.«

Der Fußboden gab unter seinen Stößen nicht nach, sondern hielt Eleonora mit Gewalt an Ort und Stelle und verhinderte so, dass sie versank. Hätte Emanuele beschlossen, sie mit sich hinabzuziehen, immer tiefer und tiefer, bis dorthin, wo sein wahres Wesen lag, hätte sie ihn nicht mehr aufhalten können.

Dem Orgasmus nah, murmelte Eleonora seinen Namen. Er kannte das Signal und bewegte sich umso heftiger in ihr, um gemeinsam mit ihr zum Höhepunkt zu kommen. Unmittelbar danach zog er ihr das Stofftuch vom Gesicht. Eleonora sah seine dunklen Augen, zunächst verschwommen, dann klar, die geweiteten Pupillen, die bebenden Nasenflügel. Sie hatte ihn in die Unterlippe gebissen, auf der nun drei rubinrote Punkte leuchteten.

Eleonora hätte gerne etwas gesagt, aber ihr Atem ging stoßweise, und sie konnte nicht reden.

»Sag's mir, Eleonora«, forderte er, noch immer in ihr.
»Wieso?«
»Wieso was?«
»Wieso hast du mir die Augen verbunden?«

Ohne Eile zog er sich aus ihr zurück. Es machte Eleonora traurig, und ihr war plötzlich zum Weinen zumute, ohne dass sie wusste, warum.

»Wieso?«

»Da ist doch nichts weiter dabei«, lautete die banale Antwort, ehe er in die Dusche verschwand. Eleonora überlegte, ob sie womöglich einen verborgenen Sinn in einer bedeutungslosen Geste suchte. In diesen Tagen voller Verwirrungen und Veränderungen schien es ihr, als ob selbst kleine Dinge auf etwas Entscheidendes hindeuteten. Zumindest hoffte sie, dass es so wäre. Sie brauchte Sicherheit.

Langsam erhob sie sich, ihr Rücken schmerzte, die Beine ebenfalls. Eleonora wusste, dass sie Emanuele in wenigen Minuten von neuem begehren würde. Als hätte sie ihn nie besessen.

Am nächsten Morgen herrschte dicke Luft in der Villa Bruges. Die Brautleute hatten beschlossen, die Hochzeitsnacht in der Villa zu verbringen, wo sie seit Jahren mit Maurizio und Denise lebten, und zur Feier des Tages war Rita dazugekommen.

Rita hielt das für vulgär und hielt mit ihrer Meinung nicht hinterm Berg.

Denise fand sie unausstehlich.

»Die beiden leben seit Jahren zusammen, es war ja nicht ihre erste gemeinsame Nacht«, sagte sie, schob sich eine Handvoll Frühstücksflocken in den Mund und spülte sie mit Milch hinunter, als wären es Tabletten.

Rita schob die von Alessandro zubereiteten Häppchen von

sich und zündete sich eine Zigarette an, obwohl niemand sonst rauchte. Denise warf ihr einen vernichtenden Blick zu.

»Rita, wir rauchen nicht im Haus«, klärte Corinne sie freundlich auf und zog den geblümten Morgenrock enger um sich.

»So was Bescheuertes.«

Emanueles Gelächter durchbrach das Schweigen, und Eleonora musste sich zusammenreißen, um nicht ebenfalls laut loszuprusten.

»Lass gut sein«, sagte Alessandro. »Sie ist unser Gast. Sie darf rauchen.«

Unsicher schaute Rita ihn an. Eleonora, die jede innere Regung ihrer Mutter kannte, wusste genau, was sie gerade dachte. Sie fragte sich, ob dieser Außerirdische sich etwa über sie lustig machte oder nicht.

»Komm, Mama, lass uns rausgehen«, schlug sie vor, und zusammen mit Emanuele traten sie in den Innenhof. Zum Rauchen setzten sie sich auf die neuen weißen Sofas, die Corinne gekauft hatte.

»Wann reist du wieder ab?«

»Mein Herzblatt, ich bin eben erst angekommen. Gib mir ein bisschen Zeit. Sag du mir vielmehr ...« Sie warf Emanuele einen Seitenblick zu, ohne den Kopf zu drehen. »Hat meine Tochter bei dir übernachtet?«

»Mama!« Eleonora rückte schlagartig von der Lehne des Korbsessels ab, als ob sie sich verbrannt hätte.

»Ja«, antwortete Emanuele.

Rita machte große Augen. »Mich hat nur interessiert, was meine Tochter davon abgehalten hat, Zeit mit ihrer Mutter zu verbringen, nachdem wir uns monatelang nicht gesehen haben. Jetzt weiß ich es.«

Emanuele lachte, und Eleonora blickte von einem zum anderen, als ob sie ein Tennisspiel verfolgen würde.

»Sie schmeicheln mir, Rita.«

»Ich hätte dasselbe getan, zu meiner Zeit.«

»Okay, ich gehe wieder rein.«

»Komm schon, Eleonora, jetzt hab dich nicht so«, rügte Emanuele sie, doch sie sprang aus dem Sessel auf und eilte ins Haus.

In der Küche räumten Denise und Maurizio gerade den Tisch ab, und Corinne las die Zeitung.

»Hast du das gelesen, Julia? In unserem Viertel ist eine Bombe hochgegangen.«

»In meinem oder in deinem?« Die Bemerkung war unnötig, aber Eleonora konnte sie nicht mehr herunterschlucken.

»Bei dir zu Hause. In Neapel. Weißt du noch?«

Corinne blickte auf, merkte, dass Eleonora nervös war, und legte besorgt die Zeitung weg. »Was ist los?«

»Nichts. Mama geht mir auf die Nerven.«

»Hab Geduld mit ihr, morgen fährt sie ja wieder.«

»Ach ja? Mir hat sie zu verstehen gegeben, dass sie vorerst nicht abzureisen beabsichtigt.«

»Das tut sie aus Trotz. Du kennst sie doch.«

»Eleonora, kommst du bitte mal kurz in den Garten?« Alessandros gelassene Stimme beruhigte sie sogleich. »Ich muss dir etwas zeigen.«

Er stand auf der Schwelle, und wie von Zauberhand war Eleonoras Wut verraucht. Dieser Mann war ein Heiliger. Der Dalai-Lama in Person.

»Ich komme.«

Sie gingen durch die Vorhalle in den Garten hinaus und schlenderten zum Swimmingpool. Mehrere kompliziert aussehende Maschinen, alles kleine, lautlose Roboter, reinigten das Wasser. Nicht ein Zwitschern durchbrach die Stille, kein Windhauch bewegte die schwüle Luft.

»Ich habe vor, dort hinten eine Laube aus Holz zu

bauen«, erklärte Alessandro und zeigte auf eine kahle Stelle zwischen dem Swimmingpool und den Hecken, die das Anwesen umgaben. »Aus irgendeinem Grund wächst an der Stelle nichts. Wir könnten den Platz anderweitig nutzen.«

Eleonora verstand nicht, wieso Alessandro sie um ihre Meinung bat, falls dem überhaupt so war. Aber es hatte keine Bedeutung. Er war attraktiv und liebenswürdig, das weiße Hemd stand ihm perfekt, seine Haare waren inzwischen schulterlang. Er war der Sonnengott.

»Hast du mich deswegen hergeführt, Alessandro?«

In Gedanken versunken drehte er sich zu ihr um, die Hände in den Hosentaschen. »Na ja. Ich wollte dich daran teilhaben lassen. Mir gefällt die Idee, dass dieser Ort auch dir gehört.«

»Warum sollte er das?«

»Warum nicht?«

»Lassen wir das. Ich finde die Idee mit der Gartenlaube großartig.«

»Warum bist du so abweisend?«

»Bin ich nicht. Ehrlich.«

»Ich muss mit dir sprechen, Eleonora.«

*Ich wusste es.* Von den ständigen Richtungswechseln wurde ihr ganz schwindlig. »Jetzt machst du mir Angst.«

Er lächelte, und das entwaffnete sie vollends. Sein Lächeln war wie ein Gift, das sich in der Luft ausbreitete. Je sanfter und gelassener er war, desto rücksichtsloser räumte er mit seinem Umfeld auf.

»Dafür gibt es keinen Grund.«

»Hast du mich hierhergelockt, um zu reden?«

»Nein, nicht jetzt. Morgen Abend, was meinst du? Lass uns nach Florenz fahren.«

*Oh Gott, das geht über meine Kräfte.*

»Du könntest mir deine Wohnung zeigen. Du hast mich noch nie eingeladen.«

*Stimmt, wie seltsam.* »Ja, mal sehen. Wieso eigentlich nicht?«

»Bin ich dir unangenehm, Eleonora?«

Das spitze Lachen, das ihr entfuhr, sagte eigentlich alles. Er überhörte es großzügig.

»Nein, nein, wie kommst du darauf? Es ist nur ...«

»Kein Problem. Wir können uns auch in Borgo San Lorenzo auf einen Kaffee treffen. Ist dir das lieber?«

Eleonora war erleichtert und verwirrt zugleich. Dass sie sich davor fürchtete, mit Alessandro allein an einem abgeschiedenen Ort zu sein, ließ tief blicken. Außerdem offenbarte es Dinge, die nicht leicht einzugestehen waren.

»Ja, okay.«

»He, ihr zwei!« Corinne kam atemlos angelaufen, Alessandros Mobiltelefon in der Hand. »Du hast es auf dem Küchentisch liegen lassen. Es gibt wohl Neuigkeiten.«

Er starrte auf den Namen »Michela«, der auf dem Display aufleuchtete. Dann griff er nach dem Handy und nahm den Anruf gerade noch rechtzeitig entgegen.

# 3

Eleonora übernachtete auch an diesem Abend nicht in der Villa Bruges, was ihr erlaubte, am nächsten Morgen etwas länger zu schlafen, bevor sie sich mit ihrer Mutter und Corinne am Flughafen von Florenz traf.

Sie frühstückte in aller Eile und beantwortete eine pikierte Mail der Rektorin, weil Eleonora einige außerschulische Aktivitäten für ihre Klassen organisierte.

»Die Subventionen reichen hinten und vorne nicht, wir können uns keine zusätzlichen Ausgaben leisten«, argumentierte die Schulleiterin.

So ein Blödsinn, die Schule brauchte gar keine Zuwendungen. Das Schulgeld war mehr als hoch, dafür waren die Lehrergehälter lächerlich gering, verglichen mit den Löhnen an staatlichen Schulen. Sogar das Reinigungspersonal war auf ein Minimum reduziert worden. Gier und Geiz, das waren die Gründe für die Verärgerung ihrer Chefin.

Eleonora schaltet das Handy ein, und zwei aufeinanderfolgende Klingeltöne kündigten gleich zwei Kurznachrichten von Emanuele an.

»Ich habe Fiammas Abstammungsurkunde gefunden, sie lag bei den anderen. Du und deine Angewohnheit, mir Drogen in den Kaffee zu schütten.«

Eleonora fand seine Ironie wundervoll. Anfangs war sie davon irritiert gewesen, dachte erst, er sei zynisch und boshaft, doch seit sie ihn besser kannte, war sie beinahe gerührt.

»Ich habe ein neues Bandana besorgt«, lautete die zweite SMS.

Eleonora antwortete umgehend. »Ich hoffe, es ist schwarz, dann passt es gut zu den Pumps, die ich mir extra für dich gekauft habe.«

Sie duschte kurz und stieg ins Auto. Nach einigem Überlegen hatte sie einen Gebrauchtwagen erstanden, der zwar alt war, aber ohne zu murren seinen Dienst tat. In Florenz brauchte sie kein Auto, sie ging nicht oft aus, und die Schule befand sich in der Nähe ihrer Wohnung. Aber wenn sie zur Villa Bruges fuhr, wollte sie von niemandem abhängig sein. Allein das Gefühl, den Brüdern Vannini über alles Rechenschaft ablegen zu müssen, war unerträglich.

Corinne weinte, während Rita eincheckte. Die Tränen weckten Schuldgefühle in Eleonora, eine Stimme in ihrem Kopf flüsterte: »Ich sollte ebenfalls traurig sein, eine jede Tochter hängt an ihrer Mutter. Ich bin ein Scheusal.«

»Willst du wohl aufhören? Sie liegt nicht im Sterben, sondern wird in Barcelona eine Menge Spaß haben.«

Corinne schniefte und steckte das zerknüllte Taschentuch mit den Initialen ihres Mannes in die Tasche. »Ich kann nicht anders. Es liegt nicht an mir.«

*Ach nein?* »Na gut. Wenn du dich unbedingt ausheulen willst ...«

»Die haben mich völlig unnötig am Check-in-Schalter anstehen lassen«, schimpfte Rita und schwenkte ihre elektronische Bordkarte in der Hand. »Ich hätte an einem von diesen Automaten einchecken können.«

Eleonora griff nach dem Trolley ihrer Mutter und ging zur Sicherheitskontrolle. Sie schaffte es einfach nicht, lieb und nett zu ihr zu sein, obwohl sie sich große Mühe gab. Sie wusste, dass Liebesbezeugungen nicht zwingend etwas darüber aussagten, was jemand empfand, und dass Corinnes Tränen weniger Gewicht hatten als der Stein, der auf ihrem Herzen lastete, dennoch empfand sie es als unfair, dass sie den Eindruck erweckte, unsensibel zu sein.

»Andauernd jettest du in der Welt herum und weißt nicht, dass es die Automaten zum Express-Check-in gibt?«, sagte sie und stellte sich in die Warteschlange.

»Natürlich weiß ich das!«

»Komm, mach sie nicht wütend. Sie reist gleich ab«, fuhr Corinne dazwischen und hakte Rita unter, die mindestens zehn Zentimeter kleiner war als sie.

Der Anblick des ungleichen Paars rührte Eleonora, daher lenkte sie ein. »Na schön. Gute Reise, Mama. Wann sehen wir uns wieder?«

»Das weiß der liebe Gott, mein Herzblatt. Wenn diese unvernünftige Person hier ein Kind zur Welt bringt, nehme ich mal an. Hoffen wir, dass es nach dem Vater kommt.«

Corinne sog die ganze Luft des Flughafens in einem Atemzug ein. »Du ... du ... bist ...«

»Nicht stottern, Corinne. Ich habe damals mehrere hunderttausend Lire ausgegebenen, um dich davon zu heilen. Auf der Logopädiestation haben mich alle für deine Mutter gehalten, weißt du noch? Lass mir bitte wenigstens die kleine Genugtuung.« Corinne küsste sie mit feuchten Augen und zitternder Stimme auf die Wange, und Rita sagte: »Leb wohl, meine Tochter. Sei schön brav und lauf nicht weg.«

*»Meine Tochter.« »Sei schön brav und lauf nicht weg.« Zu mir müsste sie das sagen. Ich bin ihre Tochter. Und Corinne will nirgendwo anders hin.*

»Und du, Eleonora, lass die Finger von dem Kerl.«

*Hab ich's mir doch gedacht!* »Wen meinst du, Mama?«

»Tu nicht so unschuldig. Emanuele natürlich. Er ist mir ähnlich, weißt du? Er ist kein Beziehungstyp. Sobald er dich rumgekriegt hat, wird er dir den Laufpass geben.«

»Das Orakel hat gesprochen.«

Corinne drängte Rita zum Metalldetektor. »Ruf an, wenn du angekommen bist.«

»Ja, Liebes. Ciao.«

Die beiden Frauen schauten Rita nach, wie sie durch die Sicherheitskontrolle ging und dann mit dem Angestellten am Metalldetektor plauderte, der sie aufgefordert hatte, die Schuhe auszuziehen. Es war fast rührend, ihr zuzusehen, wie sie ungelenk wieder in die Schuhe schlüpfte und ihnen mit Gesten bedeutete, dass sie endlich gehen sollten.

»Du hättest sie wenigstens umarmen können«, sagte Corinne vorwurfsvoll, als Eleonora sich auf dem Parkplatz eine Zigarette anzündete.

»Sie hat mich ja auch nicht umarmt.«

»Du rauchst zu viel.«

»Bist du fertig?«

»Man könnte meinen, Emanuele steht vor einem.«

»Das verstehe ich jetzt mal als Kompliment.«

»Siehst du? Du gibst sogar schon dieselben Antworten wie er. Ich habe übrigens gar nicht mitbekommen, dass ihr ein Paar seid.«

»Dann sind wir schon zu zweit. Lass uns gehen.«

»Wieso, hast du noch etwas vor? Es ist Sonntag. Komm doch zu uns.«

»Nein, tut mir leid, heute ist echt nicht mein Tag.«

»Aber du triffst dich doch später noch mit Alessandro. Er sagte, dass ihr in Borgo San Lorenzo einen Kaffee trinken wollt.«

»Na gut, dann komme ich eben mit zu euch.«

»Schön. Vorher muss ich allerdings noch etwas mit dir besprechen.«

*Du also auch.* »Schieß los. Ich fahre übrigens mit meinem Wagen hin.«

»Es geht um Alessandro.«

»Was ist mit ihm?«

»Er beginnt sich zu erinnern.«

»An die Entführung?«

»An was denn sonst? Natürlich an die Entführung. Nachdem er jahrelang unter Albträumen gelitten hat und immer dachte, das mit dem Trauma würde mit der Entführung seines Bruders zusammenhängen, sind die Träume vor einiger Zeit plötzlich ausgeblieben.«

»Ja, das hat er mir auch erzählt.«

»Seit ein paar Tagen gibt es allerdings eine weitere Veränderung.«

»Das heißt?«

»Das heißt, die Bilder aus seinen Träumen erscheinen ihm jetzt im Wachzustand, sozusagen als Visionen.«

»Oh mein Gott. Und jetzt?«

»Er ist total verwirrt, denn er versteht es nicht, aber er sagt, die Bilder kämen ihm vor wie Erinnerungen, wie Dinge, die tatsächlich geschehen sind. Allerdings nicht ihm, sondern jemand anders.«

»Ihr habt ihn all die Jahre glauben lassen, die Entführer hätten damals Emanuele geschnappt und nicht ihn, und jetzt ...«

»Das war doch bloß, um ihn zu schützen, Eleonora! Die Ärzte haben es so empfohlen, das weißt du genau.«

»Ja, ich weiß.«

»Er wirkt völlig verstört, irgendetwas geht mit ihm vor. Ich habe Angst, dass es zu einer seelischen Spaltung kommen könnte.«

Angsterfüllt seufzte Eleonora auf. »Was sagt seine Psychologin dazu?«

»Dass wir ihm demnächst alles sagen müssen. Sie will ihn langsam zur Bewusstwerdung hinführen. Deshalb bitte ich dich ... Sollte er dir heute etwas erzählen, dann sag ihm nichts, okay? Lass ihn einfach reden.«

»Ja, klar. Ich bin ja nicht doof. Keine Ahnung, was ihm alles durch den Kopf geht. Es muss der blanke Horror sein, mit einer solchen Verwirrung zu leben.«

»Bitte entschuldige, mir ist klar, dass du nicht doof bist, aber wir können nicht vorsichtig genug sein.«

Eleonora drückte die Zigarette aus und warf einen Blick auf ihr Handy. Kein Anruf, dafür eine neue Kurznachricht von Emanuele.

»Bist du heute in Bruges, du Scherzkeks?«

Der Ort übte eine unwiderstehliche Anziehungskraft auf sie aus.

»Michela ist also darüber hinweggekommen, dass sie sitzengelassen wurde«, sagte Emanuele und nahm sich das größte Stück Fleisch vom Tablett.

Mit der üblichen Ernsthaftigkeit erklärte Alessandro, dass ihre Laienschauspieltruppe dank Michela bei der Aufführung von *Romeo und Julia* mitmachen würde, die auf dem Programm der Sommerfestspiele im Römischen Theater von Fiesole stand. Er verharrte, in der Hand das Weinglas, auf dessen Innenseite zwei Weintränen eine rote Spur hinterließen. »Sagen wir, sie hat mir verziehen, dass ich mit ihr Schluss gemacht habe. Als wir uns neulich getroffen haben, wirkte sie ganz entspannt.«

»Hoffentlich steckt sie uns nicht in irgendein drittklassiges Ensemble.«

Diesmal hielt Emanuele beim Trinken inne. Er sah Denise an, deren irritierende Treuherzigkeit ihn losprusten ließ.

Das fand sie jedoch alles andere als amüsant. »Was gibt's denn da zu lachen, du Blödmann?«

»Was meinst du wohl, mit wem du auftreten wirst, Schätzchen? Mit Jack Nicholson vielleicht?«

»Ich hoffe nur, dass die anderen Profis sind und sich auf unserem Niveau bewegen. Findest du das etwa lachhaft? Na klar, du findest alles urkomisch, was du nicht selbst von dir gibst.«

»Stimmt gar nicht. Ich lache oft genug über das, was ich selber sage. Ich finde mich unwiderstehlich.«

Denise brummte etwas Unverständliches und stand auf, um die Windbeutel aus dem Kühlschrank zu holen.

»Soll ich uns einen Kaffee kochen?«, fragte sie aus der Küche, während sie in der Besteckschublade kramte.

»Für mich nicht«, antwortete Alessandro. »Ich trinke später mit Eleonora in Borgo San Lorenzo einen. Wir sind verabredet.«

Zum ersten Mal an diesem Tag sah er Eleonora direkt an. Nachdem er sie während des gesamten Mittagessens ignoriert hatte, war sein Blick nun sehr intensiv und verschlug ihr glatt den Atem.

Es war allen ein Rätsel, warum Alessandro seine Absichten ständig und überall erklären zu müssen glaubte. Offenbar fühlte er sich verpflichtet, seine Taten zu rechtfertigen, vor allem wenn dabei die Gemeinschaft zugunsten eines Einzelnen ausgeschlossen wurde. Die beiden hätten sich abgesehen davon auch in einem leeren Zimmer der Villa oder in einer Ecke des Gartens unterhalten können.

In der Villa Bruges wirkten wahrlich seltsame Einflüsse, die allerdings nicht ausschließlich positiv waren. Hier fühlte man sich beschützt, geliebt, verstanden – aber auch gefesselt, beobachtet, kritisiert.

Drinnen war die Villa behaglich und spendete Trost, doch erst draußen verstand man die Dinge wirklich. Das mochte ein Grund dafür sein, dass die Bewohner wichtige Angelegenheiten stets unterwegs erledigten, etwa in einer Bar, auf jeden Fall aber jenseits des Gartentors. Sozusagen außerhalb des mütterlichen Schoßes, der alles abdämpfte: Geräusche, Meinungen und Initiativen genauso wie Wut und Leidenschaften.

»Ich muss los«, sagte Emanuele und nahm die restlichen Windbeutel mit. »Als Entschädigung.«

Mit der üblichen Aufmerksamkeit hielt Corinne ihm eine Plastiktüte hin. »Tu sie da rein, Cowboy. Du hältst es hier wohl nicht lange aus, wie?«

Eleonora wartete, bis er an der Haustür war, dann sprang sie auf und lief ihm hinterher. Sie konnte nicht glauben, dass er tatsächlich ging, ohne sich von ihr zu verabschieden. Und da fragte sie sich noch, ob sie ein Paar waren.

»Was ist los? Hat etwa der Stuhl unter deinem Hintern gebrannt?«, fragte sie.

Emanuele machte die Tür auf und trat ohne Eile ins Freie. Er antwortete nicht darauf und zwang sie, hinter ihm herzutrippeln.

»Bist du sauer?«

»Nein. Willst du eine?« Er hielt ihr eine Zigarette hin, die sie ablehnte. Sie war viel zu sehr damit beschäftigt, ihr schlechtes Gewissen zu beruhigen.

»Warum gehst du dann so plötzlich? Und fragst mich nicht mal, ob ich mitkommen möchte?«

»Entschuldige, Eleonora, das verstehe ich jetzt echt nicht. Du bist doch mit Alessandro verabredet. Warum sollte ich dich fragen, ob du mit mir kommen willst?«

»Ah, das ist der Grund. Du bist sauer, weil Alessandro und ich ...«

»Komm schon, ich bitte dich.« Er öffnete die Wagentür und stieg rasch ein, die Zigarette zwischen die Lippen geklemmt. Seine Miene gefiel ihr gar nicht. »Ich hab bloß gesagt, dass ich dich nicht gefragt habe, weil du schon verabredet warst. Telefonieren wir morgen?«

»Morgen?«

»Ja, morgen. Das ist der Tag nach heute und vor übermorgen. Was ist bloß los mit dir?«

»Nichts.« Eleonora senkte den Blick und gab sich geschlagen. »Okay, bis morgen dann.«

Mit quietschenden Reifen fuhr Emanuele davon. Er war ganz offensichtlich aufgewühlt, obwohl er es nie zugegeben hätte.

Eleonora betrachtete die Villa, bevor sie wieder hineinging. Es kam ihr vor, als würde das Gebäude immer größer. Die Fenster schienen sich zu vermehren, ebenso die Türen und Treppen. Die Villa Bruges wurde zu einem verdammten Labyrinth.

»Du wirst ihm doch nichts sagen, oder?«

Die Stimme in ihrem Nacken jagte ihr einen Schauer über den Rücken. Corinne hatte sie bis ins Bad verfolgt.

»Ganz ruhig, okay? Was regt ihr euch denn alle so auf, nur weil wir einen Kaffee trinken gehen. Am besten, wir bleiben hier im Garten, und ich frage Alessandro ganz direkt, was er mir zu sagen hat.«

»Das kommt auf dasselbe raus.«

»Könntest du bitte damit aufhören?« Sie stieß Corinne mit einer brüsken Geste von sich, was sie jedoch sogleich bereute. »Entschuldige, aber ihr steckt mich noch an mit eurer Paranoia.«

Folgsam trat Corinne zwei Schritte zurück, ohne jedoch lockerzulassen. »Eleonora ...«

»Wie, du nennst mich nicht Julia? Dann muss ich mir wohl ernsthaft Sorgen machen.«

»Hör zu, ich versuche nur, den Mann zu beschützen, den ich liebe.«

»Vor wem? Etwa vor mir?«

Als Eleonora in die Küche zurückkehrte, um etwas zu trinken, folgte ihr die Freundin auf den Fersen.

»Vor allem vor Dingen, die ihm wehtun könnten.«

»Corinne, ich hab's dir doch schon gesagt: Ich werde ihn reden lassen und fertig.«

Aber da war noch etwas anderes. Corinne verzog das Gesicht zu einer höchst sorgenvollen Miene. Diese Grimasse hatte sie schon als kleines Mädchen gemacht, und niemand konnte ihr widerstehen, da man automatisch das Bedürfnis verspürte, sie zu beruhigen und zu beschützen.

»Du kannst so nicht leben, Corinne«, sagte Eleonora und lehnte sich mit verschränkten Armen gegen das Spülbecken. »Entspann dich. Du bist nun seine Ehefrau, niemand kann ihn dir mehr wegnehmen.«

»Ach ja? Ist das ein ungeschriebenes Gesetz? Ein Ring ist keine Garantie.«

»Warum hast du ihn dann geheiratet?«

»Weil ich ihn liebe, und weil es für mich ganz natürlich war.«

»Ihr habt vor gerade mal zwei Tagen geheiratet. Du kannst nicht jetzt schon so besorgt sein. Lass wenigstens ein paar Jahre verstreichen, verdammt noch mal.«

»Es ist keine Frage der Zeit. Ich habe einfach Angst. Das ist doch normal, oder?«

»Willst du eine ehrliche Antwort darauf? Nein, es ist

nicht normal. Aber wir alle kennen Alessandro. Du hast von Anfang an gewusst, worauf du dich einlässt.«

Corinne nickte.

Da steckte Alessandro den Kopf zur Küchentür herein, nichts ahnend von dem Sturm, der um ihn herum tobte.

»Gehen wir? Ich muss mich dringend bewegen. Ich bekomme ja schon einen Bauchansatz, wie alle verheirateten Männer.«

Eleonora betrachtete seinen flachen Bauch unter dem weißen Hemd. »Du hast tatsächlich zugenommen, Alessandro.«

Corinne war empört. »Spinnst du? Er ist perfekt!«

Dass ihr jeder Sinn für Ironie fehlte, war unerträglich.

»Ah, die rosarote Brille ... Lass uns gehen.«

Eleonora griff nach ihrer Handtasche auf dem Stuhl und trat in den Innenhof hinaus. Tiefe Resignation erfasste sie, machte sie gereizt. Es gab so viele Dinge in der Villa Bruges, die sich nicht aus der Welt schaffen ließen. Man musste sich ihnen eben stellen und sie verdauen. Fertig.

# 4

Im Auto roch es leicht blumig. Es war das Eau de Toilette von Alessandro, eindeutig ein femininer Duft. An ihm störte es jedoch nicht, und es ließ ihn auch nicht lächerlich wirken. Nichts an Alessandro wirkte lächerlich.

»Ich habe die Wohnung in Florenz inseriert«, sagte er und rollte die Hemdsärmel hoch. »Himmel, ist es heiß hier. Ist dir nicht auch warm?«

*Doch und wie.* Wenn sie ihn irgendwohin begleitete, war Eleonora immer so aufgeregt, als wäre es das erste Mal. Die idiotische, schuldbewusste Euphorie beunruhigte sie.

»Es ist heiß, ja. Tut mir leid wegen der Wohnung.«

Alessandro ließ den Motor an und fuhr rasch die Auffahrt hinunter. Der aufspritzende Kies entzog sie dem Blick von Corinne, die hinter einem der Vorhänge im Salon stand und ihnen nachsah.

Eleonora drehte sich wieder nach vorne. Panik überkam sie, aber nun, wo die Augen der Freundin sich nicht mehr in ihren Rücken bohrten, würde das beklemmende Gefühl hoffentlich vergehen.

»Du wolltest ja nicht einziehen.«

»Komm schon, Alessandro, ich wollte deine Großzügigkeit nicht ausnutzen. Ich habe eine anständige Wohnung, außerdem bin ich keine Schmarotzerin.«

»Ich wollte, du würdest mir ein bisschen Blut absaugen, Eleonora. Du weißt, wie gerne ich mich um dich kümmere.«

Er hatte den Satz mit Feingefühl und vor allem ohne jeden Hintergedanken ausgesprochen, dennoch zuckte Eleonora zusammen.

»Du kümmerst dich mit Vorliebe um alles und jeden.«

»Eine schreckliche Angewohnheit, ich weiß, fast schon krankhaft.«

Eleonora suchte nach einem Gesprächsthema, das sie von der Anmut ablenkte, mit der Alessandro auf dem Fahrersitz saß, ebenso von seinem vollkommenen Profil und der schmalen Nase, die in einer perfekten Linie in seine vollen, dunklen Lippen überging. Etwas, das sie von dem weichen, sinnlichen Tonfall seiner Worte ablenkte.

Es musste doch ein Thema geben, das nichts mit ihm zu tun hatte und trotzdem interessant war. Es gab bestimmt eines, aber Eleonora wollte beim besten Willen nichts einfallen.

»Ich möchte schon seit einer ganzen Weile mit dir reden«, sagte Alessandro ernst.

»Warum hast du dann so lange gewartet?«

Er schüttelte den Kopf, als wollte er einen schlimmen Gedanken verscheuchen. »Ich wollte dich nicht mit meinen Problemen belasten. Vor allem nicht nach dem, was zwischen uns gewesen ist.«

*Zwischen uns ist nichts gewesen.*

Eleonora hatte auf Alessandro verzichtet, um Corinne kein Leid zuzufügen, und ihre Freundin hatte ihn schließlich geheiratet. Letztlich hatte Corinnes Liebe gesiegt.

»Keine Sorge, du kannst mir alles anvertrauen. Obwohl ich ehrlich gesagt gar nicht weiß, wie ich dir helfen soll, schließlich hast du auf alles eine Antwort parat.«

Alessandro war unwiderstehlich, doch der goldene Ehering an seinem Finger schimmerte unangenehm.

»Eine Antwort auf die Probleme anderer vielleicht, aber nicht auf meine.«

»Worum geht es denn?«

»Immer nur um das eine. Ich tendiere dazu, die Dinge zu verdrängen.«

Eleonora hielt für ein paar Sekunden den Atem an. Ob Alessandro schon so weit war? Ob er sich bewusst war, dass er das Trauma vergessen hatte. Sie sagte lieber nichts.

»Wenn mir etwas nicht passt, dann bagatellisiere ich es. Ich schiebe es beiseite, und manchmal tue ich sogar so, als wäre es nie geschehen. Egal ob ein heftiger Streit, gescheiterte Verhandlungen im Job oder Boshaftigkeiten mir gegenüber – ich vergesse es einfach.«

Eleonora nickte und tat so, als könnte sie nachvollziehen, was er da sagte. Sie war anders, sie verdrängte nie etwas.

»Ich habe dir doch erzählt, dass ich nach so vielen Jahren, in denen mich schreckliche Albträume geplagt haben, plötzlich gar nichts mehr träume. Weißt du noch?«

»Ja, das war an dem Tag, als ich aus der Villa Bruges ausgezogen bin.«

»Genau. Damals habe ich dir auch gesagt, dass ich mich total seltsam fühle.«

»Du warst ziemlich besorgt, ja.«

»Es ist schlimmer geworden. Seit ein paar Wochen habe ich wieder dasselbe klaustrophobische Gefühl wie in den Träumen, diesmal aber im Wachzustand. Es ist, als ... als würde ich Dinge sehen, mich an sie erinnern. Das passiert mir, während ich Frühstück mache, am Steuer, beim Arbeiten. Wie Halluzinationen, keine Ahnung. Es ist, als wäre ich in einem Film. Ich ... ich verstehe es nicht.«

»Was siehst du denn?«

»Zum Beispiel mich in einem leeren Raum, wie ich auf allen vieren esse wie ein Hund, aus einer Schüssel. Ich trinke auch so. Manchmal ist das Essen derart ekelhaft, dass ich brechen muss. Dann kommen Monster, immer wieder andere, die an meinen Zehen saugen und meine Waden anknabbern.«

Eleonora schluckte schwer und klammerte sich an den Sitz, als hätte sie Angst herunterzufallen. Unter ihren Füßen hatte sich unvermittelt ein schwarzes Loch aufgetan, und aus dem Schlund rief etwas nach ihr, zog sie an den Fußgelenken in die Tiefe. Erneut spürte sie die erdrückende Düsternis, die sich nach dem Desaster über ihr Leben gelegt hatte. Allerdings grenzte die Finsternis an diejenige eines anderen Menschen.

»Ich ... Das ist ja grauenvoll«, stotterte sie nach einer halben Ewigkeit.

»Und ob. Es gibt aber auch etwas Schönes. Eine gewisse Person.«

»Wen denn?«

»Ein Mädchen.«

»Wer ist es? Kennst du es?«

»Nein, ich kenne es nicht. Ich habe keine Ahnung, wer dieses Mädchen ist oder warum meine Einbildungskraft es geschaffen hat.«

Eleonora schwieg.

Kurz darauf parkte Alessandro den Wagen auf der Piazza gegenüber der Kirche, wo die Obdachlosen betreut wurden. Kurz nach Weihnachten hatte es eine heftige Kontroverse gegeben, denn einige Bürger störten sich an den zahlreichen, aus der ganzen Umgebung kommenden Clochards in der Stadt. Nachdem es fast zu tätlichen Auseinandersetzungen zwischen Politikern und erbosten Einwohnern gekommen war, hatte Alessandro das Wort ergriffen. Wie von Zauberhand hatten alle innegehalten und ihm zugehört. Er hatte beträchtliche finanzielle Mittel zugesagt, damit die Betreuung der Obdachlosen zumindest an bestimmten Tagen besser organisiert werden konnte. Da er weitere Investitionen in Borgo San Lorenzo angekündigt hatte, waren am Ende alle glücklich und zufrieden nach Hause gegangen.

»Warum erzählst du mir das alles?«, fragte sie ihn, während sie die Straße überquerten und eine Bar mit rustikalen Holzbänken betraten. Im Winter gab es dort heiße Schokolade und verschiedene Kräutertees zu trinken. »Ich meine, warum ausgerechnet mir?«

»Weil ich ein Problem habe, Eleonora. Ich bin nicht dumm. Sie verheimlichen mir etwas.«

»Wer? Wie meinst du das?«

»Alle. Meine Brüder, Denise, sogar Corinne. Seit ich von dem Mädchen spreche, sind sie nervös.«

»Vermutlich, weil sie es nicht verstehen und sich Sorgen machen.«

»Nein, nein. Sobald ich den Raum betrete, verstummen sie und schauen mich komisch an. Ich bin nicht paranoid, es ist tatsächlich so.«

*Ein Déjà-vu,* dachte Eleonora.

Sie setzten sich an einen der Tische am Fenster, das auf die Straße hinausging. Alessandro war in seine unangenehmen Gedanken versunken, Eleonora fühlte sich benommen.

Als er sich ihr zuwandte, bemerkte er ihren Gesichtsausdruck und runzelte die Stirn. »Was hast du?«

Eleonora schüttelte den Kopf, senkte den Blick auf das Tischtuch. »Du …« Sie nahm ihren Mut zusammen und schaute ihn an. »Du vertraust mir.«

Die Kellnerin legte zwei Speisekarten auf den Tisch und entfernte sich wieder, doch dann blieb sie unvermittelt stehen und kam zurück.

»Alessandro Vannini?«

Alessandro schaute auf, Eleonora ebenfalls.

Die Kellnerin war die junge Frau, die sie bei Alessandros Hochzeit gesehen hatte und die Emanuele und sie im vergangenen Jahr in die Notaufnahme gebracht hatten. Jene Frau, die eines Abends, von Emanueles Hof herkommend, an ihr vorbeigefahren war.

In ihrer Arbeitskleidung und mit dem Pferdeschwanz sah sie hübsch aus. Im Gegensatz zu Eleonora war sie ungeschminkt, lediglich ein Hauch von Lipgloss betonte ihren Schmollmund.

»Ja?«

»Ich bin Lorena Astolfi. Ich war vorgestern auf Ihrer Hochzeit.«

*So hieß sie also.*

»Ach, ich müsste Sie demnach kennen.«

Sie öffnete den Mund, und ihre weißen, regelmäßigen Zähne waren noch beeindruckender als die grünen Augen. »Nein, ich meinte, ich habe bei Ihrer Hochzeit gearbeitet. Ich war eine der Kellnerinnen.«

»Verstehe. Wir können gerne Du sagen. Freut mich, dich kennenzulernen.«

»Ganz meinerseits. Ich dachte, Sie ... ich meine, du könntest vielleicht eine Haushalthilfe brauchen. Ich will nicht unverschämt sein, aber in ein paar Tagen kommt die Kellnerin zurück, die ich hier vertrete, und dann bin ich den Job los. Deshalb dachte ich ...«

»Wirklich eine gute Idee«, unterbrach der barmherzige Samariter sie. »Gib mir deine Handynummer, ich melde mich bei dir.«

Vor Glück und Dankbarkeit völlig außer sich hüpfte sie auf und ab. »Danke!« Sie riss ein Blatt vom Bestellblock ab und kritzelte ihre Handynummer darauf. »Du kannst mich jederzeit anrufen.«

»Ich werde nicht aufdringlich sein«, scherzte Alessandro und steckte den Zettel ein. »Wir hören voneinander. Ich hätte dann gerne einen Pfefferminztee. Und du, Eleonora?«

»Einen Kaffee, bitte.«

Nachdem Lorena gegangen war, heftete Alessandro den Blick auf Eleonora. Wie Nägel bohrten sich seine Augen in den Schutzwall aus Teilnahmslosigkeit, den sie erreichtet hatte. Er hob eine Augenbraue und fragte, was ihr durch den Kopf gehe.

»Es ist leicht, dich um einen Gefallen zu bitten«, sagte Eleonora besorgt. Sie spürte, dass mit der Kellnerin etwas nicht stimmte.

»Kommt drauf an. Ich bin tatsächlich auf der Suche nach einer Hilfe für Mina. Sie ist nicht mehr die Jüngste und hat bereits angekündigt, dass sie demnächst aufhören möchte.«

»So ein Zufall.«

»Irre ich mich oder höre ich da einen sarkastischen Unterton heraus?«

»Du irrst dich nicht. Ich möchte dich bloß warnen. Erinnerst du dich noch an die Frau, die Emanuele und ich beim Straßentheaterfestival letztes Jahr ins Krankenhaus gebracht haben?«

Er dachte kurz nach und schüttelte dann den Kopf. »Vage.«

»Das war Lorena. Es ging ihr ziemlich schlecht. Eine alte Wunde hatte sich entzündet. Eine Schusswunde.«

»Mm. Ja, und?«

»Was heißt hier »Ja, und«? Wer weiß, mit wem sie sich so rumtreibt. Du kannst dir doch nicht eine Frau ins Haus holen, die schon mal angeschossen wurde! Ich bin mir nicht sicher, ob ich mich klar ausgedrückt habe. Außerdem habe ich sie einmal verstohlen von Emanueles Hof wegfahren gesehen, unmittelbar bevor wir dort angekommen sind.«

»Woher weißt du, dass sie es war?«

»Damals war ich mir nicht ganz sicher, deshalb habe ich auch nichts gesagt, aber irgendetwas an ihr überzeugt mich nicht ...«

Alessandro zuckte mit den Schultern, er hatte bereits das Interesse an dem Thema verloren. »Kommen wir zu den wichtigen Fragen zurück. Warum wunderst du dich so sehr darüber, dass ich dir vertraue?«

»Na ja, du erzählst mir viele sehr persönliche Dinge. Dinge, die deine Familie und deine engsten Freunde betreffen. Offenbar bist du davon überzeugt, dass ich es niemandem weitererzähle.«

»Genauso ist es.«

»Das macht mich stolz«, sagte Eleonora überschwänglich, und das unverhoffte Hochgefühl gewann die Oberhand über jede Logik und das Versprechen, das sie Corinne gegeben hatte. »Deshalb kann ich es dir ruhig sagen: Es stimmt, sie verschweigen dir etwas.«

Warum tat sie das nur? Wie konnte sie nur so niederträchtig sein und Alessandros Wohlergehen hintanstellen, nur um sich wichtig zu machen?

Eleonoras Hände waren eiskalt, und als sie nach der heißen Kaffeetasse griff, brannten ihre Fingerkuppen wie Feuer. Als sie die Tasse an den Mund hob, fielen zwei Tropfen auf das Tischtuch und wurden rasch größer, bis sie den Rand erreichten.

Alessandro rührte seinen Tee nicht an. Er mochte Pfefferminztee und trank ihn vor allem im Sommer. Er sagte, in südlichen Ländern sei der Tee als Durstlöscher sehr beliebt. Er sagte überhaupt recht viel, hatte zu allem eine Meinung und konnte zu jedem Thema etwas beisteuern.

Eleonora dagegen hatte meist nur wenig zu sagen, und fast immer das Falsche. Zumindest glaubte sie das.

*Verdammt, was habe ich da bloß getan?*
»Was verschweigen sie mir denn, Eleonora?«
*Verdammt! Was? Habe? Ich? Getan?*
»Keine Ahnung. Einmal habe ich sie miteinander reden gehört. Sie meinten, dass du allein draufkommen müsstest und dass sie es dir nicht sagen könnten.«
»Was denn?«
»Ich weiß es wirklich nicht!«
Eleonora hatte die Stimme erhoben, und einige andere Gäste drehten sich zu ihnen um. Prompt errötete sie. Auf einmal war es fürchterlich heiß in dem Lokal, der Schweiß rann ihr zwischen den Schulterblättern über den Rücken.
Alessandro griff nach ihrer Hand und führte sie an die Lippen.
»Entschuldige. Ich wollte dich nicht nervös machen. Deine Hände sind ja eiskalt, geht's dir nicht gut?«
Sie hatte nicht den Mut, ihn anzusehen. »Nein, mir ist nicht gut. Bitte lass uns gehen.«
»Na klar.«
Alessandro erhob sich, um zu zahlen, und Eleonora stürzte aus der Bar, um an der frischen Luft wieder Atem zu schöpfen.
Nur wenige Sekunden später kam er nach, zutiefst besorgt. Er legte ihr einen Arm um die Schultern, ganz fürsorglich. Sofort fühlte sie sich ruhiger. Sie lehnte den Kopf an seinen Oberarm, während die Menschen an ihnen vorübergingen und einen Bogen um sie machten. Die Geräusche drangen nur noch gedämpft und wie von weit weg an ihr Ohr.
»Geht es dir gut? Bitte sag, dass alles in Ordnung ist.«
Eleonora konnte darauf nicht antworten. Schließlich wusste sie selbst nicht, was genau ihr fehlte. Vielleicht hatte sie ja eine Panikattacke oder einen Schock, ausgelöst durch

die Gewissensbisse. Beim Gedanken an ihre Gemeinheit krampfte sich ihr sogleich wieder der Magen zusammen.

»Tut mir leid.«

»Was denn? Komm, wir gehen zum Auto.«

Er half ihr beim Einsteigen, kippte den Sitz etwas nach hinten und strich ihr übers Haar. Wie scharf sich die Messerklinge der Schuld angesichts der liebevollen Fürsorge anfühlte. Alessandro war verletzt worden und streichelte dennoch seine Peinigerin. Das war die größte Ungerechtigkeit aller Zeiten.

»Wirst du mir helfen, Eleonora?«, flüsterte Alessandro und fuhr mit dem Daumen die Umrisse ihrer Lippen nach.

Einen Moment lang befürchtete Eleonora, dass er sie küssen wollte, deshalb erwiderte sie nichts. Sie sah ihn nur an, wie er über sie gebeugt dastand, seine Haare berührten ihre Wange, die langen Wimpern umrahmten seine eindringlichen Augen.

Eleonora war sich über nichts mehr sicher, außer über die Unschuld dieser Augen. Was auch immer Alessandro tat, welchen Schmerz auch immer er jemandem zufügen mochte, er konnte dafür nicht verurteilt werden. Dabei gab es nichts Grausameres auf der Welt, als nicht mit dem Finger auf denjenigen deuten zu können, der einem Unrecht getan hatte.

»Wir sollten zur Villa zurückfahren«, sagte Eleonora.

Erneut herrschte Schweigen. Vielleicht liegt es daran, dass wir im Wagen sitzen, dachte Eleonora. Deshalb hörte sie nichts anderes als seine Stimme und seine Atemzüge.

»Du wirst mir helfen, nicht wahr?«

»Und wie?«

Alessandro neigte sich zu ihr und presste seine Lippen auf ihren Mund. Eleonora unterdrückte einen Schrei aus Enttäuschung und Jubel.

»Genau so. Indem du bei mir bist. Und indem du herauszufinden versuchst, was sie mir verschweigen.«

»Das solltest du nicht von mir verlangen«, konnte sie endlich sagen. »Geh hin und frag sie.«

»Du glaubst im Ernst, dass sie mir antworten? Ganz sicher nicht. Weißt du auch, warum? Weil sie glauben, es wäre das Beste für mich.«

»Gut möglich, dass es auch das Beste ist.«

»Die Wahrheit vor mir zu verbergen? Nie und nimmer. Das ist Unfug und soll nur ihr Gewissen beruhigen.«

Über Eleonora kreiste ein Raubvogel, zahm wie ein Beutetier. Er war unwiderstehlich.

Sie hielt sich eine Hand vor den Mund, um das Verlangen zu unterdrücken, ihn zu küssen. Es half wenig.

»Was ist deiner Ansicht nach damals geschehen?«, fragte sie.

»Ich bin mir nicht ganz sicher, aber ich glaube, mein Bruder ist nicht der Einzige, der misshandelt wurde. Irgendetwas ist auch mir zugestoßen, während er gefangen war.«

Wie weit er damit danebenlag! Aber es war nicht ihre Aufgabe, ihn aufzuklären. Sie hatte ihm bereits viel zu viel gesagt, das würde sie sich nur schwer verzeihen können.

Die fatale Enthüllung, die Eleonora so leicht über die Lippen gekommen war, hatte einen eindeutigen und weitaus weniger instinktiven Grund, als sie sich eingestehen wollte. Indem sie Alessandros Verdacht bestätigte, hatte sie eine viel wichtigere Rolle eingenommen als die einer Geliebten oder Ehefrau: Sie war zu seiner Komplizin geworden.

# 5

Ungläubig starrte Eleonora ihren schlechtesten Schüler an, während sie ihn abfragte, und ein Raunen ging durch die Bankreihen.

Die ganze Klasse wartete darauf, dass sie dem armen Kerl, der seine Unlust bei jeder sich bietenden Gelegenheit demonstrierte, die x-te Standpauke halten würde, doch Eleonora schwieg hartnäckig und stand nur reglos da wie eine Marmorstatue. Im Vormittagsunterricht wären jetzt anzügliche Bemerkungen gefallen, aber es war die letzte Nachmittagsstunde, und die Schüler wollten nur noch nach Hause.

Eleonora war sich einer ganz banalen Sache bewusst geworden und dachte darüber nach, wie dumm sie in letzter Zeit gewesen war, dümmer als gewöhnlich. Daran schuld war der Mikrokosmos in der Villa Bruges, der sie ganz benommen machte.

Sie war davon überzeugt, dass Alessandro sich in Kürze an alles erinnern würde, was ihm angetan worden war. Spätestens dann würde er auch erfahren, dass sie alles gewusst hatte.

Er würde sich doppelt verraten fühlen. Sie hatte einen unverzeihlichen Fehler begangen.

Eleonora schickte den faulen Schüler an seinen Platz zurück, ohne ihn zu benoten, verließ unter den verdutzten

Blicken aller das Klassenzimmer und ging zur Toilette. Dort wusch sie sich ohne Rücksicht auf ihr Make-up das Gesicht mit eiskaltem Wasser. Das tat sie sonst nie. Als sie in den Spiegel schaute, bemerkte sie die nassen Haarsträhnen und die verschmierte Wimperntusche unter den Augen. Mindestens dreißig Sekunden lang starrte sie auf ihr Spiegelbild.

*Was ist nur los mit mir?*

»Alles in Ordnung mit Ihnen?«, fragte die Hausmeisterin besorgt, die in der Tür erschienen war.

Eleonora wischte sich das verwischte Make-up ab und rieb dabei so fest, dass ihre Augen sich röteten. Dann erst antwortete sie.

»Nein, ehrlich gesagt nicht. Könnten Sie mich bitte in der Klasse vertreten? In zehn Minuten ist die Stunde zu Ende. Würden Sie mir diesen Gefallen tun?«

»Ja, natürlich. Wenn Sie irgendetwas brauchen …«

»Nein danke.«

Eleonora trat ins Freie und atmete tief durch. Nur wenige Meter vom Schulgebäude entfernt wartete Emanuele auf sie. Er sprach aufgeregt in sein Telefon und gestikulierte wild, als würde er durch seine Anwesenheit nicht schon genug Aufsehen erregen.

Als er Eleonora bemerkte, kam er ihr entgegen. Die Luftmassen teilten sich, die Zeit blieb stehen. Was hatten diese beiden Brüder bloß an sich? Wer wusste schon, wie ihre Mutter sie erzogen oder welches väterliche Rollenbild sie geprägt hatte. Aber vermutlich waren es die erlittenen Verletzungen, die sie in den Augen anderer so besonders machten.

Die Natur hat es ebenfalls gut gemeint mit ihnen, dachte Eleonora, während sie Emanuele betrachtete. Das Hemd spannte über seinen Schultern, die Jeans schmiegte sich eng an die Muskeln der Oberschenkel, und sein Gesicht war attraktiv und verrucht zugleich.

»Du bist ja früher fertig«, sagte Emanuele und steckte das Handy weg.

»Wieso? Kennst du etwa meinen Stundenplan?«

Er setzte die übliche leicht überhebliche Miene auf. Du hältst dich zwar für schlau, aber mit mir kannst du es nicht aufnehmen, besagte sie.

»Ich habe Maurizio gefragt. Zufrieden?«

»Keine Ahnung. Gehen wir etwas essen?«

»Gerne, aber ich entscheide, wo. Ich bringe dich an einen wunderschönen Ort.«

Eleonora folgte ihm kommentarlos zu seinem Auto. Emanueles starker Wille war mit Vorsicht zu genießen. Man riskierte jederzeit einen Zornausbruch, wenn man seine Erwartungen nicht zumindest teilte.

»Nur bitte nicht zur Villa«, war ihr einziger, wenn auch schwacher Einwand, als sie merkte, dass er auf die Umgehungsstraße abbog.

»Nein, keine Angst.«

Emanuele fuhr Richtung Prato und nahm die Ausfahrt nach Carmignano. Allerdings fuhr er an der Ortschaft vorbei, immer weiter in die Hügellandschaft hinein, wo die Straße, die zu mehreren Gutshöfen und Weinbergen führte, wie eine endlose graue Zunge die Felder teilte. Die Luftfeuchtigkeit war extrem hoch, der Duft der Trauben lag darin, ebenso der herbe Geruch des überreifen Fallobstes auf der Erde, das seinen Saft verströmte. Eleonora atmete tief durch, sogar das feuchte Gras roch hier anders als sonst.

Feuerrot stand die Sonne bereits tief am Horizont, schwoll immer mehr an, als wollte sie gleich explodieren.

»Ich liebe diese Orte«, sagte Eleonora und hoffte, Emanuele möge endlich sein beharrliches Schweigen aufgeben.

Sie war an die ständigen Wortgefechte mit ihm gewöhnt, weshalb seine Sprachlosigkeit ihr Unbehagen bereitete. »Sie haben einen starken Reiz auf mich, obwohl ich ihr Geheimnis nicht ergründen kann.«

»Es gibt kein Geheimnis, genau das macht ihren Reiz aus. Die Landschaft ergreift dich. Sie bietet weder Abgründe noch Verstecke für Dinge und Menschen. Nichts hier ist verfälscht oder verdorben, alle Gerüche und die Zeit sind authentisch. Die Geschichte oder vielmehr die Überreste aus vergangenen Epochen schenken einem die Illusion von Ewigkeit.«

Sie bogen in eine schmale Straße ein, die einen Weinberg entlangführte, und erreichten schließlich ein herrschaftliches Gebäude. Als sie aus dem Auto stiegen, hatte die Sonne bereits die Hügel in Flammen getaucht und die Steine aufgewärmt. Das Schauspiel war atemberaubend.

»Emanuele!« Ein Mann um die fünfzig, übergewichtig und mit einem breiten Lächeln, war von irgendwoher aufgetaucht. »Was für eine schöne Überraschung, ich habe dich erst morgen erwartet.«

»Ich wollte meine Verlobte herbringen«, sagte Emanuele, und Eleonora stolperte vor Schreck. »Ich möchte, dass sie den Ort sieht, bevor wir hier einziehen. Eleonora, darf ich dir Carlo Pacini vorstellen? Er ist der Verwalter des Agriturismo.«

*Wir ziehen hierher?*

Der Mann strahlte übers ganze Gesicht. »Oh, Sie werden sich hier wohlfühlen.«

»Natürlich. Sie ist eine Hexe.«

Carlo entfernte sich und brummte etwas von einem exquisiten Mahl, das er zubereiten würde. Eleonora verfolgte seinen Abgang, dann heftete sie den Blick wieder auf Emanuele, der bereits zu einem Holzschuppen gegangen war. Sie eilte ihm hinterher, und zusammen betraten sie den vermeintlichen Stall, der sich als langer, schmaler Weinkeller voller Fässer entpuppte.

»Riechst du das?« Emanuele betastete ein Fass nach dem anderen, während er langsam daran vorüberging. »Dort drüben sind auch einige Barriquefässer.« Er zeigte auf mehrere Reihen ganz hinten. »Der Wein wird darin samtiger. Aber nur in den großen Fässern reift guter Wein. Ihre Dauben sind dicker und lassen weniger Sauerstoff durch.«

Unvermittelt blieb er stehen, und Eleonora lief in ihn hinein.

»Entschuldige.«

Hier, umgeben von dem Geruch nach Holz und Traubenmost, war Emanuele in seinem Element. »Könntest du dir vorstellen, hier zu leben?«

»Ich weiß nicht so recht ... Gehört der Agriturismo dir?«

»Inzwischen ja. Das Anwesen besteht aus einem Weinberg und dem Gebäudekomplex hinter uns, inklusive Swimmingpool und Hotel. Ich wollte mein Erbteil investieren, außerdem habe ich mit dem Verkauf von Fiamma ein gutes Geschäft gemacht. Nächstes Jahr werden wir einen hervorragenden Chianti trinken können.«

Emanuele zwinkerte ihr zu und ging weiter. Eingehend musterte er die Fässer und wies sie auf Details hin, die sie niemals bemerkt hätte.

»Carlo verwaltet das Anwesen seit einigen Jahren, aber er schafft es nicht mehr alleine. Seine Kinder studieren inzwischen im Ausland. Aus der ganzen Welt kommen die Leute in die Toskana, um hier Villen und Ländereien aufzukaufen. Carlos Kinder dagegen, die in diesem Paradies arbeiten könnten, haben es vorgezogen, ins Ausland zu gehen.«

Eleonora zuckte mit den Schultern, sie war keineswegs erstaunt. »Was man kennt, verliert seinen Reiz.«

Emanuele fuhr herum und schaute Eleonora an, dann kam er auf sie zu, so nah, dass sie sich berührten. »Glaubst du das wirklich?«

»Normalerweise ist es so.«

»Vielleicht begehre ich dich deshalb so sehr. Weil ich dich nie ganz kennen werde.«

Für einen Augenblick wurde Eleonora sich bewusst, welche Anziehung sie auf Emanuele ausübte. Doch sie verdrängte den Gedanken sogleich wieder, denn die Tatsache an sich war schlicht unerhört. Es war keine falsche Bescheidenheit, sie nahm es einfach nur zur Kenntnis. Sie konnte noch so attraktiv sein, an Emanuele würde sie nie heranreichen.

»Im Gegenteil, du kennst mich sehr gut.«

»Ich kenne deinen Körper und verlange, dass du ihn mir darbietest, wenn wir zusammen sind. Mir gefällt es, dich nackt daliegen zu lassen, so lange, bis ich fast den Verstand verliere und nur noch mit dir schlafen will. Ich dachte, ich könnte so besser zu dir vordringen, aber es funktioniert nicht, du entziehst dich mir. Vielleicht war ich aber auch früher einfach mit dem zufrieden, was du mir gegeben hast. Das ist jetzt nicht mehr so.«

»Die Suche ist sinnlos«, sagte Eleonora, beinahe niedergeschlagen. »Da gibt es nichts zu ergründen.«

»Von wegen. Ich bin sicher, dass du mir nur die Spitze des Eisbergs zeigst.« Ohne Eile knöpfte Emanuele ihr die Bluse auf und streifte sie ihr von den Schultern. »Vermutlich weißt nicht einmal du, was unter dem Eis alles begraben liegt.«

Eleonora wandte sich zum Eingang des Schuppens um. Wieso war das Tor geschlossen? Sie konnte sich nicht erinnern, es zugemacht zu haben, und Emanuele hatte es auch nicht getan.

»Eis? Empfindest du mich etwa als kalt? Es kommt mir nicht so vor.«

Er hakte ihren BH auf, zog ihn über die prallen Brüste, die nur auf seine Liebkosungen warteten. Sie waren bereit für seinen Mund, als wären sie voll mit Milch.

»Es gibt einen Punkt, den du nie überschreitest, Eleonora. Eine Mauer, die du nicht niederreißen willst.«

Emanuele ließ die Hände tiefer wandern, zog den Reißverschluss ihres Rockes auf und streifte ihn ihr ab, mühelos, ohne eine einzige ungelenke Bewegung. Er war verdammt geübt darin.

»Es könnte jemand reinkommen«, sagte Eleonora und bereute sogleich ihre offensichtliche Feigheit. Sie würde Emanuele sowieso nicht aufhalten können, warum sollte sie ihm also verraten, dass sie Angst hatte?

Als er sie gegen die Wand presste, wobei die groben Steine ihr die Schulterblätter zerkratzten, und ihr mit Nachdruck die Beine auseinanderdrückte, entwich ihr ein Stöhnen, das sie bis dahin unterdrückt hatte.

Eleonora nahm seine Zunge begierig auf, als er sie küsste, ließ alles mit sich geschehen, wie immer. Es gefiel ihr, sich ihm hinzugeben, das konnte sie sich inzwischen sogar eingestehen. Ihr gefiel sogar, wenn ihre nackte Haut den Stoff seiner Kleidung berührte, fast immer ein Hemd und eine Jeans. Sie genoss die kühle Baumwolle auf ihren Brustwarzen und den rauen, warmen Stoff auf ihren Schenkeln. Auch dadurch zeigte Emanuele, dass er die Kontrolle über die Situation behielt: Er blieb angezogen.

»Lass uns die Mauer in dir niederreißen«, sagte er vergnügt.

*Welche Mauer? Merkst du denn nicht, wie die Stützen brechen und mein Innerstes vollständig freilegen?*

Nur zu gerne hätte Eleonora ihm genau das gesagt, doch

sie dachte es nur. Sie war sicher, dass er es nicht verstanden hätte.

Emanuele schob eine Hand in ihren Slip, seine Finger eroberten ihren willenlosen Körper, der nichts anderes wollte, als ihn in sich aufzunehmen, ihm den Weg zu weisen.

»Möchtest du es hier tun?«, fragte Eleonora und hasste das Stimmchen, das aus ihrer Kehle kam, während Emanuele sich an ihr vergriff. Denn genau darum ging es. Es war, als würde er sie im Schlaf missbrauchen.

»Willst du denn nicht?«

»Nein, ich meine, ja, aber …«

»Nein, ja, aber?«

Emanuele zog die Hand zurück und knöpfte sich die Jeans auf. Dann führte er ihre Hand an sein Geschlecht und schloss ihre Finger darum.

»Du darfst mich auch berühren«, sagte er ironisch. »Es ist mir nicht unangenehm, weißt du?«

Gut möglich, dass er das meinte, wenn er von der Mauer in ihr sprach. Es war Eleonora peinlich, aber sie musste gestehen, dass sie nie die Initiative ergriff. Sie fühlte sich lieber unterworfen. Wenn sie ihm zeigte oder gar sagte, was sie wollte, hätte Emanuele denken können, es sei ihr freier Wille, ihre Wahl. Doch hatte sie die tatsächlich?

Natürlich nicht. Die Umstände hatten für sie entschieden, und Alessandro hatte Corinne geheiratet.

Etwas zog an ihren Haaren, und sie brauchte zwei Sekunden, um zu begreifen, dass es Emanuele war.

»Woran denkst du?«, fragte er, und seine Stimme klang vorwurfsvoll.

»An dich.«

»Nein, du hast nicht an mich gedacht. Aber ich werde dafür sorgen, dass du es jetzt tust.«

Mit den Knien öffnete er ihre Beine und drang heftig in sie ein, was ihr einen unterdrückten Schrei entlockte. Eleonora wurde regelrecht auf die Fußspitzen gehoben, so heftig drückte Emanuele sie gegen die Mauer.

»Und jetzt, an wen denkst du jetzt, Julia? Romeo ist weit weg, weißt du.«

»Bitte ...«

Eleonora wollte etwas sagen, doch seine ungestümen Stöße brachten sie zum Schweigen. Sie konnte nur noch atmen, würdelos winseln. Emanuele bestrafte und beschenkte sie gleichzeitig, er bewegte sich genau so, wie sie es gewollt hätte und küsste sie dabei zärtlich auf den Hals, die Ohren, den Mund. Seine Großzügigkeit, als Egoismus getarnt, machte die Heftigkeit, mit der er sie nahm, zu einem unwiderlegbaren Liebesakt.

»Ich liebe dich«, murmelte er nun tatsächlich auf ihren Lippen. »Sogar jetzt noch.«

Eleonora krallte die Finger in seine Schultern und versuchte, ihren Orgasmus abzuschwächen. Sie wollte Emanuele keine Genugtuung schenken, nicht auf diese Weise.

»*Ich* ficke dich, nicht er. Gefällt es dir?«

»Red nicht so mit mir!«, konnte sie gerade noch schreien, bevor sie kam, bevor ihre Knie nachgaben und sie sich an ihn klammerte, wie sie es nie gewollt hatte.

Sie ließ sich von ihm herunterdrücken und kniete sich vor ihn hin. Emanuele erwartete nicht von ihr, dass sie sich bewegte, er stieß in ihren geöffneten Mund, füllte ihn aus, zog sie an den Haaren. Als er kurz darauf kam, murmelte er ihren Namen, ohne auch nur ansatzweise zu stöhnen.

»Möchten Sie einen Wein, Signora?«

Der Kellner schien chinesisch zu sprechen. Eleonora starrte ihn benommen an, als verstünde sie kein Wort.

Emanuele wählte für sie. »Bring uns eine Flasche von dem Hauswein, schließlich ist er schon bald unser Wein.«

Als er nach Eleonoras Hand griff, die reglos auf dem Tisch lag, wirkte die Geste richtig zärtlich, dabei war es immer Alessandros Geste gewesen. Es war ein tröstlicher Händedruck auf einem bunten Tischtuch, umgeben vom Duft der Speisen und dem Aroma des Weins.

Nach einer Weile fand Eleonora den Mut, ihn zu beobachten, um wieder in die Realität zurückzukehren. Sie stand seinem stürmischen Drängen jedes Mal wehrlos gegenüber und hätte ihre Starre gern überwunden, hätte gern ihren Part in diesem Spiel gefunden. Sie durfte nicht zulassen, dass er so viel Macht über sie gewann.

»Stimmt etwas nicht mit mir?«, fragte Emanuele, während der Keller *buristo* brachte. Die toskanische Blutwurst wurde mit ungesalzenem Brot serviert.

Bei dem leichten Orangenaroma kam Eleonora sofort Rita in den Sinn, die diese Wurst auf all ihren Reisen suchte und jedermann davon vorschwärmte. »Schön wär's«, antwortete sie gedankenverloren.

»Ich nehme an, das war jetzt ein Kompliment.«

Eleonora strich sich eine Haarsträhne, die ihr immer wieder ins Gesicht fiel, hinter das Ohr.

»Na gut, wenn du heute Abend schweigsam bist, rede ich eben. Mal sehen, ob ich dich aus der Reserve locken kann.«

Emanuele holte einen weißen Umschlag aus der Tasche und zog mit der selbstzufriedenen Miene eines Magiers zwei Flugtickets heraus. »Lass uns nach Paris fliegen. Magst du?«

Eleonora war total überrascht. Sie öffnete zweimal den Mund, ehe ihr endlich die Worte über die Lippen kamen. »Du hast auch für mich ein Ticket gekauft?«

»Na klar. Was soll ich denn allein in Paris?«

»Und wenn ich Nein sage?«
»Kommst du jetzt mit oder nicht?«
»Musst du geschäftlich hin?«
»Da ist sie wieder, die Königin der Fragenstellerei. Wir fliegen in zwei Wochen und bleiben genau drei Tage in Paris, nicht einen Tag mehr. Und ja, ich habe dort geschäftlich zu tun. Trotzdem will ich nicht alleine hinfahren, sondern mit dir. Jetzt sag schon, dass du mitkommst.«
*Wer hat dir gesagt, dass du auch für mich ein Ticket kaufen sollst?*
»Wann geht der Flug?«
»Am Freitag.«
*Du bist dir hundertprozentig sicher, dass ich Ja sagen werde. Das ist nicht gut.*
»Um wie viel Uhr?«
Emanuele sah auf dem Ticket nach. »Dreizehn Uhr dreißig.«
*Du hättest mich zumindest fragen müssen. Du hättest sagen sollen: »Eleonora, ich muss nach Paris. Es wäre schön, wenn du mich begleiten würdest. Soll ich ein Ticket für dich mitkaufen?«*
»Einverstanden.«
Emanuele war zufrieden. Aber nicht erstaunt. Er steckte die Tickets zurück in die Tasche und schenkte ihr Wein nach.

# 6

Der Sonntag war ein problematischer Tag. Das galt für alle Sonntage, die Eleonora nicht nach einer Nacht in Emanueles Bett auf dem Hof verbrachte. Sie musste diesen Sonntagen einen Sinn geben, etwas unternehmen, damit sie den Eindruck gewann, dass es auch noch ein Leben außerhalb der Villa Bruges gab.

Aus diesem Grund rief sie Alessandros Psychologin an, die sich sogleich bereiterklärte, sie zu empfangen, und ihr einen Termin gab.

Das Sprechzimmer war der einzige freundliche Raum im ganzen Krankenhaus. Es standen farbige Stühle darin, Zeichnungen hingen an den Wänden, und in einem Bücherregal reihten sich Romane aneinander, keine wissenschaftlichen Abhandlungen. Eleonora schaute sich um und blickte amüsiert auf die frischen Blumen in dem Marmeladenglas vor ihr.

»Ein schöner Raum«, sagte sie und setzte sich Antonella gegenüber an den Schreibtisch. »So fröhlich.«

»Ich gebe mir Mühe. Immerhin behandle ich viele Kinder.«

»Tatsächlich?«

»Ja. Die schlimmsten Dinge geschehen in den Familien, und normalerweise sind es die Kinder, die unter den Folgen leiden.«

»Stimmt. Ich kann mir gut vorstellen, was Sie sich alles anhören müssen.«

»Einverstanden, wenn wir uns duzen? Mit Alessandro und Emanuele tue ich das seit jeher. Ich kenne die beiden allerdings auch von klein auf. Sie haben einen langen und harten therapeutischen Weg hinter sich, der die ganze Familie einbezogen hat. Vor allem aber ging es um den entführten Jungen und seinen Bruder, der ihn nicht beschützen konnte.«

»Sie waren noch Kinder, und die Kindheit ist an sich eine schwierige Phase«, sagte Eleonora.

»War deine Kindheit schwierig?«

»Ich bin nicht wegen mir hier.«

»Entschuldige, ich hatte den Eindruck, du willst darüber sprechen.«

»Sie war tatsächlich schwierig«, sagte Eleonora hastig. »Nicht dass ich wie Alessandro ein schweres Trauma erlitten hätte oder misshandelt worden wäre. Aber meine Mutter hat einer Fremden deutlich mehr Liebe geschenkt als mir.«

Antonella schwieg eine geraume Weile. Es war nicht zu erkennen, ob das Bekenntnis an sich oder die Beiläufigkeit, mit der Eleonora die harten Worte ausgesprochen hatte, sie betroffen machte.

»Glaubst du, dass du sie als Tochter enttäuscht hast?«

»Zweifellos. Meine Mutter hat einen extrem starken Charakter. Sie wollte immer eine sanfte, unterwürfige und liebevolle Tochter. Sie wollte Corinne. Und sie hat sie bekommen.«

»Corinne hat mir erzählt, dass sie früher viel bei euch zu Hause war. Sie meinte, dass du und deine Mutter ihre wahre Familie gewesen seid. Weißt du, Mütter von unabhängigen Töchtern denken manchmal, sie würden ihrer Aufgabe nicht nachkommen. Dann suchen sie Schäfchen, die sie retten können, um sich so in ihrer Rolle als unentbehrliches Muttertier zu bestätigen. Das bedeutet nicht, dass sie ihre biologischen Kinder nicht lieben.«

Das Bild gefiel Eleonora, obwohl es eine innere Unruhe in ihr auslöste. Sie hatte tatsächlich nie den Eindruck erweckt, jemanden zu brauchen, nicht einmal ihre Mutter. Leider war das nur eine von unzähligen Methoden, um sich ihren Unsicherheiten zu stellen. Das war ziemlich leicht zu durchschauen, man brauchte im Grunde gar nicht nach verirrten Schäfchen zu suchen, um seinen Beschützerinstinkt zufriedenzustellen.

»Du bist eine sensible Frau, Antonella.«

»Das hat nichts mit Sensibilität zu tun. Es ist mein Job, hinter die Fassade zu schauen.«

»Und wie sieht die in meinem Fall aus?«

Antonella verstand zunächst nicht, was Eleonora meinte. Sie rückte ihre Brille zurecht und ließ sich Zeit mit der Antwort. »Du willst wissen, wie du auf andere wirkst?«

»Ja.«

»Das ist eine eher ungewöhnliche Frage. Normalerweise fragen mich die Leute, was ich hinter ihrer Fassade sehe. Und das, ohne dass sie je bei mir in Behandlung waren, so als wäre ich ein Medium.« Sie lachte aus vollem Hals, und ihr Busen wogte. »Du dagegen ... Du stellst interessante Fragen. Und wirkst sehr stark und selbstsicher.«

»Wusst ich's doch. Ist alles nur Show.«

»Na ja, nur wenige Menschen, die stark erscheinen, sind es tatsächlich. Wer Stärke demonstriert, tut es normalerweise, weil er Angst hat. Stärke muss man nicht zeigen, man braucht sie bloß zum Überleben.«

»Kann sein ... Eigentlich wollte ich mit dir über Alessandro reden.«

Antonella kommentierte den offensichtlichen Versuch, das Thema zu wechseln, nicht weiter. »Erzähl.«

»Ich glaube, er ist so weit. Er ist nämlich fest davon überzeugt, dass wir ihm etwas verheimlichen.«

»Wieso, was hat er dir gesagt?«

»Er hat mich gebeten, ihm dabei zu helfen, die Wahrheit herauszufinden. Er hat auch ein Mädchen erwähnt. Was soll ich denn jetzt tun?« Eleonora legte die zu Fäusten geballten Hände auf den Schreibtisch.

»Wir sind an einem Wendepunkt. Keine Sorge, ich werde mich darum kümmern. In unseren Sitzungen werde ich ihn vorsichtig an die Wahrheit heranführen und hoffe, dass er es gut übersteht. So gut wie möglich zumindest.«

»Du hoffst es?«

»Ja, ich halte nicht den Schlüssel zur Welt in der Hand, Eleonora. Ich bin auch nur ein Mensch.«

Eleonora wollte etwas erwidern, konnte sich aber nicht dazu durchringen. »Glaubst du, es existiert tatsächlich? Das Mädchen, meine ich«, sagte sie stattdessen.

»Oh, das Mädchen. Wer weiß. Ich habe da so eine Idee.«

»Und die wäre?«

Antonella dachte kurz nach. Vermutlich überlegte sie, bis zu welchem Punkt sie die jüngsten Entwicklungen des Falls preisgeben konnte.

»Ich glaube, es handelt sich um eine Projektion des Mutterarchetyps. Alessandro saß damals im Dunkeln, mutterseelenallein. Monatelang. Er hat eine Person gebraucht, auf die er sein Bedürfnis nach Liebe projizieren konnte. Ein bisschen wie bei Kindern, die einen imaginären Freund haben. Der Mangel materialisiert sich in einer positiven Fantasiegestalt, die mit ihnen spielt und dafür sorgt, dass sie sich stark fühlen.«

»Dann wäre es also reine Fantasie.«

»Gut möglich. Obwohl, in letzter Zeit ...«

Der Satz blieb unvollendet, das Echo der ausgesprochenen Wörter schwebte über ihren Köpfen. Eleonora war seit jeher der Ansicht, dass es ganz spezielle Sätze gab, die anders waren als alle anderen und wie eine Warnung klangen. Der Satz, den Antonella gerade ausgesprochen hatte, war so einer.

»Was ist in letzter Zeit?«

»Erinnerungen sind gespickt mit Einzelheiten. Meist alles Kleinigkeiten, aber dafür unverhältnismäßig viele. Ich war immer überzeugt, dass genau diese Einzelheiten uns die Wahrheit unter all den Bergen von Lügen und Erinnerungen verraten, die unser Hirn rekonstruiert oder erfindet. Je genauer die Beschreibungen sind, je unnützer sie in der Erzählung erscheinen, desto mehr kann ich daraus schließen, dass der Patient mir eine reale Szene schildert.«

»Was bedeutet das?«

»Es bedeutet, was wir schon wissen: Alessandro steht kurz davor zu erkennen, dass er als Kind ein Trauma erlebt und es all die Jahre verdrängt hat. Gut möglich, dass es dieses Mädchen wirklich gegeben hat. Es könnte die Tochter eines der Entführer gewesen sein. Vielleicht hatte es die Aufgabe, ihm das Essen zu bringen.«

»Das wäre ja ungeheuerlich. Wie kann man nur von einem kleinen Mädchen so etwas verlangen.«

»Falls es so war, würde mich das nicht erstaunen. Vergessen wir nicht, dass diese Leute einen zehnjährigen Jungen entführt, gefangen gehalten und hungern lassen haben. Was ist für so jemanden schon dabei, ein Mädchen damit zu beauftragen, ihm einmal am Tag etwas zu essen zu bringen?«

»Ich mache mir wirklich Sorgen um Alessandro. Wenn

er in all den Jahren die Wahrheit in einem Winkel seines Gehirns verborgen hat, dann bedeutet das doch, dass er sie nicht ertragen kann.«

»Er wird schrittweise herangeführt. Du darfst ihm aber nichts verraten, hast du verstanden? Ich werde die einzelnen Steps festlegen.«

*Die einzelnen Steps festlegen.* Das klang extrem sachlich und nicht gerade einfühlsam, so als machte Antonella bloß ihren Job, wenn auch mit geringfügig mehr innerer Anteilnahme als sonst, weil der Fall sich nun schon über Jahrzehnte hinzog. Eleonora dagegen tendierte dazu, einige Menschen in so etwas wie einen Kreis der Empathie zu stellen, in dem jeder alles verstand, was die anderen bewegte, in dem alle einander gern hatten und sich ohne Hintergedanken voneinander angezogen fühlten.

Obwohl die Realität sie beständig Lügen strafte, versetzte es Eleonora jedes Mal einen Stich, wenn ihr bewusst wurde, dass sie wohlwollende Gesten überinterpretierte und ihnen eine tiefere Bedeutung beimaß als angemessen. Aus irgendeinem Grund erzählte sie es Antonella.

»Es ist nicht weiter ungewöhnlich, wenn man in anderen ein größeres Interesse sieht, als sie tatsächlich zeigen. Es ist vielmehr ein schönes Märchen, das die Menschen sich erzählen und aus dem sie Trost ziehen.«

»Wie meinst du das?«

»Es ist dein persönlicher *playground*.«

»Mein was?«

»So nenne ich die kleine Welt, die einsame Menschen sich gerne schaffen.«

»Ich bin nicht einsam.«

»Vermutlich warst du lange Zeit deines Lebens davon überzeugt, nicht zu genügen. Weißt du, was bei Adoptionen manchmal geschieht? Wenn eine Mutter sich entscheidet, ein armes Geschöpf aufzunehmen, setzt sie einen unbewussten Mechanismus in Gang. Um das Adoptivkind für die Liebe zu entschädigen, die es bisher nicht bekommen hat, widmet sich die neue Mutter ihm mit einer solchen Hingabe, dass sie unwillentlich das eigene Kind vernachlässigt. Deine Mutter hat sich bei Corinne verhalten wie bei einer Adoptivtochter, und du hast geglaubt, ihrer Liebe nicht zu genügen. Wenn man als Kind zu dieser Überzeugung gelangt, tendiert man später dazu, sie auf die ganze Menschheit auszuweiten. Du denkst, dass es sich nicht lohnt zu lieben, weil niemand deine Liebe je erwidern wird.«

Das Klingeln von Eleonoras Handy setzte dem Monolog ein Ende. Zum Glück, denn irgendetwas daran bedrückte sie. Und sie konnte nun wirklich keine zusätzlichen Sorgen gebrauchen.

Es war Alessandro.

»Hallo.«

»Wo bist du?«

*Wo ich bin?* »Bei einer Freundin. Alles okay bei dir?«

»Ja. Wie wär's, wenn wir zusammen mittagessen? Ich muss dich dringend sehen.«

Hätte er sie lediglich zum Essen eingeladen, dann hätte Eleonora höflich ablehnen können. Doch der Zusatz »Ich muss dich dringend sehen« machte die Sache schwierig.

»Ich weiß nicht, ich ...«

»Stimmt es, dass du mit Emanuele nach Paris fliegst?«

*Neuigkeiten verbreiteten sich in der Villa Bruges stets wie ein Lauffeuer. Nur was spielte das jetzt für eine Rolle?*

»Ja, ich glaube schon.«

»Was heißt, *ich glaube?*«

Wieso dieser vorwurfsvolle Ton? »Alessandro, bitte entschuldige, aber ich habe zu tun.«

»Nein, warte. Kommst du?«

»Ich kann heute nicht.«

»Dann morgen.«

»Lass uns morgen telefonieren, okay?« Die Niederlage war vorprogrammiert. Sie ließ das Handy in die Handtasche fallen und erhob sich abrupt. »Danke, dass du dir für mich Zeit genommen hast«, sagte sie zu Antonella und suchte in der Tasche nach einem Feuerzeug. Sie brauchte jetzt dringend eine Zigarette.

»Alles in Ordnung, Eleonora?«

»Ja, sicher. Warum?«

»Wenn du dich im Spiegel sehen könntest …«

Eleonora schaute zum Fenster, dessen Scheibe matt war und ihr Bild nicht spiegelte. Dann richtete sie sich die Haare, rieb über die Haut unter den Augen und suchte nach Krümeln von Wimperntusche auf den Fingern. Sie fand keine.

Das Feuerzeug fiel zu Boden. Eleonora beeilte sich, es aufzuheben, und kämpfte gegen das offensichtliche Zittern ihrer Hände an.

Ein gerade mal wenige Sekunden dauerndes Telefongespräch hatte gereicht, um sie in diesen Zustand zu versetzen.

Es hatte gereicht, dass Alessandro Sätze sagte wie : »Ich muss dich dringend sehen« oder: »Stimmt es, dass du mit Emanuele nach Paris fliegst?« oder: »Nein, warte«.

»Stimmt etwas nicht mit mir?«

»Du wirkst verstört.«

»Ach, das bin ich häufig.«

»Du solltest Ordnung schaffen.«

»Unmöglich, ich bin von Natur aus unordentlich.«

Eleonora neigte den Kopf und stürzte hinaus.

Nach dem Abendessen kam Emanuele vorbei. Sie rauchten Gras, dann fesselte er sie und verband ihr zum zweiten Mal die Augen.

Ab und zu berührte er sie. Es war eine einzige Tortur für Eleonora. Je verwirrter sie war, desto mehr sehnte sie sich nach Bestrafung.

Emanuele wollte sie in dieser Nacht reglos und schweigsam, eine Forderung, die leicht zu erfüllen war. Eleonora zog sich das Schweigen über wie einen Strumpf. Als Emanuele sie zwischen den Beinen leckte, ballten sich in ihrer Lunge die Stoßseufzer.

»Du bist mein Püppchen«, sagte Emanuele. Ihm war anzuhören, dass ihre Willfährigkeit ihn amüsierte. Das wiederum erregte sie noch mehr, und sie beging den Fehler, das Becken zu bewegen, um sich seinem Mund entgegenzuschieben.

Sofort hielt er inne, woraufhin ihr ein Stöhnen entfuhr, das den Trug verriet.

»Du sollst dich doch nicht bewegen«, rügte er sie. »Willst du wohl stillhalten?«

Eleonora nickte brav. Sie spürte einen Kloß, der auf das Zwerchfell drückte, ihr Ehrgefühl meldete sich. Es ließ sich nicht mehr so leicht ignorieren wie früher. Irgendetwas trieb sie zum Handeln.

Sie spürte seinen muskulösen Körper auf ihrem, sein Geschlecht drückte gegen ihren Bauch. Eine kleine Bewegung hätte gereicht, um in sie einzudringen, so feucht, wie sie war, aber Emanuele tat es nicht, er war viel zu sehr mit ihren Brüsten beschäftigt, saugte und knabberte lustvoll daran.

»Gut so.«

In der Ferne klingelte das Telefon. Eleonora hatte es in der Küche neben der Mikrowelle liegen lassen. Sie stellte sich vor, wie es aufleuchtete und vibrierte, wie der Name von Alessandro in kleinen grünen Buchstaben auf dem Display erschien. Sie wollte sich bewegen. Ein kurzes Muskelzucken, nicht mehr. Aber Emanuele erlaubte es nicht, sondern griff ihr in die Kniekehlen, legte sich ihre Beine um die Hüften und drang in sie ein.

»Nein«, sagte er. »Du bleibst hier.«

Ein einziger tiefer Stoß und Eleonora hörte kein Klingeln mehr.

Sie wollte ihn am liebsten ganz verschlingen, zu einer neuen Hautschicht auf seiner Haut werden, mit ihm und all seinen Organen verschmelzen. Als sie stöhnte, hielt er ihr den Mund zu, küsste sie auf die Wange, dann auf den Hals.

Emanuele vergnügte sich eine Weile mit ihr, und es kam ihr vor wie eine Ewigkeit. Immer wieder ließ er von ihr ab, um erneut in sie einzudringen, und erstickte ihre Lustschreie mit der Hand. Dabei drückte er ihre Hüften auf das Bett, bis sie die Reglosigkeit nicht länger aushielt.

Irgendwann sagte er »Jetzt«, gab ihren Mund und ihren Körper frei und ließ sie explodieren.

Von allen Emotionen, die sie durchströmten, erschütterte Eleonora am meisten die Dankbarkeit, die sie empfand, als Emanuele ihr erlaubte, zum Höhepunkt zu kommen. Ihre Lunge blähte sich auf, das Zwerchfell weitete sich. Sie war ihm unendlich dankbar.

Schließlich wandte sie den Kopf und betrachtete Emanuele im Schlaf. Wie sehr sie ihn beneidete. Er konnte seelenruhig schlafen, weil er alles unter Kontrolle hatte.

Eleonora schloss die Augen und atmete tief aus, um den Nachhall all dessen entweichen zu lassen, was sie zurückgehalten hatte, aber vergebens. Das Seufzen, vor allem aber die unausgesprochenen Dinge schlummerten sanft in ihrem Bauch und waren dennoch aggressiv, wenn sie sich durch Emanueles Finger hindurch ihren Weg zu bahnen versuchten.

»Liebst du mich eigentlich?«, fragte Eleonora in den dunklen Raum.

»Ja«, antwortete er, ohne die Augen zu öffnen.

»In was genau hast du dich verliebt?«

»Muss ich darauf wirklich antworten?«

»Wenn du magst.«

»Ich habe es dir schon tausend Mal gesagt. Wollen wir jetzt schlafen?«

»Hast du Alessandro gegenüber erwähnt, dass wir zusammen wegfahren?«

»Nein. Warum? Weiß er es?«

»Ja.«

»Ist das ein Problem? Ich habe es Denise erzählt, als ich sie zur Psychologin gefahren habe.«

»Nein, alles okay.«

Damit war die Sache für Emanuele erledigt, und er drehte sich auf die Seite. Eleonora umarmte ihn, schmiegte die Wange an seinen Rücken und legte ihm einen Arm um die Taille. Er griff nach dem Arm und drückte ihr einen zarten Kuss aufs Handgelenk.

»Das ist eine schlimme Narbe«, meinte er und fuhr mit dem Finger über den schmalen Stiel des Rosen-Tattoos, das sich um die Stelle rankte. »Wer hat dir das angetan?«

»Ich bin vom Mofa gefallen.«

»Wann?«

»Ist lange her.«

Emanuele wandte sich zu ihr um, und sofort errichtete Eleonora eine Mauer zwischen ihm und den Erinnerungen. Hin und wieder kam es ihr so vor, als hätte sie endlich einen

Ort auf der Welt für sich gefunden. In diesem Moment war sie sich fast sicher. Trotz allem.

»Die Reise wird sicher toll«, sagte sie.

Verdrängung war ein überaus wirksamer Mechanismus. Davon abgesehen war Emanuele eine starke Droge, die etliche unangenehme Dinge verblassen ließ.

Er könnte sogar einen perfekten *playground* abgeben.

# 7

Als Eleonora aus dem Bett stieg, fühlte sich der Fußboden unerwartet kühl an. Im Halbschlaf kam es ihr vor, als würde sie auf einer Eisschicht ausrutschen und in kaltes Wasser fallen. Auf der Suche nach Halt streckte sie die Arme aus, stürzte jedoch immer schneller.

Eleonora riss die Augen auf und schaute auf ihre Füße. Sie stand knöcheltief im Wasser.

»Was ist denn …?«

Sie wandte sich zu Emanuele um, der ebenfalls gerade aufgewacht war.

»Emanuele?«

»Mhhh.«

»Ich habe ein Problem.«

»Bist du schwanger?«

»Blödmann. Schau her.«

Er setzte sich langsam im Bett auf und realisierte, was los war. Das Schlafzimmer stand bis zur Sockelleiste unter Wasser.

»Ach, du Scheiße. Wir sitzen auf einem Floß.« Er stand auf und rannte taumelnd ins Bad. »Das ist bestimmt ein Wasserrohrbruch. Wo ist der Haupthahn?«

»Keine Ahnung.«

Emanuele kam zurück, blieb im Türrahmen stehen und sah Eleonora halb verärgert, halb amüsiert an.

»Was soll das heißen? Ach, egal, ich suche ihn.«

Offenbar war er schnell fündig geworden, denn das seltsame Pfeifen, das Eleonora seit dem Aufwachen in den Ohren hatte, verstummte. Gemeinsam begannen sie, mit Handtüchern und Lappen das Wasser aufzuwischen. Nach drei Stunden war die Wohnung wieder einigermaßen trocken, und Eleonora rief in der Schule an, um Bescheid zu geben, dass sie an dem Tag nicht kommen würde.

»Was soll ich denn jetzt tun?«, fragte sie betrübt, während Emanuele die triefnassen Handtücher in die Badewanne warf.

»Einen Klempner anrufen, zum Beispiel.«

Stattdessen rief sie Alessandro an. Eleonora wurde sich erst bewusst, was sie da tat, als sie seine Stimme hörte.

»Hey.«

»Hallo. Störe ich?«

»Ich bin im Büro, aber sprich nur.«

»Meine Wohnung steht unter Wasser.«

»Oh Gott. Was ist passiert?«

»Ein Wasserrohrbruch. Ich weiß nicht, wieso. Eine Leitung ist geplatzt, das ist alles.«

»Konntest du das Wasser aufwischen?«

»Ja.«

»Okay, ruh dich aus, ich kümmere mich darum.«

Was für ein wunderbares Gefühl. Die Erleichterung nahm sie sanft bei den Schultern und drückte sie in ihre weichen Kissen.

»Danke, Alessandro.«

»Ist doch selbstverständlich. Ich komme in einer halben Stunde mit einem Klempner vorbei. Du wohnst in der Via Magliabecchi, richtig?«

»Ja, Nummer einundzwanzig. Vielen Dank noch mal.«

»Bis gleich. Ciao.«

Eleonora legte das Handy aufs Bett, dann schaute sie auf und merkte, dass Emanuele sie anstarrte.

»Einen Klempner anzurufen wäre nicht weiter schwer gewesen«, sagte er und zündete sich eine Zigarette an. »Wir haben achttausend Liter Wasser aufgewischt, da hätten wir es bestimmt auch noch geschafft, eine Telefonnummer einzutippen.«

»Sehr witzig. Warum stört dich das so?«

»Weil du dich wie eine dumme Tussi aufführst.«

»Ich?«

»Ja. Du brauchst Alessandro nicht.«

»Ich weiß. Aber was ist so schlimm daran? Er kennt einen Haufen Leute und treibt vielleicht einen Klempner auf, der sofort vorbeikommen kann.«

»Er wird denselben Klempner anschleppen, den ich angerufen hätte.«

»Du hast recht.«

»Pack einen kleinen Koffer und komm mit zu mir. Das Parkett muss repariert werden und einiges andere auch.«

Betrübt schaute Eleonora um. »Stimmt.«

»Keine Sorge. Alessandro wird sich darum kümmern.«

Emanuele kehrte ihr den Rücken zu und zog sich hartnäckig schweigend an. Eleonora wollte sich ebenfalls fertig machen, doch an dem Morgen fühlte sie sich so gut wie handlungsunfähig.

In der Villa Bruges war irgendetwas anders als sonst.

Zwar roch es vertraut nach Minas Kochkünsten. Es gab Roastbeef, Kartoffeln, in Öl und Knoblauch angebratene Steinpilze sowie in Scheibchen geschnittene Erdbeeren mit Kiwi und Zitronensaft. Auch das ordinäre Geschrei von Denise, Maurizios Singsang, die tiefe, klare Stimme von Alessandro und die spitzen Töne von Corinne waren wie immer.

Doch dann folgte er, der falsche Ton, ein glasklares Lachen, das zu Boden fiel und zerbrach.

Als Eleonora die Küche betrat, nahm Mina gerade hastig die Schürze ab. Neben ihr stand ein kleines Mädchen.

Besser gesagt, eine Frau, die wie ein kleines Mädchen aussah. Ihr Gesicht war ungeschminkt, sie hatte große grüne Augen, einen anmutigen Körper und die Haare zum Zopf gebunden, der bei jeder Bewegung wippte.

Lorena.

»Hallo«, sagte Eleonora zu den beiden Frauen, die eine groß und stämmig, die andere klein und zierlich.

»Hallo, meine Liebe. Ich gehe gleich, es ist alles bereit. Wir sehen uns die Tage.«

Damit verließ Mina die Küche, und Eleonora schaute ihr nach, während Lorena in den Schubladen nach Besteck suchte. Dann wandte Eleonora sich der jungen Frau zu, die mehr Raum einnahm, als ihre Körpermaße verlangten, und verfolgte mit gerunzelter Stirn die zarten, aber bestimmten Bewegungen.

»Lorena?«

»Ja«, antwortete ihr Gegenüber und wühlte weiter in der Schublade.

»Du bist bereits eingestellt?«

»Ja. Mina kommt nur noch mal, um mich einzuarbeiten.«

Eleonora streckte ihr die Hand hin, und zwar direkt unter die Nase, was Lorena dazu nötigte, in ihrer Suche innezuhalten.

»Hallo, ich bin Eleonora.«

»Freut mich«, sagte Lorena und hob die langen, dichten Wimpern, die einen perfekt zu ihren Augen passenden Vorhang bildeten.

Wieso hatte sie diese attraktive Zerbrechlichkeit nicht bemerkt, als Lorena ihr den Kaffee serviert hatte?, überlegte Elena. Wieso hatte sie nicht gleich erkannt, dass dieses Mädchen das Zielobjekt schlechthin für Alessandros Mitgefühl war?

»Es gibt dann gleich Essen«, sagte Lorena und entzog ihr die Hand mit einer gewissen Entschiedenheit.

Eleonora verließ die Küche und begegnete Denise, die etwas von einem schwülen Sommer murmelte, der in wenigen Tagen über ganz Italien hereinbrechen würde. Und dann, im selben Tonfall: »Hast du die Neue schon gesehen? Das kleine Streichholzmädchen. Die hat uns gerade noch gefehlt.«

Wann immer sie solche Bemerkungen hörte, fragte Eleonora sich, warum Emanuele sich nicht in Denise verliebt hatte. Die beiden besaßen die gleiche bissige Ironie, sie waren sich mehr als ähnlich.

»Ich war dabei, als sie sich bei Alessandro vorgestellt und um einen Job gebeten hat. Gesagt, getan.«

»Genau. Gesagt, getan. Sie ist seit zwei Stunden hier und geht mir bereits auf die Nerven.«

»Ach, komm schon. Warum denn?«

»Warum? Um nur ein Beispiel zu nennen, sie isst mit uns zusammen. Eine Kellnerin!«

Eleonora schaute ihr wutschnaubendes Gegenüber mit großen Augen an. Denise war ebenfalls Kellnerin. Erstaunlich, dass sie eine solche Äußerung machte.

»Wenn Mina Vollzeit gearbeitet hätte und den ganzen Tag hier in der Villa gewesen wäre, hätte sie auch mit uns am Tisch gesessen, Denise.«

»Was soll das? Spielst du dich jetzt als Beschützerin der Armen und Geknechteten auf? Du wirst sehen, in spätestens zwei Stunden raubt sie dir auch den letzten Nerv.«

Die Vorhersage sollte leider zutreffen.

Beim Essen unterhielt sich Alessandro ausschließlich mit Lorena, und Emanuele beobachtete die beiden aufmerksam. Eleonora musste an den Tag zurückdenken, als sie selbst in der Villa Bruges angekommen war. An die zuvorkommende Art, mit der man sie behandelt hatte, an das Interesse und die Neugier, die die beiden Brüder ihr entgegengebracht hatten. Auch an die Art, wie Denise und Corinne reagiert hatten, die eine zornig, die andere besorgt.

Ihr stockte der Atem. Das Drehbuch konnte unmöglich so banal und vorhersehbar sein.

»Wem hast du eigentlich diese Schussverletzung zu verdanken?«, fragte Eleonora unvermittelt, wobei ihre Stimme klang wie ein Geschoss, das die von Geplauder erfüllte Luft zerriss. Schweigen legte sich über den Raum.

Alle verharrten reglos, nur Emanuele drehte den Kopf und schaute sie an. Zum Glück wirkte er amüsiert.

Lorena erbleichte, dann lächelte sie zweimal. Das erste Lächeln war der Anflug einer Rebellion, das zweite eine Kriegserklärung. In dem Moment wusste Eleonora, dass die junge Frau sich nicht mehr daran erinnerte, wer sie damals ins Krankenhaus gebracht hatte.

»Entschuldige, aber ich kann dir nicht ganz folgen.«

»Wer? Hat? Auf? Dich? Geschossen? Letzten September, während des Straßentheaterfestivals. Emanuele und ich«, Eleonora deutete demonstrativ auf ihn, »haben dich in die Klinik gebracht, du bist auf der Straße zusammengebrochen. Der Notarzt hat uns erklärt, dass sich eine alte Verletzung infiziert hätte. Eine Schusswunde.«

Lorena öffnete die Lippen, ihre Pupillen weiteten sich, dann fällte sie eine Entscheidung.

»Du irrst dich«, erwiderte sie, nun wieder mit überaus sanftem Gesichtsausdruck. »Das war nicht ich.«

»Natürlich warst du das. Nicht wahr, Emanuele?«

Er schien sich prächtig zu amüsieren und antwortete prompt: »Nun ja, wenn sie sagt, dass du dich irrst ...«

Eleonora war empört. »Jetzt mach dich nicht zum Affen! Natürlich war sie's. Das hast du doch selber gesagt, als wir sie auf der Hochzeit gesehen haben.«

Mit jeder Sekunde, die verstrich, kam Eleonora sich lächerlicher vor. Was war bloß in sie gefahren, dass sie Lorena diese Frage gestellt hatte? Und warum verbiss sie sich so in die Sache?

»Stimmt, es ist mir neulich so vorgekommen, aber wenn Lorena sagt, sie war es nicht, dann wüsste ich nicht, wieso wir darauf beharren sollten.«

Beklommen wandte Eleonora sich zu Alessandro um. Tatsächlich bemerkte sie einen stummen Vorwurf in seinem Blick, und das machte sie nur noch mutloser.

»Entschuldigung«, sagte sie resigniert und starrte angestrengt auf ihren Teller.

Denise lachte leise, während Corinne sie streng musterte.

»Die Renovierung deiner Wohnung wird rund zehn Tage dauern«, sagte Alessandro, als sie im Garten zusammen eine Zigarette rauchten.

Es war Eleonora gelungen, ihn unter einem Vorwand aus dem Haus zu locken, und nun hoffte sie, ihn nach dem Zwischenfall beim Mittagessen wieder zu besänftigen.

»Zehn Tage? Das ist ja irre lang!«

»Sie müssen das Parkett im Schlafzimmer erneuern, die Wände neu streichen und die Wasserleitungen im Bad flicken. Du weißt ja, wie langsam Handwerker arbeiten.«

»Stimmt, sie müssen so viele Arbeitsstunden wie möglich rausschlagen.«

»Das soll nicht dein Problem sein.«

Eleonora schüttelte betrübt den Kopf und berührte in einer liebevollen Geste Alessandros Hand.

»Der Wasserschaden ist Sache des Vermieters. Und was den Rest betrifft ... werde ich auf keinen Fall deine Großzügigkeit beanspruchen, Alessandro.«

»Das solltest du aber. Du weißt doch, wie gern ich anderen helfe.« Alessandro wandte sich zu ihr um. »Warum warst du vorhin so beharrlich? Was ist das überhaupt für eine Geschichte mit der Schusswunde?«

»Das habe ich dir doch schon erzählt, als Lorena dich neulich in der Bar angesprochen hat. Sie war es, Alessandro, ich bin mir absolut sicher.«

»Okay, nehmen wir mal an, es ist tatsächlich so. Sie will aber offensichtlich nicht, dass wir es wissen. Was ist daran so schlimm?«

»Was daran so schlimm ist?

»Ja, erklär es mir.«

»Möglicherweise treibt sie sich in zwielichtigen Kreisen rum.«

»Möglich. Vielleicht aber auch nicht. Bitte beruhige dich. Möchtest du bei uns in der Villa wohnen, solange deine Wohnung renoviert wird?«

»Danke, ich bleibe lieber auf dem Hof.«

»Ach so. Natürlich. Weißt du, manchmal vergesse ich es.«

Eleonora schüttelte den Kopf. »Da gibt es nichts zu behalten oder zu vergessen.«

»Was du nicht sagst. Du bist echt drollig.« Er lachte freudlos. »Früher oder später werdet ihr zusammenziehen.«

»Wer? Emanuele und ich? Ganz sicher nicht.«

»Warum denn nicht? Er ist total verliebt.«

»Schau ihn doch nur an.«

Am anderen Ende des Gartens stand Emanuele und versprühte seinen Charme. Er riss Witze, und Lorena hielt sich den Bauch vor Lachen.

»Ja, und?«

»Emanuele ist kein Typ für längere Beziehungen.«

»Nur weil er ein bisschen mit einer Kellnerin rumschäkert?«

»Mal abgesehen davon, dass diese Lorena heute nicht gerade viel gekellnert hat ...«

»Heute ist ihr erster Arbeitstag, du Sklaventreiberin, sie muss sich doch erst einleben.«

»Emanuele ist mit allen so.«

»Er steht nun mal gerne im Mittelpunkt, das weißt du doch. Aber ich glaube nicht, dass er dich betrügen könnte, wenn du dich entschließen würdest, seine Frau zu werden.«

»Seit wann bist du sein Anwalt?«

Diesen gereizten Ton hatte Alessandro nicht erwartet. Verunsichert schaute er Eleonora in die Augen. »Bist du sauer auf mich?«

»Nicht doch. Ich bin bloß nervös.«

»Warum?«

»Weil alles so vertrackt ist.«

»Was genau ist vertrackt?«

»Alles. Und sieh mich gefälligst nicht so an.«

Alessandro drehte den Kopf zur Seite. »Besser so?«

»Ach komm, hör auf.«

Prompt schaute er Eleonora wieder an und kam ihr dabei gefährlich nahe. Hinter ihnen plauderten Emanuele und Lorena fröhlich weiter, aber Eleonora war sicher, dass Emanuele ihr hin und wieder einen Kontrollblick zuwarf. Zu ihrer Rechten rauchte Denise einen Joint, daneben täuschte Corinne einen Hustenanfall vor und bat Maurizio, etwas zu unternehmen, damit Denise aufhörte, als ob ein Ehemann die Macht dazu hätte.

»Vielleicht ist es ja ganz gut, dass du nicht hierbleibst, Eleonora«, sagte Alessandro und neigte den Kopf wie zu einem Kuss, der jedoch ausblieb.

»Stimmt.«

»Ich hätte nicht gedacht, dass es so hart sein würde, um ehrlich zu sein.«

Eleonora wechselte vom rechten auf den linken Fuß und wiegte sich in den Hüften.

»Was?«

»Auf dich zu verzichten.«

Damit war die schmale Linie überschritten. Und das ausgerechnet an diesem Nachmittag, an dem eine Neuigkeit namens Lorena sie vom Podest vertrieben hatte. Das konnte kein Zufall sein. Alessandro versuchte sie zu beruhigen.

*Du bist immer noch die Auserwählte.*

Ging es ihr letztlich nur um die Vorrangstellung, um ihren Wunsch, für zwei außergewöhnliche Männer unentbehrlich zu sein?

*Kannst du das wiederholen?* »Sag das nicht, ich bitte dich.«

»Was?«

*Dass du dich für mich entschieden hättest, wenn die Umstände andere gewesen wären.* »Dass du auf mich verzichtet hast.«

»Aber es ist die Wahrheit.«

Genau in diesem Moment stellte sich Corinne zwischen Eleonora und Alessandro, wedelte hektisch mit der Hand und machte ein angeekeltes Gesicht.

»Könnte ihr bitte mal jemand sagen, dass sie aufhören soll, ich ertrage das nicht länger.«

Corinne meinte vermutlich das Gras, das Denise rauchte, aber das interessierte Eleonora nicht weiter. Sie war viel zu sehr damit beschäftigt, das alberne Hochgefühl zurückzuhalten, das in ihr aufstieg.

Höchste Zeit zu gehen.

# 8

Emanuele war im Morgengrauen aufgestanden.
Auf dem Hof und auch auf der Koppel fehlte jede Spur von ihm. Eleonora konnte vom Schlafzimmerfenster aus fast das ganze Anwesen überblicken, und das Panorama war von der üblichen Regungslosigkeit geprägt.
Emanueles Anwesenheit setzte alles in Bewegung und sorgte vor allem für Lärm. Er schien das einzige Lebewesen zu sein, das die Erde mit einem Lächeln zum Beben brachte.
Eleonora trat vom Fenster zurück und streifte sich eins von Emanueles Hemden über, ehe sie in die Küche ging. Ein eigenartiger Geruch hing in seinen Kleidern, sie dufteten nach Seife, Blättern und Regen – so kam es ihr zumindest vor. Eleonora fühlte sich pudelwohl in seinen Sachen.
Sie nahm die fast leere Milch aus dem Kühlschrank und trank direkt aus der Flasche, wie Emanuele es immer tat. Dann ging sie zu der Anrichte, hinter der sich der kleine Safe befand.
Die Kommode war ein Stück von der Wand abgerückt worden, vermutlich hatte Emanuele am Morgen seine Geheimnisse gezählt. Eleonora spähte dahinter und sah, dass die graue Metalltür des Safes gegen das Möbelstück stieß, als wollte sie ihre Aufmerksamkeit auf sich ziehen.

Eleonora stellte die Milchflasche auf den Holztisch, warf einen Blick aus dem Fenster und hielt den Atem an, um jede noch so kleine Bewegung zu erfassen. Nichts.

Die verführerisch glänzende Tür stand offen, sie brauchte nur zu handeln.

Wie sie bereits beim letzten Mal festgestellt hatte, lagen weder Geldscheine noch Schmuck oder andere Wertgegenstände im Safe, sondern nur haufenweise Dokumente. Eleonora nahm sich zuerst die Zeitungsausschnitte vor. Alle handelten von einer französischen Familie namens Dubois, von denen mehrere Zweige mit der Mafia verbandelt waren. Ein Familienmitglied hatte nach seiner Verhaftung entschieden, mit der Justiz zusammenzuarbeiten, und lebte seither unter falschem Namen an einem unbekannten Ort.

Philippe Dubois hatte den Journalisten offenbar in allen Einzelheiten erzählt, wie seine Familie im Laufe einer Generation zunehmend in die Fänge eines aus Sizilien stammenden Mafiaclans geraten war. Die Geschäfte reichten von internationalem Drogenhandel bis hin zu Geldwäsche, und der Bericht enthielt nicht nur Namen von Politikern, sondern auch von italienischen und französischen Unternehmern.

Philippe Dubois erwähnte auch die Entführung eines Jungen, des Sohns eines toskanischen Unternehmers in Paris. Dieser hatte sich geweigert, Waren auszuliefern, nachdem er festgestellt hatte, dass es sich bei dem Käufer um einen Strohmann der Mafia handelte. Aufgrund der Annullierung der Lieferung war ein millionenschweres Geschäft geplatzt, und genau die Summe sollte der Unternehmer bezahlen, um seinen Erstgeborenen zurückzubekommen.

An diesem Punkt hatte Eleonora keinen Zweifel mehr: Emanuele war den Entführern seines Bruders auf der Spur.

Ein absurdes, gefährliches Projekt. Was würde er tun,

wenn er die Schuldigen erst ermittelt hatte? Wollte er sie etwa umbringen?

Die Reise nach Paris kam Eleonora in den Sinn, und ihr stockte der Atem. Vielleicht war Emanuele ja auf etwas gestoßen und wollte persönlich Nachforschungen betreiben. Dann wäre es allerdings schäbig von ihm, ihr das Ganze als Städtereise unterzujubeln. Er durfte sie nicht in seine verrückten Pläne hineinziehen.

Eleonora blätterte in einem kleinen Taschenkalender, in dem sie ein paar Pariser Adressen entdeckte, dann legte sie alles sorgfältig an seinen Platz zurück, lehnte die Tür des Safes an und trat wieder ans Fenster. Von Emanuele fehlte weiterhin jede Spur.

Erst nachdem Eleonora gefrühstückt, geduscht und sich geschminkt hatte, waren Geräusche auf dem Hof zu hören. Sie vernahm ein leichtes Getrappel, vermutlich Pferdehufe, sowie eine fröhliche weibliche Stimme.

Vom Fenster aus sah sie Emanuele und Lorena zur Koppel gehen. Er erzählte ihr etwas, schaute sie dabei an und hielt die Zügel von Cleopatra in der Hand, seiner neuen Lieblingsstute nach dem Verkauf von Fiamma. Lorena hielt den Kopf gesenkt und starrte auf ihre Füße. Wenn er zwei Schritte machte, dann machte sie vier.

Wut stieg in Eleonora auf, und sie versuchte gar nicht erst, ihre Gefühle unter Kontrolle zu bringen. Sie lief aus dem Haus und holte die beiden ein, als Emanuele gerade Cleopatra aufs Paddock führte.

»Wo warst du denn? Ich bin aufgewacht, und du warst weg.«

»Hallo«, sagte Lorena freundlich.

»Hallo«, erwiderte Eleonora. Dann wandte sie sich wieder an Emanuele. »Alles in Ordnung?«

Er kümmerte sich intensiv um das Fohlen und würdigte Eleonora keines Blickes. »Alles in Ordnung, ja. Warum?«

»Pah, ich fahre dann mal rüber zur Villa.«

Was war das? Eine Drohung, eine Trotzreaktion? Möglicherweise beides zusammen.

»Was willst du dort? Es ist niemand zu Hause, alle sind arbeiten. Solltest du heute nicht in der Schule sein?«

»Nein, erst morgen wieder.«

»Ach, du unterrichtest?«, sagte Lorena mit interessierter Miene und einem klagenden Unterton in der Stimme, bei dem es Eleonora eiskalt über den Rücken lief. »Was für ein wunderbarer Beruf.«

»Stimmt. Müsstest du nicht in der Villa sein? Oder ist heute dein freier Tag?«

Falls Lorena die Ironie ihrer Worte bemerkte, ließ sie es sich nicht anmerken. »Mein Dienst fängt erst in einer Stunde an. Ich habe in der Villa übernachtet, da wollte ich erst einen Spaziergang machen. Dabei bin ich zufällig Emanuele mit seiner herrlichen Stute über den Weg gelaufen.«

*Schon gut, erspar mir den Bericht.* »Du hast in der Villa übernachtet? Wie meinst du das?«

»Ich verbringe sechs Tage die Woche dort, deshalb hat Alessandro mir eine Kammer angeboten, falls ich mal über Nacht bleiben möchte.«

*Eine Kammer.* Ihr Zimmer, als sie in der Villa Bruges gewohnt hatte.

»Wie aufmerksam von ihm. Wo ist er jetzt?«

»Alessandro? In Florenz. Vermutlich ist er zum Mittagessen zurück. Aber jetzt entschuldigt mich bitte, ich muss los. Ich möchte ihn mit einem leckeren Mittagessen überraschen, um ihm zu zeigen, dass ich seine Großzügigkeit zu schätzen weiß.«

Eleonora sah Lorena nach, als sie sich entfernte. Dass das Leben in der Villa Bruges ein einziges Theater war, erstaunte sie längst nicht mehr. Bisher hatte es allerdings ein gewisses Niveau gehabt. Die Show, die Lorena nun bot, entsprach jedoch allerhöchstens einer schlechten Schulaufführung.

Erst als Emanuele sie ansprach, wandte sie den Blick von der Frau in dem schwarzen T-Shirt ab, die im Wald verschwand.

»Bist du fertig, die Kriemhilde zu geben? Das war echt peinlich, wie du sie behandelt hast.«

»Sie kennt den Wald. Ich habe mich zu Beginn gar nicht alleine hineingewagt, erinnerst du dich?«

»Natürlich erinnere ich mich. Ja, Lorena kennt sich in der Gegend aus. Na und?«

»Sie ist mit der ganzen Umgebung der Villa vertraut. Sie läuft genau in die richtige Richtung, dabei müsste sie doch gerade das erste Mal vom Hof zur Villa gehen.«

Emanuele stapelte die Sättel und das Zaumzeug, das er am Abend zuvor auf dem Zaun hängen gelassen hatte, in eine Kiste, dann wusch er sich die Arme und den Hals am Brunnen, während Cleopatra sich ihm näherte und ihn mit dem Kopf wegschubste, um zu trinken. Obwohl sie überaus zutraulich war, hing Emanuele nicht so sehr an ihr wie an Fiamma, die noch roh und extrem fordernd gewesen war. Deshalb hatte Emanuele das Stütchen vermutlich ins Herz geschlossen, weil er es nicht zu zügeln vermochte, zumindest nicht ganz.

»Okay, Sherlock Holmes. Gehen wir zusammen duschen?« Emanuele umfasste Eleonoras Pobacken und presst sie an sich. Seine Erregung war deutlich spürbar, bei ihm ein Dauerzustand. »Oder willst du ebenfalls rüber zur Villa, um auf die Rückkehr des Patriarchen zu warten?«

»Das ist echt eine fixe Idee von dir, Kain. Du solltest mal wieder zur Beichte gehen.«

»Weil ich zu viel an Sex denke, oder weil ich Kain bin?«

»Beides.«

»Kain gefällt mir gut. Lass uns zum Altar schreiten, meine Braut.«

Damit hob er Eleonora hoch und trug sie auf direktem Weg ins Haus bis ins Bad. Eigentlich hatte sie keine Lust, noch mal zu duschen, aber ihr Protest hätte Emanuele nur noch mehr erregt. Er wäre glatt imstande, sie vollständig bekleidet unter die Brause zu stellen. Daher ließ sie sich von ihm ausziehen und mit den Schultern gegen die Fliesen drücken. Sie stand so, dass ihre Haare, die sie vor dem Duschen sorgfältig hochgesteckt hatte, um die Frisur nicht zu ruinieren, nass wurden. Das Wasser war unangenehm kalt, doch als Emanuele sich über sie beugte, um sie zu küssen, prasselte der Wasserstrahl auf ihn nieder, und Eleonora war ihm sehr dankbar dafür. Dankbar für so wenig und bereit, ihn in sich aufzunehmen – für ebenso wenig.

»Ich will diesen Abel aus deinem Kopf verbannen, Kriemhilde.«

Die Namen wirbelten ihr nur so durch den Kopf, Eleonora, Julia, Alice, Kriemhilde ... Wie viele Personen war sie eigentlich? Wie viele verschiedene Gesichter hatte sie gezeigt, damit dieser Mann sich in sie verliebte? Denn das war der Grund, warum er sie liebte: Es gelang ihm nicht, sie einzuordnen, ebenso wenig war er in der Lage, ihre Gedanken den entsprechenden Taten zuzuordnen.

Es gab keine andere Erklärung.

»Du irrst dich«, sagte sie, während Emanuele sie erneut mit seinen Armen umfing und zwischen seinen warmen Körper und die kalten Kacheln presste. »Ich will gar keinen Abel.«

Dann drang er in sie ein und stieß sie dabei mit Wucht gegen das Chromstahlrohr, was es ihr unmöglich machte, den Schmerz und das Verlangen, das sie in Wellen überkam, für sich zu behalten.

»Lüg nicht. Nicht jetzt, wenn wir uns lieben.«

Eleonora unterdrückte einen Schrei. Emanuele war ungestüm und grausam und zugleich zärtlich. Während er sie gegen die Wand drückte, fuhr sie ihm zärtlich durch die Haare und ließ zu, dass er über sie herfiel und ihr mit jedem Stoß die Luft aus der Lunge presste, bis sie keuchte.

Es kam Eleonora vor, als wären sie beim Sex durch eine unsichtbare Linie getrennt. Allerdings entzweite sie keine physische Grenze, sondern vielmehr die Zeit. Sie streichelte Emanuele sanft, als stünde sie hinter einer Leinwand, auf die in Zeitlupe eine Szene projiziert wurde, während er sich wie von Sinnen über ihren Körper hermachte, wild und rasend, bis sie den Höhepunkt erreichte und wieder zu ihm durchdrang.

»Ich möchte ein Kind«, sagte er zu ihr, während sein Sperma an ihren Beinen herunterlief, zusammen mit dem kalten Wasser. »Von dir.«

»Was für eine wunderbare Idee!«, rief Corinne, als sie erfuhr, dass Eleonora mit Emanuele verreisen wollte.

*Ja, gewiss. Ganz wunderbar.* Mal abgesehen von der Tatsache, dass Emanuele sie in ein gefährliches Projekt hineinzog.

Alessandro dagegen saß schweigend am Küchentisch und las die Zeitung. Seit zwanzig Minuten starrte er auf dieselbe Seite.

Einzig Lorena hatte den Mut, eine Bemerkung darüber zu machen, während sie das Besteck abtrocknete.

»Du liest ziemlich langsam.«

Was erlaubte diese Person sich eigentlich? Woher nahm sie das Recht zu dieser Vertraulichkeit? Sie redete leise, trotzdem schallte jedes Wort von ihr laut durch den Raum. Selbst als sie zur Treppe ging, verharrte der Schatten ihrer aufdringlichen Anwesenheit im Raum.

Alessandro hob den Kopf und sah Eleonora und seinen Bruder an, der sie zur Villa begleitet hatte.

»Sie hat eine Narbe unter dem Ohr«, sagte er, an Emanuele gerichtet.

»Wer?«

»Das Mädchen in meinem Traum. Ich denke, der Moment ist gekommen, um darüber zu sprechen. Meinst du nicht auch, Bruderherz?«

Emanuele unternahm einen letzten verzweifelten Versuch, das Tor zum Chaos zu verschließen.

»Reden wir nicht alle viel zu viel? ›Wir sollten uns lieben und unsere Taten für uns sprechen lassen.‹ Das ist von Ovid.«

»Hör auf mit dem Scheiß. Ovid hätte so was nie gesagt.«

»Okay. Du bist zu belesen, mit dir spiele ich nicht mehr.«

Alessandro lächelte. Wie sehr er seinen ungebändigten Bruder liebte und ihn zugleich hasste.

»Ich war damals dabei. Wir waren zusammen, Emanuele. Nicht wahr?«

Maurizio war in der Tür erschienen, kurz nachdem die Frage wie eine Bombe hochgegangen war, und schaute ratlos von einem zum anderen. »Darf man erfahren, was hier los ist?«

»Mir kommen in letzter Zeit zu viele Dinge in den Sinn«, fuhr Alessandro fort, ohne auf seinen jüngeren Bruder einzugehen. »Zu viele Einzelheiten. Das Mädchen ist blond, hat grüne Augen und eine Narbe direkt unterm Ohr. Es ist mager, und wenn es lächelt, bilden sich Lachfältchen um die Augen. Es bringt mir das Essen. Das ist mir total peinlich, weil ich nichts anhabe. Mit zehn Jahren ist die Nacktheit eine Last, die einen erdrückt. Das Mädchen versorgt meine Wunden, obwohl mir auch das sehr unangenehm ist. Es weint, wenn die Tür aufgeht. Ich glaube, jemand will das Mädchen abrichten und zu meiner Betreuerin machen, irgendwer versucht, jedes Mitgefühl in ihm abzutöten und es an das Grauen zu gewöhnen.«

Offenbar war Emanuele zu der Einsicht gekommen, dass die Zeit der Scherze vorbei war. Er musterte seinen Bruder streng.

»Ich weiß nichts davon, Alessandro. Ich war nicht dabei.«

»Wo warst du denn?«

»Woanders.«

Emanuele warf Maurizio einen verstohlenen Blick zu und deutete auf das Telefon.

»Es gibt keinen Grund, Antonella anzurufen. Bitte sag du mir, was damals vorgefallen ist«, bat Alessandro bestimmt.

Schließlich gab Emanuele nach. Nur selten hatte er seinen Bruder derart geerdet erlebt. Normalerweise ging Alessandro über die Dinge hinweg und nahm zwar zur Kenntnis, dass das Leben um ihn herum stattfand, verspürte aber nicht den Wunsch, daran teilzuhaben. Doch nun hatte er die Fliesen gelockert und Wurzeln geschlagen, und zwar alles miteinander. Das musste Emanuele anerkennen und seinem Bruder geben, worum er bat.

»Lass uns unter vier Augen sprechen. Einverstanden?«

Alessandro stimmte zu, woraufhin die beiden Brüder zusammen in den Garten hinausgingen und den Weg zum Wald einschlugen.

Maurizio stand am Fenster und schaute ihnen nach. Nervös rieb er die Hände aneinander und schüttelte den Kopf.

»Das hätte er nicht tun dürfen, das hätte er nicht tun dürfen«, wiederholte er wie ein Mantra.

»Was ist denn los?« Lorena war in die Küche zurückgekehrt.

Eleonora warf ihr einen vernichtenden Blick zu. »Etwas, das dich nichts angeht.«

Lorena trat einen Schritt zurück, sichtlich gekränkt. »Ich will mich in nichts einmischen. Ich bin bloß besorgt.«

»Kümmere dich um deine Arbeit. Das hier sind Familienangelegenheiten.«

Nachdem Lorena beschämt den Raum verlassen hatte, merkte Eleonora, dass Maurizio sie musterte. Wie in einem Spiegel begegnete sie jenem Blick, den sie auch auf sich selbst gerichtet hätte: dem Blick eines enttäuschten Menschen.

»Das war nicht meine Absicht«, rechtfertigte sie sich. »Ich weiß nicht, welcher Teufel mich da gerade geritten hat. Diese Frau ist mir einfach unheimlich. Ich traue ihr nicht.«

Maurizio antwortete nicht sofort. Nach ein paar Sekunden sagte er: »Es kommt ab und zu vor, dass wir Menschen, die wir zu kennen glauben, plötzlich in einem neuen Licht sehen und dieses Licht uns nicht gefällt. Trotzdem bleibt immer die Hoffnung, dass alles wieder wird wie vorher, wenn man kein Wort darüber verliert. Darum rede ich so wenig.«

Betroffen senkte Eleonora den Blick. Maurizio litt sicher sehr darunter, immer im Schatten seiner Brüder zu stehen und mit einer Frau verheiratet zu sein, die in einen von beiden verliebt war, möglicherweise sogar in alle beide. Sich eine vollkommene Welt ganz nach seiner Vorstellung zu schaffen, war für ihn sicher die einzige Strategie zum Überleben.

»Er hat es Alessandro gesagt«, erklärte Maurizio, und seine Stimme war so leise, dass Eleonora erst dachte, sie hätte ihn nicht richtig verstanden.

Dann schaute auch sie aus dem Fenster und sah die beiden Brüder in der Ferne am Waldrand stehen. Sie hatten sich voneinander abgewandt, und jeder blickte auf eine Seite des Gartens, so als würden ihre Rücken miteinander sprechen. Emanuele schaute mit hocherhobenem Kopf in Richtung Wald, während Alessandro, die Hände auf einen Baumstamm gestützt, dastand, den Kopf auf die Arme gelegt. Er wirkte wie magnetisch von der Erde angezogen und schien im Begriff zu sein, darin zu versinken.

Ja, nun hatte er es erfahren. So fand an einem ganz und gar gewöhnlichen Tag die Schmierenkomödie unvermittelt ein Ende. Ohne Ankündigungen, ohne Strategien, ohne Versammlungen oder Psychologen.

Er bat, und es ward ihm gegeben.

Im Grunde war es nicht weiter verwunderlich. Die meisten Dinge, bei denen wir im Dunkeln tappen, sind unserer Entscheidung geschuldet, sie nicht wahrnehmen zu wollen, und nicht unserer Blindheit. Das ist leicht zu ändern, allerdings muss man es wollen, und dazu müssen manchmal Berge versetzt werden.

# 9

In den folgenden Tagen ließ Alessandro sich nicht blicken.
Er ging auch nicht ins Büro, sondern schloss sich in einem der Zimmer ein und schwieg. Wenn er mit jemandem redete, dann nur mit Antonella.
Eleonora wurde krank. Ziellos und ohne Anlass streifte sie durch den Garten der Villa, tigerte in ihrer Wohnung in Florenz auf und ab, strich um die Pferdekoppel auf Emanueles Hof oder irrte durch die Schulkorridore. Sie bekam sogar leichtes Fieber, was ihre ohnehin schon beeinträchtigte Fähigkeit, die Sachlage realistisch zu betrachten, zusätzlich verschlechterte.
Die Dinge waren anders verlaufen, als Eleonora erwartet hatte. Sie hatte geglaubt, die Rolle von Alessandros Komplizin einnehmen zu können, während Antonella ihn vorsichtig darauf vorbereitete, dass die in leicht verdauliche Häppchen zerkleinerte Wahrheit sein Leben auf den Kopf stellen würde. Dabei wäre sie der Stützpfeiler dieser neuen Realität gewesen und hätte ihn durch die wiederhergestellten Erinnerungen hindurchgelotst, um am Ende gemeinsam mit ihm jenen Mann zu entdecken, zu dem er geworden wäre. Stattdessen hatte Emanuele ihm auf einen Schlag alles erzählt.
Die Psychologin hatte schier einen Tobsuchtsanfall bekommen, als sie davon erfuhr. »Da macht ihr x Jahre eine

Therapie, und was ist das Ergebnis? Eine Frage und eine Antwort. Einfach so! Das war höchst riskant, und zwar für euch alle beide«, schimpfte sie.

Emanuele wartete, bis Antonella sich abreagiert hatte. Verblüfft stellte er fest, wie heftig die Gefühlsregungen einer Therapeutin sein konnten, obwohl sie keinerlei Bindung zur Familie hatte. Er forderte sie auf, sich hinzusetzen, während draußen die Pferde so nervös aufstampften, dass man es bis in die Küche hörte.

»Alessandro hatte sich bereits alles zusammengereimt. Na ja, fast alles«, erklärte Emanuele ruhig. »Nur in einem Punkt hat er sich geirrt. Er war der Meinung, wir seien gemeinsam entführt worden. Aber er hat sich bereits daran erinnert, dass er monatelang eingeschlossen war. Denkst du wirklich, ich hätte nach all den Jahren mit ihm gesprochen, wenn ich nicht absolut sicher gewesen wäre, dass seine Erinnerung zurückgekehrt ist? Ich kenne meinen Bruder in- und auswendig. Wenn er sich dessen, was geschehen ist, bewusst wird und mir eine konkrete Frage stellt, dann verarsche ich ihn nicht. Ich antworte ihm und sage ihm die Wahrheit.«

Antonella senkte den Blick auf den Tisch, die Nachricht schien sie völlig ermattet zu haben.

»Hast du ihm wirklich alles gesagt? Auch dass er es dir zu verdanken hat, dass er an deiner Stelle entführt wurde?«

»Ja.«

»Hattest du denn keine Angst?«

»Wovor? Dass er mich hassen würde? Nein. Das wird er nicht tun. Er hat Erbarmen mit seinen Mitmenschen.«

In dem Moment hatte Eleonora verstanden. Der Schmerz würde auf Alessandro niedergehen wie ein Fallbeil und das Licht in der Welt verlöschen. Wenn er seinen Bruder gehasst hätte, wenigstens für eine Weile, wäre er gerettet gewesen.

Aber genau das wollte Alessandro nicht, also wurde Eleonora liebeskrank.

Monatelang hatte sie sich eingeredet, dass sie nicht nach Drehbuch spielen würde, dass sie nicht zwingend einen Mann wie Alessandro lieben müsse, dass der Geist über das Herz regiere, und unendlich viele andere Ausreden bemüht. Doch dann tauchte Alessandro für ein paar Tage ab, und kaum hörte sie seine klare Stimme nicht mehr, bekam sie Fieber und verlor die Orientierung in der Welt.

Nachdem Alessandro die Wahrheit erfahren hatte, fuhr Eleonora jeden Morgen zum Hof hinüber, um Emanuele zu erklären: »Ich kann nicht mit dir nach Paris kommen, ich mache mir zu viele Sorgen.« Ohne Rücksicht darauf, sich lächerlich zu machen, sagte sie auch Sätze wie: »Ich habe Flugangst« oder: »Ich habe meine Tage« oder: »Ich habe die Windpocken/Fieber/Durchfall.«

Jedes Mal öffnete Emanuele ihr die Haustür und brachte sie zum Schweigen, sei es mit seinen Lippen oder seiner Zunge, die in sie eindrang und sie so sehr erfüllte, dass alles andere unwichtig war. Darüber wurde es schließlich Donnerstag, ohne dass sie mit Alessandro gesprochen hatte.

An dem Abend fuhr Eleonora wie jeden Tag in der Villa Bruges vorbei, diesmal mit entschlossener Miene.

»Ich habe dir doch gesagt, dass er niemanden sehen will«, wiederholte Corinne einmal mehr und wandte sich wieder dem Berg von Fotografien zu, die sie in einer Schublade ordnete. »Geh nach Hause.«

»Ich muss ihn aber sehen.«

»Was soll diese Hartnäckigkeit?«

»Du gehst doch auch zu ihm rauf, oder? Und du sprichst mit ihm.«

Ruckartig schob Corinne die Schublade zu, wobei sie zwei Fotografien einklemmte, die halb drinnen und halb draußen steckten, genau wie ihr Zorn.

»Ich bin immerhin seine Ehefrau. Und nein, ich rede nicht mit ihm.«

»Er wird ja wohl zwischendurch mal duschen, in den Garten gehen oder was weiß ich, verdammt noch mal!«

»Nein. Er spricht nur mit Antonella, jeden Tag mindestens eine Stunde lang.«

»Ich bringe ihm jetzt das Abendessen.« Lorena stand mit einem Silbertablett in der Hand auf der Schwelle zum Salon.

Eleonora sprang auf und nahm ihr das Tablett aus den Händen. »Das übernehme ich.«

Corinne ballte die Hände zu Fäusten. Es war offensichtlich, dass sie sich nur mit großer Mühe beherrschte. Sogar das Atmen fiel ihr schwer. In ihrer Mauer aus Selbstbeherrschung waren bereits etliche Risse. »Du musst ihn respektieren, Eleonora. Er will uns nicht sehen.«

»Ich bringe ihm nur etwas zu essen.«

»Überlass das Lorena.«

»Nein. Wer hat das entschieden? Er? Hat er gesagt, dass nur sie es ihm servieren darf?«

Lorena zögerte einen Moment, dann entschied sie, dass es besser war zu verschwinden.

»Nein, aber er will weder mich noch sonst jemanden von der Familie sehen«, erwiderte Corinne. »Ich bitte dich, Eleonora.«

»Was für ein Quatsch! Was ist nur los mit dir? Lass mich gefälligst in Ruhe.«

Eleonora wich dem ausgestreckten Arm der Freundin aus, als versuchte diese ihr ein Bein zu stellen, und lief ins Obergeschoss. Dabei fiel eine Gabel vom Tablett und schlug mit einem ungewohnten Geräusch auf dem Parkett auf. Zusammen mit der Gabel fiel jede Zurückhaltung von Eleonora ab. Während sie auf das Schlafzimmer zulief, hämmerte ihr Herz in der Brust.

Eleonora klopfte zweimal, bevor Alessandro sie hereinbat. In dem Raum herrschte Grabesstille, und sie versuchte zu verbergen, dass sie außer Atem war.

Er saß mit dem Rücken zu ihr an dem kleinen Klapppult, das Corinne sonst als Schminktischchen benutzte, und schrieb. Stift und Papier, keine Computerdatei.

»Dein Abendessen«, sagte sie, lehnte die Tür an und drückte sie dann mit dem Fuß zu. Sie hoffte, nicht allzu viel Lärm dabei zu machen. Seit die Gabel heruntergefallen war, kamen ihr alle Geräusche wie verstärkt vor.

Alessandro drehte sich um und lächelte unerwartet. »Du bist gekommen«, sagte er, und sie verstand nicht gleich, was er meinte.

»Ja, wie jeden Abend.«

»Gib her.« Er nahm ihr das Tablett ab und küsste sie leicht auf die Wange. »Was meinst du mit jeden Abend?«

»Ich war jeden Abend hier. Aber du wolltest mich nicht sehen.«

»Und ich hab gedacht, du wolltest mich nicht sehen. Ich hatte keine Ahnung, dass du da warst. Keiner hat mir etwas gesagt. Ich habe mich schon gefragt, warum dir auf einmal nichts mehr an mir liegt, und dachte, dass dich die Paris-Reise mit Emanuele vollkommen einnimmt.«

»Mir liegt mehr an dir als an sonst jemandem. Corinne hat mich daran gehindert, dich zu sehen. Sie steht wieder einmal auf Kriegsfuß mit mir. Sogar in dieser Situation, wo es dir schlecht geht und ich dir beistehen möchte.«

Alessandro nahm wieder am Pult Platz, und Eleonora setzte sich auf das Bett.

»Danke, dass du nicht aufgegeben hast. Ich hatte solche Lust, dich zu sehen.«

»Warum?«

»Weil mich deine Gegenwart heiter und gelassen macht.«

»Das Gleiche gilt für mich, weißt du?«, sagte sie hastig. »Seit wir uns nicht mehr sehen, laufe ich völlig neben der Spur. Ich tue lauter sinnlose Dinge. Ständig vergesse ich alles. Und ich kann keine Türen mehr aufmachen.«

Er lachte. »Wieso Türen aufmachen?« Und dann, als ob er an nichts anderes denken könnte, sagte er: »Hast du schon für Paris gepackt?«

Wer weiß, ob er erwartete, dass sie Nein sagte und verkündete, nicht zu verreisen. Doch zu lügen hatte keinen Sinn. »Ja. Ich weiß nicht, was ich alles hineingestopft habe, aber der Koffer ist gepackt.«

»Du wirst mir fehlen, du fehlst mir immer.«

Eleonora ging das Herz auf. »Ich bin ja nur zwei Nächte weg. Aber jetzt sag mir lieber, wie es dir geht.«

Alessandro lehnte sich auf dem Stuhl zurück. Er wirkte nicht erschüttert, nur unendlich traurig. »Ich bin dabei, das Ganze zu verdauen, Eleonora. Du hast es auch gewusst, nicht wahr?«

*Ja, nein, ja, nein ...* »Nicht alles.«

Alessandro runzelte die Stirn. »Ich habe dir vertraut. Ich habe nie an deinen Worten gezweifelt«, sagte er mit fester, jedoch nicht zorniger Stimme.

Sie unterdrückte einen Protestschrei. »Du musst mir weiter vertrauen, Alessandro. Im Grunde habe ich dir wichtige Anhaltspunkte geliefert. Ich habe dir gegenüber angedeutet, dass sie dir etwas verheimlichen. Aber ich konnte dir nicht alles sagen. Ich hatte Angst, dir wehzutun. Sogar bei Antonella war ich und habe mit ihr gesprochen. Sie hat mir zu verstehen gegeben, dass der Prozess, der bei dir in

Gang gekommen ist, sehr heikel sein kann. Ich könnte dir niemals wehtun.«

Er betrachtete sie mit dem üblichen Blick, voller Verständnis für alle nur denkbaren menschlichen Schwächen und das Elend des gesamten Universums. »Wie konnte ich das bloß alles löschen?«

»Du hast gar nichts gelöscht. Da waren deine Träume.«

»Du hast schon verstanden, was ich meine.«

»Warum möchtest du niemanden sehen?«

»Außer dir, meinst du?« Er lächelte. »Weil ich den Mund nicht aufkriege. Wir würden immerzu über das gleiche Thema reden. Selbst ihre Blicke würden über das sprechen, was passiert ist. Die Auszeit, die ich mir gerade nehme, ist in Wahrheit ein Geschenk an die anderen. Verstehst du, was ich meine?«

Eleonora nickte, obwohl sie gleich mehrere Einwände hatte. Nicht zuletzt jenen, dass Alessandros großzügige Geste sie offenbar nicht einschloss. Er wirkte wie verzaubert, als er sie anschaute. Sie machte einen verwirrten Eindruck und offenbarte dabei ihre Zerbrechlichkeit, die er so sehr liebte.

»Ich habe ausdrücklich darum gebeten, nur Lorena zu sehen«, fuhr er fort. »Sie weiß nichts von der ganzen Sache und braucht auch nichts zu erfahren.«

»Sie wird es sich früher oder später zusammenreimen. Lorena ist ein aufgewecktes Mädchen.«

»Stimmt, sie hat auch längst nachgehakt. Ich habe ihr gesagt, dass ich gerade in einer tiefen persönlichen Krise stecke, unter anderem wegen meiner Ehe, und dass ich für den Moment mit niemandem darüber sprechen möchte.«

»Ich kenne die Wahrheit und verstehe nur zu gut, wie schwer es sein muss herauszufinden, dass der eigene Bruder ...«

»Ich bin Emanuele nicht böse«, unterbrach Alessandro sie. »Er war ein kleiner Junge. Ein in Panik geratener kleiner Junge. Im Nachhinein wird mir so manches klar.«

»Ich bin davon ausgegangen, dass du unter Schock stehst und im Bett liegst.«

»Bist du nun enttäuscht?«

Obwohl Alessandro lächelte, hatte Eleonora das Bedürfnis sich zu rechtfertigen.

»Nein, im Gegenteil! Ich habe mir bloß riesige Sorgen gemacht.«

Eleonora hatte mit fester, ruhiger Stimme gesprochen, deshalb überraschten sie die Tränen, die nun ohne Vorankündigung flossen. Sie berührte ihre Wangen und betrachtete die nassen Hände. Ihre Augen waren weit aufgerissen, und ihr Herz schwoll wieder an.

Alessandro beugte sich zu ihr herunter und wischte ihr die Tränen weg. »Jetzt machst du mir aber Sorgen«, sagte er. »He, weine nicht. Es kommen auch wieder bessere Zeiten.«

Wer wusste schon, was er damit meinte, ob er an die Zeit dachte, wenn er geheilt sein würde, oder an die Zeit, wenn ihre Liebe zu ihm vorbei wäre. Konnte man sich mit einer verlorenen Liebe abfinden? Vielleicht mit einer, der man nie begegnet ist, aber gewiss nicht mit einer, die einem entglitten ist.

»Ich möchte dir etwas sagen, bevor du verreist. Auch wenn du dich dann vermutlich noch schlechter fühlst.«

»Du machst mir Angst, Alessandro.«

»Ich glaube, Emanuele ist wirklich verliebt in dich.«

»Deswegen sollte ich mich schlecht fühlen?«

»Er ist leider nicht fähig, eine Beziehung zu führen. Mit einer einzigen Frau, meine ich. Ich dachte erst, er hätte sich verändert, seit er dich kennengelernt hat, und das habe ich dir auch schon mal gesagt. Aber dann wurde ich eines Besseren belehrt.«

Für einen Augenblick empfand Eleonora die banale Enthüllung als ärgerlich. Alessandro hatte behauptet, außer der Freude, mit ihr zu reden, gebe es keinen bestimmten Grund, aus dem er sie sehen wolle. Doch nun platzte er mit dieser Anspielung heraus. Eine vulgäre Beschuldigung seines Bruders, einfach so hingeworfen und unmittelbar, nachdem sie vor ihm geweint hatte.

»Willst du mir damit sagen, dass er sich mit einer anderen Frau trifft?«

»Mit mehr als einer, Eleonora. Damit will ich nicht sagen, dass er sich nie ändern wird. Vielleich ist seine Liebe zu dir ja so groß, dass sie irgendwann eine Veränderung in Gang setzt. Aber es ist ein langsamer Prozess. Er verhält sich seit Ewigkeiten Frauen gegenüber so. Er hat kein Gewissen.«

Eleonora schwieg eine Weile. Tat es ihr weh, sich diese Enthüllungen anzuhören? Nein. Sie war wütend. Enttäuscht. Aber leiden war etwas anderes, leiden war Herzensdingen vorbehalten.

»Ich sollte den Kontakt zu ihm abbrechen«, sagte sie, mehr zu sich selbst als zu Alessandro. »Aus verschiedenen Gründen.«

»Nun macht erst mal euren Wochenendtrip. Nach eurer Rückkehr kannst du immer noch überlegen, was du tun willst.«

*Jaja, macht ihr erst mal euren Wochenendtrip.* »Kenne ich die Frauen?«

»Eine, ja.«

»Wer ist es?«

»Eleonora …«

»Ach, komm schon. Nachdem du den Damm nun schon eingerissen hast, kannst du mir auch gleich alles sagen.«

»Kann ich nicht. Immerhin steht das Wohlergehen eines Menschen, den ich sehr mag, auf dem Spiel.«

*Denise.* Die Erkenntnis traf Eleonora wie ein Schlag. Denise war ständig gereizt und stand immerzu auf Kriegsfuß mit ihr. Außerdem verbrachte sie sehr viel Zeit mit Emanuele, da er sie regelmäßig zur Therapie begleitete – offenbar nicht ganz uneigennützig. Eleonora erinnerte sich noch gut an ein Gespräch mit dem ahnungslosen Maurizio, in dem er ihr erklärt hatte, wie nett es doch von Emanuele sei, sich so um seine Frau zu kümmern. Von wegen nett! Emanuele hatte ihn verraten. Wie konnte er seinem eigenen Bruder so etwas antun? Wie konnte er nur?

»Ich bin … angewidert.« Sie stand auf, fest entschlossen, die Reise abzusagen.

Mit besorgter Miene begleitete Alessandro sie zur Tür. »Ich bitte dich, Eleonora, lass mich nicht bereuen, dass ich es dir gesagt habe.«

»Hör zu, Emanuele und ich haben … sagen wir mal, eine ausschließlich sexuelle Beziehung. Trotzdem hat er mich gebeten, mit ihm zusammen auf dem Hof zu leben. Wie konnte er mir einen solchen Vorschlag machen, wenn er etwas mit einer oder sogar mehreren anderen Frauen hat?«

»Das war bei June ganz genauso. Er hat mit ihr auf dem Hof gelebt und ist gleichzeitig mit dir ins Bett gegangen … und noch mit ein paar anderen. Er ist nun mal so. Ein Freigeist.«

»Verzeih mir, Alessandro, aber »Freigeist« scheint mir keine ausreichende Rechtfertigung zu sein. Ich will ganz bestimmt nicht, dass er mir einen Ring an den Finger steckt, aber eine jede Frau verdient Respekt. Eventuell kann ich sogar damit leben, dass ein Mann zwei, drei oder vier Beziehungen gleichzeitig hat. Aber ich muss es wissen. Ich muss die Wahl haben.«

»Verstehe.«

Alessandro streckte die Hand aus, um Eleonora über die Wange zu streicheln. Wäre sie sich der Leichtigkeit seiner Gesten und Blicke nicht bewusst gewesen, hätte Eleonora glauben können, dass er sie liebte. Doch sie machte sich keine Illusionen über die sanfte Berührung und genauso wenig Hoffnungen über die Art, wie er sie ansah.

Als Eleonora den Raum verließ, fühlte sie nichts als eine tonnenschwere Ernüchterung.

Regungslos saß Eleonora auf dem Bett, vor ihr der offene Koffer, vollgestopft mit Kleidern, die sie gar nicht mehr anziehen wollte.

So fand Emanuele sie vor, und er verstand sofort. Schließlich war er ein intelligenter Mann.

»Du kannst dieses Wochenende hierbleiben. Die Handwerker sind noch nicht fertig mit deiner Wohnung.«

Eleonora hob den Kopf und sah zu, wie er durch das Haus ging, Hemden aus dem Schrank nahm, zusammenfaltete und in den Koffer legte, wie er die Reisedokumente kontrollierte, auf der Suche nach wer weiß was. Er stand niemals still. Das Leben schien in ihm zu explodieren. Dennoch gelang es ihm, nie die Kontrolle zu verlieren.

»Möchtest du nicht mehr, dass ich dich nach Paris begleite?«

»Willst du mich foppen, Eleonora?«

»Nein.«

»Du machst nicht den Eindruck, als ob du dich auf diese Reise freust. Dann bleib doch einfach hier.«

»Ich will aber mitkommen.«

Welchen Sinn hatte es, mit ihm zu verreisen? Welchen Sinn hatte es, eine Beziehung weiterzuführen, vielleicht sogar über mehrere Jahre hinweg, ohne ein konkretes Ziel?

Ein Liebespaar ohne Zukunftspläne kann sich nicht als solches bezeichnen.

*Willst du wirklich Pläne schmieden mit Emanuele? Willst du im Ernst eine Zukunft aufbauen, die diesen Mann einbezieht?*

»Na, dann mach mal den Koffer zu. Wir essen gleich noch was und gehen dann schlafen. Morgen muss ich noch ein paar Dinge erledigen, danach fahren wir zum Flughafen.«

»Hast du es ihnen gesagt?«

Diesmal drehte er sich um und sah sie fragend an. »Was? Wem?«

»Dass du mit mir nach Paris fährst.«

»Wem denn?«

»Denise … und den anderen.«

Emanuele schaute sich um, möglicherweise um Zeit zu gewinnen. Ein amüsierter Ausdruck lag auf seinem Gesicht, einer von denen, für die man ihn am liebsten ohrfeigen wollte.

»Worauf spielst du an, Eleonora?«

»Auf gar nichts. Ich bin bloß neugierig zu erfahren, wie du deine Beziehungen organisierst. Du sprichst zum Beispiel offen darüber, dass ich hier bei dir übernachte oder dass wir zusammen nach Paris fliegen.«

»Eben. Das sollte dir zu denken geben. Ich habe dir bereits erklärt, was zwischen mir und Denise war und auch zwischen mir und Corinne. Ich dachte, das Thema wäre erledigt.«

»Willst du damit sagen, dass …«

»Dass du die einzige Frau für mich bist, ja klar. Obwohl *meine Frau* große Worte sind, wenn man berücksichtigt, dass du nicht einmal mit mir zusammenleben willst und jedes Mal Ausflüchte suchst, wenn ich für uns ein Leben als Paar plane, und dass du seit Tagen wegen eines anderen Mannes fix und fertig bist.«

Eleonora wollte ihm so einiges an den Kopf werfen, aber sie wusste nicht wo anfangen. Diese Reise war vielleicht gar keine schlechte Idee, weit weg von Alessandro würde sie hoffentlich Klarheit gewinnen. In diesem Moment konnte sie nicht glauben, was Emanuele da sagte, obwohl es absolut einleuchtend klang.

»Denk selbst«, sagte Emanuele angesichts ihrer ungewohnten Sprachlosigkeit. »Keine Sorge, ich bin dir nicht böse, ich weiß nur zu gut, wie schwierig es ist, im Umfeld der Villa Bruges einen klaren Verstand zu behalten. Aber jetzt sollten wir langsam das Abendessen zubereiten, meinst du nicht? Ich bin müde, außerdem bin ich es leid, immer die gleichen Dinge wiederholen zu müssen, die ewig gleichen Diskussionen zu führen, die ermüdenden Streitereien auszufechten. Keine Angst, ich spreche nicht von dir, sondern von meinem Bruder. Ich bin wirklich müde, Eleonora.«

Nachdenklich ging sie in die Küche. Angesichts all ihrer Zweifel war diese gemeinsame Reise im Grunde sinnlos. Sie hätte mit Emanuele offen reden müssen, aber es war nicht der richtige Zeitpunkt, sie fürchtete, ihn noch mehr zu verstimmen. Daher nahm sie sich vor, das Thema in Paris wieder aufzugreifen. Weit weg von der Villa Bruges würde es ihr sicher leichter fallen.

Vielleicht hätte sie einfach nur den Koffer wieder auspacken und in Florenz bleiben sollen. Es wäre weder unmöglich gewesen noch besonders außergewöhnlich.

Doch das Leben zog Eleonora unbeirrt weiter, wie eine Rolltreppe. Allerdings handelte sie nicht selbst, sondern war getrieben von einer heimlichen Kraft, deren Ursprung sie nicht kannte.

# 10

Es war immer wieder interessant zu beobachten, dass es Emanuele unmöglich war, kein Aufsehen zu erregen.

Das galt auch für seinen Bruder, wenngleich auf weniger augenfällige Weise. Alessandro betrat einen Raum und zog automatisch alle Blicke auf sich.

Bei Emanuele war es anders. Die Leute starrten ihn an, weil er attraktiv war, aber sie verspürten auch das Bedürfnis, mit ihm in Kontakt zu treten, als wäre er ein Filmstar, der sich unters Volk mischt. Egal ob das Bodenpersonal am Flughafen oder am Schalter, egal ob die Stewardessen oder die Passagiere, die auf dem Flug vor oder hinter ihm saßen, alle begegneten ihm überaus herzlich und gaben ihm ungefragt Informationen.

Dieses Verhalten amüsierte Eleonora, vor allem jedoch war es tröstlich. Es war also nicht ihre Schuld, wenn sie ihm hörig war, Emanuele besaß nun mal ein ganz besonderes Charisma.

Ruhigen Gewissens genoss Eleonora die Reise nach Paris und versuchte nicht daran zu denken, wie absurd viele der Entscheidungen waren, die sie unter Emanueles Einfluss traf. Wenn sie nicht verrückt werden wollte, musste sie sich damit abfinden, dass es ihr zumindest im Moment unmöglich war, vernünftig zu sein, und abwarten, bis sich das Chaos entwirrte und die Realität sie wieder einholte.

Sie betraten die Empfangshalle des *Hotel Plaza* an den Champs-Élysées. Eine faszinierende Orientalin in Livree empfing sie unerwartet herzlich, was darauf hindeutete, dass sie Emanuele bereits kannte. Sie strahlte über das ganze Gesicht, neigte kaum sichtbar den Kopf und rief einen Gepäckträger für ihre beiden armseligen Trolleys herbei.

»*Bonsoir, monsieur Vannini. Madame. Comment s'est passé votre voyage?*«

»*Comme toujours, Hae Won. Tu es très bien.*«

Die Orientalin errötete, als wäre sie nicht an Komplimente gewöhnt. Eleonora hätte es vorgezogen, wenn ein Mann sie empfangen hätte. Die Frau wirkte so elegant, dass Eleonoras schickes Kostüm wie ein Jogginganzug wirkte. Eleonora konzentrierte sich auf den violetten Trolley, den der Gepäckträger gerade in den Aufzug trug, und versuchte die zahlreichen Spiegel in der Empfangshalle zu ignorieren. Erst im Aufzug hob sie den Kopf und begegnete im Spiegel Emanueles Blick, der hinter dem Gepäckträger in blauer Livree stand.

Das Hotel hatte sieben Stockwerke, und sie fuhren bis ganz nach oben. Die Suite also. Ein Mann, der im Alltag auf einem Bauernhof lebte, nahm sich eine Suite, wenn er nach Paris flog? Es war ihr unverständlich.

»Wow!«, rief Eleonora, als sie alleine waren.

Sie stand in einem Salon mit Sitzgruppe, Schreibtisch, Fernseher und Kristalltisch, die Aussicht auf die Rue d'Artois war von blütenweißen Vorhängen eingerahmt. Das Schlafzimmer nebenan wirkte so prunkvoll wie in einem Königspalast, und im Bad, das größer war als die Küche der Villa Bruges, war das Wasser im Whirlpool bereits eingelassen. Traurige rote Blütenblätter schwammen auf dem Schaum.

»Halten die uns für prollige Jungvermählte?«, fragte Eleonora und zog die Schuhe aus. Sie konnte es nicht erwarten, in den Whirlpool zu steigen.

Emanuele erschien an der Tür zum Bad und warf einen Blick auf die Wanne. »Sie bereiten mir immer ein Bad vor. Offenbar halten sie mich für prollig, du kannst also beruhigt sein und dich entspannen.«

»Ich bin entspannt.«

Seelenruhig packte Emanuele seinen Koffer aus, während Eleonora alles durchwühlte: Kleider, Unterwäsche, Schmuck, Gedanken. Emanuele entdeckte sie schließlich in der Wanne, von Blütenblättern umgeben und bis zu den Haaren mit Schaum bedeckt, der nach Orangen duftete. Er setzte sich auf den Rand, die Arme vor der Brust verschränkt.

»So, wie du dasitzt, erinnerst du mich an meinen Exfreund«, sagte sie und pustete ihm eine Handvoll Schaum aufs Hemd.

Gelassen wischte er den Schaum ab, auf dem Gesicht das typische amüsierte Lächeln. »Ich nehme dich mit nach Paris, quartiere dich in einem Luxushotel ein, lasse eine Wanne mit warmem Wasser und Orangenmief für dich vorbereiten, und was tust du? Du beleidigst mich. Blöde Kuh!«

»Das war keine Beleidigung. Roberto hat sich immer mit verschränkten Armen und gerunzelter Stirn vor mich hingesetzt und gesagt: ›Du bist total daneben, Eleonora.‹«

Emanuele brach in schallendes Gelächter aus, sein unverkennbares Lachen, das in unzählige Splitter zerbarst, die durch den Raum flogen und Fröhlichkeit verbreiteten. »Du bist total daneben, Eleonora? Oh Gott!«

»Ja. Genau so.«

»Siehst du, es war doch eine Beleidigung.«

»Nein, nein, ich habe doch bloß die Pose gemeint.

Apropos Pose, hast du die mandeläugige Schaufensterpuppe von der Rezeption gevögelt?«

»Eleonora, du bist völlig besessen von diesem Gedanken.«

»Ah, du hast sie also gevögelt. Es reicht eben nicht, dich mit *vous* anzusprechen, um gewisse Dinge zu vertuschen. Sag ihr das bei Gelegenheit mal. Sie riskiert sonst eine fristlose Entlassung. An blasierten Orten wie diesem kann sich das Personal einen Besen in den Hintern stecken, aber niemals mit den Gästen ins Bett steigen. Sozusagen strikt verboten.«

Emanuele lachte immer noch und immer lauter. Es war wundervoll, seinem Glucksen zu lauschen. Es machte Eleonora glücklich.

»Na gut, einmal«, gestand er.

»Siehst du, ich wusste es. Kommst du oft hierher?«

»Ich war in letzter Zeit ein paarmal hier.«

»Was tust du in Paris?«

»Fängst du jetzt wieder mit deiner Fragerei an? Wenn ja, gehe ich auf der Stelle runter in die Empfangshalle und vernasche die Schaufensterpuppe im Gepäckraum.«

»Bloß nicht!«, lachte nun auch Eleonora und versuchte ihn in die Wanne zu ziehen. »Du gehst nirgendwo hin, sondern bleibst schön hier.«

Das ließ er sich nicht zweimal sagen. Mit der üblichen Ungezwungenheit zog er sich aus, als ob seine Haut ein weiteres Kleidungsstück wäre. Das war bei Eleonora ganz anders, ohne Kleider fühlte sie sich vollkommen entblößt.

Statt ihr gegenüber, ließ sich Emanuele hinter ihr ins Wasser gleiten und begann ihr ganz langsam den Rücken zu waschen. Obwohl er bereits eine heftige Erektion hatte, entwich ihm nicht der leiseste Seufzer, und sie beneidete ihn darum.

»Verkehrte Welt«, sagte er und griff in einer zarten, liebevollen Geste nach einer Locke, die ihr in den Nacken fiel.

»Wieso?«

»Du verdächtigst mich, andere Frauen zu treffen.«

»Und das stellt die Welt auf den Kopf?« Beim letzten Wort senkte Eleonora die Stimme, da seine Hände immer größere Kreise zogen und er jetzt ihren Bauch massierte.

»Ja. Denn ich bin ganz sicher nicht in jemand anders verliebt.«

»Ich liebe niemanden. Bitte halt mich nicht zum Narren. Wenn du wirklich davon überzeugt wärst, dass ich deinen Bruder liebe, wärst du nicht so beharrlich.«

»Mmh.« Emanuele lehnte den Kopf gegen den weißen Marmorrand des Whirlpools, griff nach ihren Hüften und zog sie an sich, bis ihr Rücken auf seiner Brust lag. »Da kennst du mich schlecht.«

»Mag sein. Das ist ein Grund dafür, warum ich so leichtgläubig bin. Stimmt es wirklich, dass du und Denise ...«

»Eleonora ... Ich will nur dich. Es gibt keine, die ich sehe oder höre, außer dir.«

Sie schloss die Augen, ihr war plötzlich zum Weinen zumute. Was für eine dumme Reaktion! Sie hatte einen dicken Kloß im Hals und Tränen in den Augen, ein Schluchzen stieg in ihr hoch. Es lag nicht an seinen Worten, sondern daran, dass sie es nicht gewohnt war zuzulassen, dass jemand sie liebte. Egal wo sie war, sie kam sich überflüssig vor. Als Kind war sie immer das fünfte Rad am Wagen gewesen, das man notgedrungen mitnahm. Später dann als Erwachsene war das Gefühl geblieben, nicht dazuzugehören, ebenso wie das Bewusstsein, dass die anderen genauso gut auf sie verzichten konnten.

Eleonora ließ zu, dass Emanuele sie leicht anhob, damit er in sie eindringen konnte. Langsam und tief glitt er in sie, als ob er bis zu ihrem Innersten vordringen wollte. Er legte ihr eine Hand auf den Nacken, damit sie sich nach vorn beugte, und schob sich noch ein Stückchen weiter in sie hinein, was ihr ein Stöhnen entlockte.

»Du bist alles, was ich will.«

»Warum?«, fragte sie, während er ihre Beckenbewegungen steuerte, fordernd, bestimmt und in dem Wissen, wie man einen Befehl so tarnt, dass er zu einer freiwilligen Geste wird.

»Weil mit dir alles anders ist. Das ganze Leben wirkt anders. Mit den Lippen auf deinem Mund verändert sich einfach alles.«

Mit aller Kraft versuchte Eleonora, über diese Worte nachzudenken, aber vergebens. Sie war voll und ganz von ihm erfüllt und nahm ihn bereitwillig in sich auf, während er sie mit seinen starken Händen rhythmisch wegschob und zu sich heranzog. Das warme Wasser floss zwischen ihren Beinen hindurch, vermischte sich mit ihrer Lust.

*Ich werde ihn nachher fragen.* Immer wieder versuchte Eleonora aktiv zu werden und mit kleinen Hüftbewegungen gegenzusteuern, aber sie war eingeklemmt wie in einem Schraubstock.

Noch nicht zufrieden mit der Macht, die er bereits über sie hatte, schob Emanuele sie von sich und ließ sie hinknien, die Brüste an den Rand der Wanne gepresst. Erneut drang er in sie ein und zog sie dabei an den Haaren, als würde er ein Pferd zügeln. Eleonora protestierte, doch ihr Klagen verwandelte sich rasch in Lust. Die in ihre Schenkel gekrallten Finger, die nassen Haarsträhnen, die gerötete Haut ihrer Brüste, selbst der Schmerz – pure Wollust.

Als sie kam, unterdrückte sie einen Schrei, und ihr Orgasmus verebbte im Wasser, was es Emanuele erlaubte, an sich zu denken. Drei Stöße, einen tiefen und zwei rasche, brutale, reichten ihm aus, um sich Erleichterung zu verschaffen. Er ließ sich auf ihren Rücken sinken, und Eleonora spürte sein pochendes Herz auf ihren Schulterblättern, den keuchenden Atem auf ihrem Nacken.

»Du warst gut«, flüsterte Emanuele ihr ins Ohr.

Langsam bewegte er sich in ihr weiter, als ob er ihr damit sagen wollte, dass es mit dem einen heftigen Orgasmus noch nicht vorbei sei und dass sie nicht einfach verschwinden konnte wie sein Sperma, das an ihren Beinen herunterlief und sich mit dem Badewasser vermischte.

Nur zu gerne hätte Eleonora etwas erwidert, irgendetwas, eine ergreifende, passende intelligente Bemerkung. Aber Emanuele schaffte es, ihre Gedanken so sehr durcheinanderzubringen, dass ihr die Sinne schwanden und damit jede Möglichkeit, in seinen Augen besser zu werden, als sie war.

Eleonora war eingeschlafen. Sie hatte in der vergangenen Nacht nur wenige Stunden geschlafen, und die Art, wie Emanuele sie nahm, raubte ihr jede Kraft.

Als sie die Augen aufschlug, spürte sie einen starken Druck auf dem Brustkorb, eine Euphorie, die dem Glück gefährlich ähnelte. Unvermittelt traf sie die Erkenntnis, was für eine Freude es war, mit Emanuele in Paris zu sein. Wie sonderbar.

Er war im Salon nebenan und telefonierte.

*»Sophie Dubois? Tu as des photos? Je comprends. Oui, celles-ci sont aussi très bien. Je te vois demain à dix heures au Café Victoria, tu sais où il se trouve? Rue Charron, oui. Apporte tes trucs, j'apporte les miens.«*

*Tes trucs* – das Zeug?

Als Emanuele ins Schlafzimmer zurückkam, stellte Eleonora sich schlafend. Es musste mitten in der Nacht sein, denn er schlüpfte unter die Decke und löschte das Licht auf dem Nachttisch.

Sie ließ ein paar Minuten verstreichen, dann atmete sie wieder normal. Vorsichtig näherte sie sich ihm, schmiegte das Gesicht an seine Schulter, die Beine an seine Schenkel. Emanuele schob den Arm unter ihren und zog sie an sich. Es war sehr angenehm. Er roch nach Orange und Shampoo mit Vanilleduft. Sein Körper war warm und angespannt, hart wie der Marmor der Badewanne. Neben ihm zu schlafen gab ihr ein sicheres und zudem erregendes Gefühl.

»Warum sind wir hier?«, flüsterte sie, ohne die Augen zu öffnen.

»Du bist ja wach.«

»Ein bisschen.«

»Was heißt ein bisschen? Entweder du bist wach, oder du schläfst.«

»Ständig suchst du Streit, nie lässt du mir was durchgehen.« Ihr Tonfall war schmollend, aber ruhig. Eine Ruhe, die ihre Entschlossenheit nicht milderte. »Warum sind wir hier?«

»Ich muss jemanden treffen.«

»Geschäftlich?«

»Nein.«

»Was sonst?«

»Ich werde es dir zu gegebener Zeit sagen.«

»Es geht um die Entführung, nicht wahr?«

Er antwortete nicht, gab nur einen tiefen, verärgerten Stoßseufzer von sich. »Wie kommt es, dass du immer alles herausfindest?«

»Weil es mich interessiert und weil ich besorgt bin.«

»Dazu gibt es keinen Grund. Ich bin nicht in Gefahr.«

»Bei *den* Leuten?«

»Was weißt du schon von ihnen?«

»Immerhin haben sie Alessandro entführt.«

Emanuele schwieg erneut, drückte ihr nur einen Kuss auf das Haar. Womöglich fragte er sich, ob er ihr seinen verrückten Plan anvertrauen konnte. Ihn mit ihr teilen, um weniger Angst zu haben.

»Ich habe sie aufgespürt. Dank dem Mädchen.«

Eleonora riss erstaunt die Augen auf. »Du meinst das Mädchen aus seinen Träumen?«

»Sie existiert tatsächlich und heißt Sophie Dubois. Ihre Mutter ist bei einem Racheakt unter Mafiosi getötet worden. Ihr Vater war geständig und arbeitet nun mit der Justiz zusammen. Er hat Alessandro damals entführt, zusammen mit dem skrupellosen Kleinganoven Giulio Minetti ... nichts weiter als ein kleiner Fisch. Minetti ist ebenfalls tot. Bleibt nur Sophies Vater, aber er ist im Zeugenschutzprogramm der Polizei, und es ist ein Ding der Unmöglichkeit herauszufinden, wo er lebt. Außer, wir machen Sophie ausfindig.«

»Du denkst im Ernst, dass Sophie dir sagen würde, wo ihr Vater steckt?«

»Ja.«

Sein Selbstvertrauen war ein Geschenk der Natur, das wusste Eleonora. Emanuele war ganz selbstverständlich davon überzeugt, dass ihm jedes Unterfangen gelingen würde, und vermutlich hatte er sogar recht.

»Wer kann dir Informationen über sie geben?«

»Ich bin ihrem Vater seit Jahren auf der Spur und habe hier in Paris viele Leute kennengelernt. Dieser Kontaktmann ist bloß einer von vielen, und er braucht Geld.«

»Was macht dich so sicher, dass er die Wahrheit sagt?«

»Ich muss ihm vertrauen, ich habe keine andere Wahl. Er wird mir Fotos und Dokumente zeigen, offenbar hat er jahrelang als Fahrer für die Dubois gearbeitet. Als Sophies

Vater zum Kronzeugen wurde, hat er dem Mann Material zum Aufbewahren anvertraut, Andenken der Tochter und einige Erinnerungsstücke, die nicht in die Hände der Polizei gelangen sollten.«

»Glaubst du, er weiß, wo Sophie derzeit ist?«

»Keine Ahnung. Ich kann es nur hoffen. Ich nehme an, Sophies Vater hat sie irgendwo versteckt, nach allem, was damals mit seiner Frau geschehen ist. Die Mafia verzeiht nicht, und oft gelingt es ihr sogar, eigene Leute in die Polizei einzuschleusen. Sobald du singst, bringen sie deine Familie um, verstehst du?«

All das war ungeheuerlich, und Emanuele war diesen skrupellosen Leuten auf der Spur. Er riskierte sein Leben. Trotzdem hörten die kleinen Flügel in Eleonoras Herz nicht auf zu schwirren, sondern bewegten sich immer heftiger. Zwischen all diesen schrecklichen Gedanken gellte unverhofft ein Schrei reinen Glücks durch den fremden Raum, entspannte ihre Gesichtszüge und wiegte sie schließlich in den Schlaf.

Eleonora bemühte sich wach zu bleiben, um weiter Emanueles Geruch zu atmen. Irgendetwas sagte ihr, die Erinnerung an diesen Duft würde tröstlich sein, in den Nächten, die sie noch zu überstehen hätte. Denn an diesem Abend war ihr klar geworden, dass sie alle beide verlieren würde, Alessandro und Emanuele. Sie war immer pessimistisch, wenn sie sich glücklich fühlte.

# 11

Damit dass der Mann extrem jung war, hatte Eleonora nicht gerechnet. Sie war an die üblichen Stereotypen gewöhnt, die man im Kino so sah, und das ließ sie über einen anderen beunruhigenden Aspekt der Angelegenheit nachdenken.

Emanuele verhielt sich wie eine Figur in einem dieser Filme, in denen der Protagonist beschließt, einen privaten Rachefeldzug zu führen, weil die Institutionen ihn im Stich gelassen haben und er keine andere Wahl hat, als alles auf eine Karte zu setzen. Nur war das hier kein Blockbuster, sondern das wahre Leben, und im wahren Leben ging die Sache für die beteiligten Personen hin und wieder übel aus.

In der *boulangerie* gegenüber dem Café, in dem Emanuele sich mit dem Kontaktmann traf, bestellte Eleonora einen Cappuccino, ohne die beiden Männer aus den Augen zu lassen. Die beiden Männer verhandelten ganz offen. Der Fremde zog einen Umschlag hervor, dessen Inhalt Emanuele auf die Tischplatte leerte. Aus der Ferne konnte sie nur einen Gegenstand erkennen: eine Fotografie.

Während sie so in der Bäckerei an dem Tischchen saß, fühlte Eleonora sich erstarrter als gewöhnlich. Alles stand still, seit sie die Welt in der Villa Bruges betreten hatte. Wie die Vögel streifte sie nur am Waldrand entlang, ohne ins Gehölz einzudringen. Sie war von Angst erfüllt. Wenn er

Sophie erst gefunden hatte, was würde Emanuele dann tun? Selbst wenn ihm das aussichtslose Unterfangen gelingen sollte, sie zum Reden zu bringen, was würde sein nächster Schritt sein? Ihren Vater suchen, seine Identität aufdecken, ihn bedrohen, schlagen, töten? All das war jenseits jeder Logik und Realität. Mit dem Racheakt würde er seine Schuld auf keinen Fall sühnen können.

Eleonora wartete, bis der Mann gegangen war, dann zahlte sie ihren Cappuccino, überquerte die Straße und ließ sich in dem Café auf seinen Platz sinken. Den gelben Umschlag in der Hand, saß Emanuele da und schaute müde und gedankenverloren den Passanten nach. Eleonora empfand eine tiefe Zärtlichkeit für ihn, was sie erneut erstaunte. Emanuele war so stark, dass man sich jederzeit an ihn anlehnen konnte, dennoch übermannte sie zwischendurch immer mal wieder dieses fürsorgliche Gefühl, unverhofft und absolut ungelegen.

»Und?«

Emanuele schien sie erst jetzt wahrzunehmen. Er öffnete den Umschlag und schob ihr die Fotografie hin. Darauf war ein Mädchen mit einem blonden Zopf zu sehen, aus dem sich einige Strähnen gelöst hatten, dazu eindringliche grüne Augen und ein verkrampftes Lächeln. Ihr Oberkörper war nach rechts gedreht, sie wandte dem Fotografen den Hals zu. Unter dem linken Ohr stach ein Leberfleck wie ein Tattoo ins Auge.

»Hast du ihn bemerkt?«, fragte Eleonora und gab ihm die Fotografie zurück.

»Den Leberfleck? Ja.«

»Was willst du jetzt tun?«

»Ich kenne eine Frau, die einen solchen Leberfleck hat.«

Das hatte sie nicht erwartet. »Du kennst dieses Mädchen?«

»Keine Ahnung, ob sie es ist. Aber ich kenne jemanden mit einem Leberfleck unter dem linken Ohr.«
»Wen?«
»Annalisa.«
Der Name durchschnitt die Luft wie ein Geschoss. Annalisa, jene Frau, die Emanuele und Alessandro geliebt hatten. Jene Frau, von der Eleonora hin und wieder wuterfüllt dachte, dass sie ihr ähnlich war.
»Aber Annalisa hat rote Haare.«
»Die Haarfarbe könnte sie jederzeit verändert haben. Eine gewisse Ähnlichkeit besteht jedenfalls.«
»Hat Annalisa nicht all die Jahre in Borgo San Lorenzo gelebt?«
»Nein, sie ist in Frankreich aufgewachsen.«
Ein unglaublicher Zufall.
»Dann könnten ihre Eltern ... Ich meine, sie sind womöglich gar nicht ihre wahren Eltern?«
»Es könnte Tarnung sein, ja. Ihr richtiger Vater war vielleicht ein Mafioso. Er könnte entschieden haben, seine Tochter zu beschützen, indem er sie ihrem Umfeld entriss. Das würde vieles erklären. Auch die Geschichte von der Nacht, in der Alessandro sie die Treppe hinuntergestoßen hat und sie ins Koma gefallen ist. Überleg doch mal. Er begegnet dem Mädchen, das ihm während seiner Gefangenschaft zu essen gebracht hat, an das er aber keine Erinnerung mehr hat. Sie ist inzwischen eine attraktive junge Frau, und er verliebt sich in sie. Aber irgendetwas verleitet ihn dazu, ihr wehzutun, er weiß bloß nicht, was. Erscheint dir das glaubwürdig?«
»Keine Ahnung. Klingt alles ein bisschen zu kompliziert.«
»Stimmt, die Dinge sind eigentlich nie kompliziert, vor allem die wesentlichen. Siehst du die Ähnlichkeit?«

Unsicher schüttelte Eleonora den Kopf. »Nein.«

»Ich muss unbedingt mit Annalisa sprechen, auch wenn ich noch nicht weiß, wie ich das anstellen soll. Sie wollte mich nach dem Unfall nicht mehr wiedersehen. Ich brauche Zeit, um mir etwas einfallen zu lassen, eine Strategie, um ihr zu begegnen, ohne sie zu erschrecken oder ihren Argwohn zu wecken. Auf jeden Fall werde ich weitersuchen.«

»Weitersuchen?«

»Ja klar. Was habe ich denn bisher herausgefunden? Ein paar vereinzelte Informationen, nichts Konkretes. Und eine Fotografie. Das ist bloß der Anfang.«

»Ich denke, du solltest es bleiben lassen.«

Emanuele lachte. Es klang, als lachte er über die Absurdität der Welt und ihrer Bewohner.

»Was willst du damit erreichen?«

»Ich will den Hurensohn ausfindig machen, der erst meinen Bruder gefesselt und misshandelt und dann sein geliebtes Töchterchen in Borgo San Lorenzo versteckt hat.«

»Wozu? Um ihn zu töten?«

Emanuele zündete sich eine Zigarette an. Er war so ruhig und selbstsicher, dass sie Angst bekam.«

»Ich will nicht, dass er stirbt.«

»Was denn dann?«

»Er soll leiden.«

»Und wie?«

»Frag nicht so viel. Komm, wir fahren ins Hotel zurück, heute Abend gehen wir auf eine Party.«

Er legte ein paar Scheine auf den Tisch, stand auf und ging in Richtung Métro davon. Eleonora überwand ihre Starre und eilte hinter ihm her.

»Eine Party? Wo denn und bei wem?«

»Bei Freunden.«

Sie stiegen die Treppe zur Métro hinab, Emanuele immer einen Schritt voraus. Es war nervig.

»Französische Freunde von dir? Was soll ich denn da anziehen? Ist es eine elegante Party?«

»Im Hotelzimmer liegt ein Kleid für dich bereit.«

»Hast du es gekauft?«

Er blieb auf der gelben Linie stehen und spähte auf den Fahrplan. In einer Minute würde die nächste U-Bahn einfahren.

»Nein, ich habe Hae Won gebeten, es für mich zu erledigen.«

»Hae Won?«

»Die Koreanerin von der Rezeption. Sie hat einen guten Geschmack.«

»Hör zu, Emanuele, ich ...«

Er verschloss ihr den Mund mit einem Kuss und stieg in die U-Bahn ein.

Eleonora zupfte an dem schwarzen Etuikleid herum, das zwar eng anlag, aber überall Falten warf. Die Schuhe dagegen passten perfekt und waren trotz des Pfennigabsatzes bequem.

»Was hast du denn?«, fragte Emanuele, als sie den Eingang eines eleganten Wohnhauses in der Pariser Altstadt betraten. »Hat das Kleid Flöhe?«

»Ach was. Die Koreanerin hat es in achtunddreißig besorgt. Sehe ich aus, als hätte ich achtunddreißig? Das war Absicht, das sag ich dir.«

Emanuele zuckte mit den Schultern, sichtlich gelangweilt von ihrem Gejammer.

»Es ist nicht leicht, die richtige Größe zu erraten.«

»Ich trage keine achtunddreißig. Das sieht ein Blinder mit Krückstock. Ich trage Größe vierunddreißig.«

»Aha, vierunddreißig.«

»Jetzt lach nicht.«

Emanuele schüttelte den Kopf und drückte auf die Klingel. Kaum hatte die Hausangestellte die Tür geöffnet, warfen sich gleich fünf Frauen Emanuele an den Hals und redeten auf Französisch auf ihn ein. Eleonora versuchte sie zu ignorieren und trat widerstrebend ein.

Es war ihr ein Rätsel, was Emanuele mit diesen reichen Snobs hier zu tun hatte. Vermutlich waren es Bekannte seiner Familie, die er wohl oder übel begrüßen musste. Oder er hatte einfach Lust, seinen Problemen zu entfliehen. Tatsache war, dass er sich mit unerwarteter Eleganz durch das Luxusaquarium bewegte. Alle riefen ihn zu sich, der alte Industrielle und der Richter im Ruhestand ebenso wie die Tangotänzerin und das französische Model im langen Kleid. Emanuele plauderte charmant und rauchte zwischendurch Gras mit einer Gruppe junger Schriftsteller, die über die Verlagskrise diskutierten. Eleonora rauchte ebenfalls, denn es gab nicht viel anderes zu tun, wenn sie nicht zu einer *voyeuse* werden wollte, die die schmusenden Pärchen in den zahlreichen Winkeln des Hauses beobachtete.

Nach ein paar Stunden, in denen sie so gut wie kein Wort verstanden hatte, ging sie in Richtung Bad. Sie zwängte sich an dem Pärchen, das direkt davor stand, vorbei und schloss sich ein. Von innen lehnte sie sich gegen die Tür und atmete tief durch. Am liebsten wäre sie auf der Stelle gegangen, befürchtete jedoch, Emanuele könnte sie für eine Spaßbremse halten. Daher beschloss sie, die halbe Stunde bis Mitternacht in der Toilette auszuharren und dann mit Entschiedenheit von ihm zu verlangen, dass er sie nach Hause brachte.

»Oh nein! Verdammt, nein!«

Erschreckt fuhr Eleonora zusammen, als sie den vertrauten Klang ihrer eigenen Sprache vernahm, und schaute in die Richtung, aus der die Stimme ertönt war. Hinter der Mauer aus himmelblauen Bauziegeln befand sich offenbar ein Klo. Erst jetzt bemerkte sie die Knie, die dahinter hervorlugten, eindeutig weibliche Knie.

»Entschuldigung«, sagte sie und bereute es sogleich wieder. *Wofür soll ich mich denn bitte entschuldigen? Dafür, dass ich ein unverschlossenes Badezimmer betreten habe?*

Die Frau erhob sich und zog sich ganz ungezwungen den Slip hoch. »Nicht doch, ich muss mich entschuldigen.«

Sie war völlig zerzaust und sah aus, als hätte sie sich ein wenig zu oft am Likörwagen bedient.

»Mir ist eine Kontaktlinse ins Klo gefallen«, erklärte sie und spähte in die Schüssel. »Stell dir vor. So ein Scheiß.«

»Ich fürchte, die ist weg.«

»Musst du mal?« Offenbar dämmerte ihr etwas.

»Nein, ich wollte mir bloß die Hände waschen.«

Die Frau kniff die Augen zu einem schmalen Spalt zusammen und lehnte sich an die Wand, benommen von ihrem Rausch. »Hey, warte. Du bist doch vorhin mit Emanuele gekommen, oder?«

»Ja.«

»Du warst das Hauptgesprächsthema, heute Abend.«

»Im Ernst?«

»Willst du mich verarschen?«

»Das würde ich mir nie erlauben. Was erzählen die Leute denn über mich?«

Die junge Frau machte eine wegwerfende Handbewegung. »Wir sind alle froh, dass uns Denise erspart bleibt. War echt Zeit, dass er sie endlich abserviert.«

*Aha.* Eine zufällige Begegnung im Bad und der Knoten entwirrte sich. Sämtliche Zweifel und Unsicherheiten mit einem Schlag weggewischt von einer betrunkenen Frau, der eine Kontaktlinse ins Klo gefallen war.

Eleonora beschloss mitzuspielen. »Die beiden waren wirklich lang zusammen ...«

»Zu lang, würde ich sagen.«

Die Frau machte einen Schritt von der Wand weg und fing an zu wanken. Eleonora fing sie auf, bevor sie hinfiel, und erntete einen verschleierten dankbaren Blick.

»Echt lieb von dir«, sagte die Frau, und Eleonora hielt die Luft an, um die Alkoholfahne nicht einzuatmen, die mit den langgezogenen Vokalen aus dem Mund ihres Gegenübers entwich. »Ganz anders als Denise. Die hat sich immer aufgeführt wie eine Diva. Sie war unerträglich.«

»Mmh, verstehe. Wie heißt du?«

Die Frau lächelte breit und streckte ihr die Hand hin. »'tschuldigung, ich bin ein bisschen betrunken. Ich heiße Monica und bin eine Freundin von Emanuele und der Hausherrin. Und du ...?«

»Eleonora, freut mich.«

»Du bist also seine neue Freundin?«

*Ja, nein. Ja, nein.* »Ja.«

»Du Glückliche! Ich hab mal versucht, ihn zu küssen, aber da war nichts zu machen.«

»Warum erzählst du mir das?«

»Sorry, wenn ich betrunken bin, red ich immer so viel. Jedenfalls solltest du dich nicht zu sehr daran gewöhnen.«

»Woran? An ihn?«

»Wenn er dich verlässt, findest du keinen mehr, der ihm das Wasser reichen kann.«

»Bist du fertig?«

»Glaub schon.«

»Gut. Dann lass mich jetzt bitte alleine.«

»Hä, wolltest du dir nicht bloß die Hände waschen?«

»Ich hab's mir anders überlegt. Geh jetzt bitte raus.«
»Okay, okay. Nicht so empfindlich, ja?«

Mit einem ausholenden Hüftschwung verließ die junge Frau die Toilette und wäre beinahe über die Schwelle gestürzt, bevor sie in der Menge verschwand. Auch Eleonora wäre gern verschwunden, einfach so, mit einem Fingerschnippen.

Emanuele presste sie gegen die Wand des Hotelzimmers. Die Tapete war fast so weich wie ein Teppich. Als Eleonora mit dem Kopf dagegenschlug, verspürte sie keinen Schmerz.

»Lass mich in Ruhe«, sagte sie, als er die Finger in ihren Slip wandern ließ und auf Anhieb feststellte, dass sie bereits feucht war.

»Leg dich aufs Bett und mach die Beine breit.«
»Nein.«

Eleonora stieß ihn von sich und ging zur Minibar. Sie hatte bereits ziemlich viel getrunken, vor allem nach der Begegnung mit Monica, aber sie musste sich betäuben. Rasch zog sie den Verschluss von dem Dom Pérignon, den sie am Abend zuvor aufgemacht hatten, und trank direkt aus der Flasche.

Emanuele nahm ihr den Champagner aus der Hand und trank ebenfalls. Dann hob er sie hoch und setzte sie auf den Kristalltisch.

»Ich habe mich vielleicht nicht klar und deutlich ausgedrückt ...«

»Lass mich in Ruhe.«

»Es war ganz offensichtlich nicht klar und deutlich genug.«

Mit Gewalt drückte er ihr die Beine auseinander und presste die Lippen auf die empfindlichste Stelle ihres

Körpers. Mehrere Minuten lang atmete er in die Seide ihres Stringtangas, leckte abwechselnd über die feinen Nähte und das pulsierende Fleisch, wobei er auch die kleine Perle auf dem Spitzenbesatz des Slips in den Mund nahm – ein Geschenk der Frau, die er zu nehmen im Stande war, ohne sie dafür entkleiden zu müssen.

Er schob den schmalen String zwischen ihren Pobacken zur Seite und knöpfte seine Hose auf. Eleonora liebte es, ihm dabei zuzusehen, wenn er sich die Jeans auszog, sein Geschlecht wie eine Waffe in die Hand nahm und es geschickt und routiniert in sie einführte, so als gäbe es nur diesen einen Weg. Zu spüren, wie er mit einem einzigen Stoß tief in sie eindrang, war ein unvergleichliches Gefühl. Genauso unvergleichlich, wie ganz und gar ihm zu gehören

»Aaah, gut«, flüsterte Emanuele ihr ins Ohr und drückte sie fest an sich. »Keine ist so empfänglich wie du, meine Julia. Keine einzige. Und nun sei ein braves Mädchen und sag mir, warum du mich eben nicht wolltest.«

Eleonora musste mehrmals ansetzen, bevor sie einen Satz herausbrachte, während er sich in ihr bewegte. Sie fühlte den Orgasmus in langgezogenen Wellen näher kommen, wie eine noch weit entfernte, am Horizont jedoch schon erkennbare Sturmflut.

»Du ... lügst zu viel.«

»Ab und zu ist das völlig okay. Aber dank dir ändere ich mich gerade, Eleonora. Früher war ich nicht so. Gewisse Dinge aus der Vergangenheit lässt man besser ruhen. Verderben wir uns nicht den schönen Moment.«

Emanuele drehte sie geschickt auf den Rücken und stieß immer schneller zu, wobei er zu einem Teil von ihr vordrang, der bisher nicht existiert zu haben schien.

»Bitte tu mir nicht weh«, entfuhr es ihr, und sie fragte sich, ob Emanuele den Satz richtig verstanden hatte. Ob er die Wahrheit hinter ihren banalen Worten, die sich auf alles beziehen konnten, erfasst hatte.

»Es reicht.«

Emanuele gab ihr, was er wollte, und zwar wie und wo er es wollte. Eleonora schrie seinen Namen, als die rhythmischen Kontraktionen des Orgasmus ihren Körper übermannten. In konzentrischen Kreisen bewegten sie sich von außen nach innen und danach in umgekehrter Richtung, was ihr ein erstauntes Stöhnen entlockte. Als die Wellen ihren Bauch erreichten, wurde ihr unvermittelt übel, worauf sie sich an ihn klammerte und den Kopf hob.

Unmittelbar darauf kam auch Emanuele. Er sah ihr dabei direkt in die Augen und zwang sie so, den Blick zu senken.

Eleonoras Schuld, nämlich ihr geradezu beschämendes Verlangen nach Alessandro, hatte Emanueles Schuld getilgt. Sie hatte ihr erlaubt, sich verführen zu lassen, Sex zu haben, zu lieben. Wie auf einer unsichtbaren Waage pendelten sich die Gewissensbisse und das Bedauern auf gleicher Höhe ein, wie immer.

# 12

Der folgende Montagmorgen in der Schule war grauenhaft.
Sie waren am Sonntagnachmittag von Paris abgeflogen, und um sieben Uhr abends hatte Eleonora ihre Wohnung in Florenz wieder betreten. Die Renovierungsarbeiten waren zwar so gut wie abgeschlossen, doch der Leimgeruch des neu verlegten Parketts hatte ihr den Schlaf geraubt. Emanuele hatte ihr davon abgeraten, in der Wohnung zu übernachten, aber sie hatte sich nicht davon abbringen lassen. Sie wollte allein sein, sie musste nachdenken.

Daher ließ Eleonora die aufgebrachten Schüler einen unangekündigten Test schreiben und tat so, als ob sie sich auf einen Zeitungsartikel konzentrieren würde. Den Kopf über die Lektüre gebeugt, die Stirn in die Hände gestützt saß sie da und schaffte es sogar, für ein paar Minuten einzunicken.

Um halb zwei kehrte Eleonora mit Denise und Maurizio zur Villa Bruges zurück, wo sie tief und fest würde schlafen können, im Idealfall bis zum Abend.

Allerdings stürzte sich sogleich Corinne auf sie, bestürmte sie mit Fragen und wollte alles über die Party in Paris wissen, von den Leckereien am Büfett bis hin zu den Kleidern der eingeladenen Damen und Prominenten. Schwer enttäuscht darüber, dass Eleonora nicht in der Lage war, die Roben der Damen zu beschreiben, und dass sie auch keine einzige Berühmtheit erkannt hatte, ließ sie die Freundin bald in Ruhe. So konnte Eleonora sich nach dem Essen ein bisschen ausruhen.

Als Alessandro todmüde nach Hause kam, war sie gerade aufgewacht. Er fand sie auf dem Sofa liegend vor, in die Lektüre eines Buchs über den Begriff der Schönheit in der griechischen Mythologie vertieft. Eleonora legte den Essay sofort zur Seite, denn nun konnte sie wahre Schönheit live betrachten.

So blitzartig, wie sie gekommen war, schien die Krise vorbei zu sein, und alles war wie vorher.

»Da bist du ja wieder«, sagte Alessandro und ließ sich in den Sessel zu ihrer Linken fallen. »Wo sind die anderen?«

»Im Supermarkt, der Kühlschrank war leer. Du siehst müde aus.«

»Bin ich auch.« Er schaute sich um. »Wo steckt Lorena?«, fragte er mit jener Stimme, der sie bis in die Hölle gefolgt wäre, jener Stimme, die nie schuldhaft war, selbst wenn sie grausame Dinge sagte.

*Lorena, Lorena.* »Sie ist oben und räumt die Rumpelkammer auf, dort herrscht ein fürchterliches Chaos. Bist du fertig mit dem Appell?«

Alessandro lächelte. »Du bist ganz schön bissig.«

»Ab und zu. Jedenfalls hattest du recht mit Emanuele.«

»Natürlich hatte ich recht. Meinst du, ich würde so etwas von meinem Bruder behaupten, wenn es nicht wahr wäre? Ich habe es nur gesagt, damit du dich in Acht nimmst, weil ich dich gern habe.«

»Warum tut er das?«

Alessandro versuchte, standhaft zu bleiben – vergebens. »Ich habe es selbst gerade erst kapiert«, erklärte er. »Seit ich die Wahrheit über die Entführung kenne. Ich wünsche niemandem, einer Tragödie zu entkommen, wie es ihm passiert ist. Jede liebevolle Geste muss für ihn wie ein Todeskampf sein. Vermutlich ist es seine Art, der Liebe anderer zu entkommen. Außerdem, ohne zu sehr in die Tiefe gehen zu wollen, nehme ich an, er ist einfach daran gewöhnt, dass ihm die Frauen zu Füßen liegen, und es entspricht seiner Natur, diese Tatsache auszunutzen.«

Alessandros Worte schmerzten wie ein Faustschlag in die Magengrube, doch Eleonora ignorierte sie. »Du bist genauso daran gewöhnt, dass dir die Frauen zu Füßen liegen.«

»Ich bin ja auch eine ziemliche Katastrophe.«

Eleonora bemühte sich um eine unbeschwerte, sogar amüsierte Miene. »In letzter Zeit benimmst du dich aber wie ein braver Junge. Es stimmt also doch, dass so ein Ring am Finger Zauberkraft besitzt.«

»Ich *bin* ein braver Junge!« Alessandro lachte unbekümmert, doch seine Heiterkeit war nicht glaubwürdig, nicht einmal im Filmdrehbuch.

Es gab insgesamt nur wenig Glaubwürdiges in der Villa Bruges. Innerhalb der Blase, in der sie hier lebten, galten eigene Gesetze, die so gut wie nie mit der Wirklichkeit übereinstimmten. Wer erst einmal darin war, erkannte sich selbst nur noch mit Mühe.

»Du bist etwas ganz Besonderes«, sagte Eleonora unverblümt. Alessandro konnte man sowieso nichts vormachen.

»Gut möglich. Aber nicht immer angemessen. Was denkst du eigentlich über mich?«

So etwas konnte nur jemand fragen, der sich für den Nabel der Welt hielt. Leider war Alessandro tatsächlich der Mittelpunkt *dieser* Welt.

»Das habe ich dir doch schon gesagt.«

»Was meinst du mit besonders?«

»Sorry, aber es gibt kein Wort, das auf dich zutrifft. Man müsste erst eines erfinden.«

Sie schwiegen eine Weile, während es draußen zu regnen

begann. Eine leichter Sommerregen, der nach frischem Gras duftete und beinahe gute Laune machte. Das Bild, das sich Eleonora darbot, als sie aus dem Fenster sah, stimmte sie zuversichtlich. Die Situation in der Villa Bruges war kompliziert, und die Beziehungen waren verwirrend, dennoch mussten zumindest die Schatten der Wahrheiten irgendwo zu erkennen sein.

»Könntest du mir bitte eines erklären?«, wagte Eleonora einen Vorstoß in der Hoffnung, wenigstens ein erstes Knäuel zu entwirren.

»Was denn?«

»Vor einiger Zeit hat mir Maurizio erzählt, dass Denise sich eingeredet hätte, dass du sie mal geliebt hast. Und Emanuele hat behauptet, er wäre mal mit ihr im Bett gewesen, aber in Paris habe ich dann erfahren, dass die beiden eine feste Beziehung hatten. Was stimmt denn nun?«

»Alles. Willst du Einzelheiten?«

»Ja, bitte.«

»Vor ein paar Jahren hat Denise sich in mich verliebt. Sie hat sich total reingesteigert, ist mir überallhin gefolgt, hat mir jeden Tag Liebesbriefe geschrieben und stand hier jeden Abend auf der Matte. Irgendetwas hat damals bei ihr ausgesetzt. Sie war felsenfest davon überzeugt, dass wir ein Paar sind. Emanuele konnte sie als Einziger davon überzeugen, dass sie sich professionelle Hilfe suchen sollte. Er hat sie zu den Therapiesitzungen begleitet, ihr auch sonst beigestanden und viel mit ihr geredet. Ich weiß, dass es nicht sehr glaubwürdig klingt, was ich da über meinen Bruder erzähle, aber er hat ihr damals wirklich sehr geholfen. Trotz allem durchlebt Denise immer wieder mehr oder weniger schwere Krisen, in denen sie glaubt, dass wir eine feste Beziehung hatten.«

»Das klingt verdächtig nach einer Psychose.«

»Stimmt. Und sie ist noch lange nicht geheilt. Lange Zeit dachte ich, dass ich der Grund dafür bin.«

»Natürlich, wie immer.«

»Irgendwann habe ich mit ihren Eltern darüber gesprochen, und es kam heraus, dass sie schon als Kind Phasen von Bewusstseinsspaltung durchlebt hatte. Bitte entschuldige meinen Egoismus, aber ich war damals so was von erleichtert.«

*Egoismus!* »Was hat Emanuele damit zu tun?«

»Das erzählte ich dir gleich. Vor ungefähr zwei Jahren hatte Denise eine schwere Depression. Sie wendete sich von Maurizio ab und wollte nur noch mit Emanuele zusammen sein. Maurizio, der mit den Nerven völlig am Ende war, fing in einem schwachen Moment etwas mit einer Frau aus Borgo San Lorenzo an. Sie war blutjung, so um die zwanzig. Nachdem Denise ihm auf die Schliche gekommen war, wurde sie noch depressiver. Sie und Emanuele kamen sich immer näher, bis mein Bruder mir schließlich gestand, dass er mit ihr ins Bett ging. Da habe ich ihm gründlich die Meinung gegeigt. Die beiden waren alles in allem rund ein Jahr zusammen.«

»Und Maurizio?«

»Er weiß nichts davon. Ich war monatelang hin- und hergerissen, aber dann haben er und Denise sich ausgesöhnt, und ich habe beschlossen zu schweigen. Tatsache ist, dass weder zwischen Denise und Emanuele noch zwischen Maurizio und der Zwanzigjährigen noch etwas läuft. Wer ist wohl der Hauptschuldige in dieser ganzen Angelegenheit? Alle und niemand – wie immer.«

Bewundernd sah Eleonora ihn an, denn was Alessandro da sagte, zeugte von Weisheit.

Lorena kam mit kleinen Schritten durch den Salon auf sie zu und unterbrach das Gespräch. Sie wirkte erschöpft, sah aber wie immer attraktiv aus.

»Fertig«, sagte sie zu Alessandro, ohne Eleonora zu beachten. Dabei lächelte sie angespannt. »Gehen wir jetzt?«
»Ja, komm.«
*Wir? Du und Alessandro?* »Wohin?«
Lorena drehte sich zu Eleonora um und erklärte gönnerhaft: »Alessandro will mir einen Ort zeigen. Man nennt ihn den Blumensee, es ist eine Lichtung, glaube ich. Nicht wahr, Ale?«
*Nein, nenn ihn bitte nicht Ale. Das ist mehr, als ich ertragen kann.* »Den Ort hat er mir auch schon gezeigt, letzten Sommer.«

Die Bemerkung konnte Eleonora sich einfach nicht verkneifen. Wehmütig dachte sie an die Umarmung und den keuschen Kuss, den sie Alessandro damals auf der Lichtung gegeben hatte.

Es war eine schöne Erinnerung, die womöglich soeben ihren Zauber verloren hatte. Unfassbar, dass die beiden ausgerechnet dorthin gehen wollten. Wenn es sie schon störte, wie ging es dann erst Corinne damit? Eleonora hoffte, dass die Schreie ihrer Freundin im gesamten Universum widerhallten.

»Wir sehen uns später«, sagte Alessandro und hielt der Prinzessin die Haustür auf.

Stinkwütend kehrte Eleonora zu Emanuele auf den Hof zurück, wo sie unverhofft auf June traf.

»Heute ist echt ein mieser Tag«, verkündete sie.

June saß reglos in der Küche, die Ellbogen auf die Tischplatte gestützt, den Kopf zwischen den Händen, als hätte sie Angst, dass er jeden Moment runterfallen und wegkullern könnte, so wie ihr Leben.

Eleonora warf ihre Handtasche aufs Bett, dann ging sie in die Küche zurück, weil sie Durst hatte.

»Hallo«, sagte June.

»Hallo. Wo ist Emanuele?«

»Keine Ahnung. Er ist noch nicht zurück.«

»Wie bist du reingekommen?«

»Ich habe einen Schlüssel.«

Eleonora drehte sich um und schaute June in die Augen, zum ersten Mal, seit sie das Haus betreten hatte.

»Und du wagst es, ihn zu benutzen?«

June sog die Luft ein wie ein Staubsauger und begann Gift zu sprühen. »Für wen hältst du dich? Etwa seine Ehefrau?«

Eleonora riss sich zusammen. Sie würde nicht mit Emanueles Exfreundin streiten, als wären sie zwei pubertäre Groupies. Daher ließ sie die Frage unbeantwortet und holte ihr Handy heraus.

»He, du kleine Hexe«, antwortete Emanuele atemlos. »Wo bist du?«

»Bei dir zu Hause. Warum keuchst du so?«

»Ich bin auf dem Agriturismo und mache gerade einen Rundgang durch den Weinberg. Leider bin ich nicht mehr der Jüngste, weißt du? Und der Weinberg ist groß.

»Dann kommst du also nicht so bald nach Hause?«

»Nein, ich brauche hier noch etwa eine Stunde. Wieso?«

»June ist hier.«

»Sag ihr, dass ich jetzt nicht mit ihr reden kann, ich rufe sie später an. Und stell schon mal eine Flasche Wein in den Kühlschrank, ich bringe uns was Leckeres zu essen mit. Okay?«

»Okay.«

Eleonora legte auf und drehte sich zu June um, die ängstlich die Hände rang.

»Bei Emanuele wird es spät. Du kannst wieder gehen.«

»Nein, kann ich nicht.«

»Doch, kannst du.«

»Ich muss dringend mit ihm reden.«

»Ein andermal.«

»Ich bin schwanger ... Das Kind ist von ihm.«

Eleonora ließ sich auf einen Stuhl fallen und gab sich geschlagen. Gegen solche Menschen hatte sie keine Waffen. Sie war es müde, unbewaffnet und mit bloßen Händen zu kämpfen.

»Hör auf, June, und geh endlich.«

»Glaubst du mir etwa nicht?«

»Ihr habt euch vor acht Monaten getrennt, und du siehst nicht gerade aus, als würdest du kurz vor der Geburt stehen.«

June straffte die Schultern und setzte eine selbstbewusste, irgendwie siegesgewisse Miene auf, die Eleonora nicht gleich deuten konnte. Sie lehnte sich auf dem Stuhl zurück und streichelte über die Rundungen ihres Bauchs.

»Es tut mir leid, Eleonora.«

»Was tut dir leid? Der Scheiß, den du da erzählst?«

»Nein, dass du leiden musst. Wirklich.«

Erst als June lächelte, verstand Eleonora, worauf sie hinauswollte.

»Geh.«

»Er vögelt mich, wann immer er Lust dazu hat. Manchmal, wenn er in Florenz ist, ruft er mich spontan an und will, dass ich ihm zur Verfügung stehe. Ich bin mit einem Mann zusammen, weißt du? Mit einem reichen Mann. Ich genieße das Leben. Ich will nichts riskieren. Deshalb vögeln wir nur im Auto.«

Eleonora kämpfte mit den Tränen. Sie war nicht verliebt in Emanuele, zumindest glaubte sie das. Aber sie trauerte um ihre mit Füßen getretene Würde.

»Geh jetzt. Bitte.«

»Er beherrscht solche Dinge sehr gut, das müsstest du eigentlich wissen. Es ist ein Talent wie jedes andere. Deshalb schaffe ich es auch nicht, ihn abzuweisen.«

»Scher dich zum Teufel!«, schrie Eleonora, stand auf und schlug auf den Tisch.

Da endlich folgte June der Aufforderung. Sie hatte ihren inneren Vorbeimarsch gehabt, nun konnte sie gehen.

Emanuele merkte augenblicklich, dass etwas nicht stimmte, als er nach Hause kam, dennoch ließ er ein wenig Zeit verstreichen, damit Eleonoras Wut verrauchen konnte.

Sie saß in der Küche und aß schweigend, zumindest versuchte sie es. Sie hatte weder Hunger noch Durst und verspürte auch sonst kein Bedürfnis, nicht an diesem Abend.

»Na, 'nen schweren Tag gehabt?«, fragte Emanuele schließlich und schenkte Eleonora einen Schluck ein. Der Wein, rubinrot und fruchtig, stammte von seinem Agriturismo.

»Ja.«

»Möchtest du darüber reden? Oder soll ich dich in Ruhe lassen?«

»Das weiß ich selbst nicht.«

Sie war tieftraurig, und das berührte ihn.

»Ist June daran schuld?«

»Nein, du.«

Während Emanuele über seine Verfehlungen nachdachte, trank Eleonora den samtenen Wein, der ihre Muskeln merklich lockerte. Sie war nicht bereit für dieses Gefecht. Im Buch der Fehler folgte unter dem Stichwort »Eleonora« eine lange Liste. Wer selbst kein reines Gewissen hat, der deutet nur mit Mühe auf jemand anders.

»Am besten, wir fangen mit Denise an, was meinst du? Dann kannst du deinem Gedächtnis nach und nach auf die Sprünge helfen.«

»Schon wieder Denise, ich fasse es nicht.«

»Ja, schon wieder sie. Du hast behauptet, dass du mit ihr im Bett warst. Angeblich bloß ein paar Mal, aber das ist nicht wahr. Ihr wart fast ein Jahr zusammen.«

Emanuele legte seine Serviette auf den Tisch und seufzte tief. »Na gut, ich habe gelogen. Welchen Sinn hätte es gehabt, dir zu sagen, wie lange unsere Beziehung gedauert hat? Wem hätte das etwas gebracht?«

»Mir. Um dich richtig einzuschätzen.«

»Mich einzuschätzen? Zu welchem Zweck denn? Um festzustellen, ob ich dem Vergleich mit Alessandro standhalte?«

»Lass gefälligst deinen Bruder aus dem Spiel!«

»Würde ich ja gern, geht aber nicht. Alessandro ist die Konstante in den Gedanken meiner Frauen. Damit muss ich mich wohl oder übel abfinden.«

»Was für ein Quatsch!«

»Von wegen.«

»Annalisa hat nur dich geliebt, nicht ihn.«

»Ja, als Einzige. Schade nur, dass sie glaubt, ich hätte sie die Treppe hinuntergestoßen.«

»Das war deine Entscheidung.«

»Stimmt.«

»Kommen wir zu June.«

»Okay.«

»Du wirst Vater. Weißt du das schon?«

Emanuele reagierte anders als erwartet. Er schenkte sich Wein nach und trank in aller Ruhe einen Schluck. Offenbar war er auf dem Laufenden. Eine andere Erklärung für seine Gleichmütigkeit gab es nicht.

»Es ist keinesfalls sicher, dass ich der Vater bin. Aber stimmt, sie hatte die Pille abgesetzt.«

Eleonora spürte, wie ihr ein Schauer über den Rücken

kroch, und bekam trotz der schwülen abendlichen Hitze eine Gänsehaut. Emanuele gab also unverblümt zu, dass er erneut mit June im Bett gewesen war. Ohne Rücksicht auf die Frau, die gerade vor ihm saß.

»Wie kannst du nur?«

»Was?«

»Wie kannst du mich nur so behandeln?«

»Eleonora, June hat mir schon vor drei Monaten gesagt, dass sie schwanger ist. Ja, wir hatten noch mal Sex miteinander, das stimmt. Ich habe einen Fehler gemacht, allerdings nicht dir, sondern ihr gegenüber. Monatelang, bis zum Überdruss, habe ich dich gebeten, zu mir zu ziehen. Ich habe sogar akzeptiert, dass ich nur die zweite Wahl bin. Aber du wolltest nicht.«

Die Anspielung auf Alessandro ignorierte Eleonora ganz bewusst und konzentrierte sich stattdessen auf die neue Enthüllung. »Vor drei Monaten?«

»Ja. Sie ist im vierten Monat. Vermutlich hat sie gedacht, dass ich ihr vorschlage, zu mir zurückzukehren. Aber ich habe ihr gesagt, dass sie es vergessen kann. Sie hat die ganze Zeit versucht, mich rumzukriegen, und als sie endlich eingesehen hat, dass es ihr nicht gelingt, ist sie hergekommen, um sich an mir zu rächen, indem sie dir alles sagt. Habe ich mich klar genug ausgedrückt?«

Eleonora senkte den Blick auf den Tisch, sie war völlig durcheinander. Ein roter Weintropfen hatte einen Fleck auf dem sauberen Tischtuch hinterlassen. Ein Jammer, er würde sicher nicht mehr rausgehen.

»Das ... macht es nicht ungeschehen, dass du mit ihr im Bett warst.«

»All das gehört zu meinem alten Leben. Denise, June und alle anderen ... Ich habe dich schon vor Monaten gebeten, mit mir zusammenzuleben, aber du wolltest nicht zu mir gehören. Ich liebe dich, Eleonora, und zwar so sehr, dass ich nicht einmal deine Gefühle für meinen Bruder als Hindernis empfinde.«

»Red keinen Blödsinn.«

»Du nennst es doch bloß Blödsinn, weil du die Wahrheit nicht hören willst.«

»Wie kann ich einem Mann wie dir vertrauen?«

»Ich habe derzeit nicht das geringste Bedürfnis, mit einer anderen Frau als dir zusammen zu sein. Aber du musst dich irgendwann mal entscheiden, Eleonora. Für dich und für die anderen.«

*»Für mich und die anderen«*, als ob das so leicht wäre.

Eleonora sah ihm tief in die Augen und hoffte auf ein Wunder, auf eine Erleuchtung, die nicht kam.

»Ich ... ich versuche, dich von mir fernzuhalten, Emanuele. Aber du machst es mir unmöglich.«

»Was willst du mir damit sagen? Dass du gegen deinen Willen mit mir zusammen bist?«

»Nein, natürlich nicht.«

»Lass mal hören, was du noch so alles auf Lager hast.«

»Bitte reg dich jetzt nicht auf. Ich kann dir einfach nicht widerstehen, weißt du? Ich bin dir verfallen.«

»Ist das nicht eine schöne Sache?«

»Schon. Aber ...«

Er stand auf, sein Geduldsfaden war offensichtlich gerissen. »Na gut, Eleonora. Meinetwegen kannst du heute Nacht noch hierbleiben, aber ab morgen solltest du besser in der Villa Bruges übernachten. In ein paar Tagen kannst du sowieso in deine Wohnung zurück. Einverstanden?«

»Hör zu, Emanuele ...«

»Nein, ich höre dir jetzt nicht zu. Es ist spät, ich bin müde und habe die Schnauze voll. Gute Nacht.«

Damit ging er ins Schlafzimmer, machte die Tür hinter

sich zu und kam nur noch mal heraus, um ihr den Pyjama zu bringen, den sie am Morgen unters Kopfkissen gelegt hatte.

Eleonora starrte auf das Sofa, auf dem sie übernachten würde, und fing an zu weinen. So gerne hätte sie den Mut gehabt, einfach wegzulaufen, doch sie fand ihn nicht.

# 13

Am nächsten Morgen war Notenkonferenz, und Eleonora musste früher als sonst in der Schule sein. Sie konnte sich kaum beherrschen, als die Englischlehrerin eine Schülerin durchfallen lassen wollte und dafür Gründe anführte, die so gut wie nichts mit den Schulleistungen des Mädchens zu tun hatten. Danach ging Eleonora noch auf einen Kaffee zu Denise in die Bar um die Ecke, denn sie hatte in der Nacht kein Auge zugetan und brauchte dringend Koffein.

Denise schien nur auf Ablenkung gewartet zu haben und ging mit Eleonora vor die Tür, um eine zu rauchen. Die tiefe Falte zwischen ihren Augenbrauen verhieß nichts Gutes.

»Alles okay mit dir?«, fragte Eleonora besorgt.

»Ich bin stinksauer. Wieso fragst du? Hast du etwa noch mehr Hiobsbotschaften für mich?«

»Ja, ich werde bis Ende der Woche in der Villa schlafen. Meine Wohnung ist immer noch nicht fertig.«

Denise spuckte ein Krümelchen Tabak aus und zündete sich die Zigarette an. »Was ist los? Hat Emanuele mit dir Schluss gemacht?«

»Emanuele und ich waren noch nie ein Paar, Denise.«

»Aha, er hat also Schluss gemacht. Willkommen im Club. Wie wär's mit einem Stuhlkreis heute Abend? Ich lade dann June und noch ungefähr dreißig andere Frauen ein.«

»Lass das. Ich werde auf jeden Fall Alessandro Bescheid geben, bevor ich mit meinem Köfferchen in der Villa auftauche.«

»Wenn du ihn jetzt anrufst, wird er nicht rangehen.«

»Wieso?«

»Er hat Theaterprobe, unser aufstrebender Star.«

»Probe?«

»Was ist mit dir, bist du begriffsstutzig?«

»Nein, du drückst dich bloß so unklar aus. Was ist das für eine Probe?«

»Willst du es genau wissen? Diese dämliche Kuh von Michela hat sich nur für Alessandro stark gemacht. Sie hat ihn als Einzigen in die Besetzungsliste für *Romeo und Julia* aufgenommen, und er hat nicht bloß eine Nebenrolle bekommen. Nein, er soll gleich den Romeo spielen, dieser Mistkerl.«

Eleonora verstand immer noch nicht. »Wieso freust du dich denn nicht für ihn?«

Denise drehte sich abrupt um und funkelte sie an. »Ich soll mich freuen? Ist das dein Ernst? Er hätte sie zum Teufel jagen sollen. Stattdessen hat er sich die Hauptrolle gekrallt und mich und Maurizio abgeworfen wie Ballast.«

»Mach dich nicht lächerlich. Das ist eine super Chance für ihn.«

»Die haben ihn nicht genommen, weil er besser ist als wir, Schätzchen. Michela hat ihn dem Regisseur aufgedrängt, weil sie ihn ins Bett kriegen will.«

»Jetzt übertreibst du aber. Erstens kannst du dich nicht mit ihm vergleichen. Alessandro hat großes schauspielerisches Talent, was für dich leider nicht gilt. Und für Maurizio auch nicht.«

»Den zweiten Punkt behältst du mal besser für dich, sonst bereust du es irgendwann noch, dass du hierhergekommen bist.«

Eleonora war fassungslos. »Drohst du mir etwa?«

»Ja, das tue ich. Was weißt du schon von Talent? Halt die Klappe und verzieh dich.«

Denise schnippte die Zigarette weg, stürmte zurück ins Lokal und schlug Eleonora die Glastür vor der Nase zu.

Alessandros SUV stand vor dem Teatro Verdi, offensichtlich war er also noch dort.

Als Eleonora das Theater durch den Künstlereingang betreten wollte, hielt eine ungewöhnlich kleine Frau sie mit drohender Miene zurück.

»Sie wünschen?«

»Ich bin auf der Suche nach Alessandro Vannini«, antwortete Eleonora und spähte hinein.

»Wer soll das sein?«

»Der neue Romeo«, meldete sich ein junger Mann aus dem Sekretariat zu Wort. »Der tolle Typ, den Michela uns heute Morgen vorgestellt hat.«

»Ah, alles klar. Das Ensemble probt gerade. Sie können da jetzt nicht rein.«

»Könnten Sie ihn bitte ausrufen?«

In Wirklichkeit bestand für Eleonora nicht die geringste Eile, mit Alessandro zu sprechen. Sie wusste genau, dass sie jederzeit in der Villa Bruges übernachten konnte, ohne ihn fragen zu müssen. Aber sie wollte ihn unbedingt sehen.

»Ich hoffe, Sie haben einen guten Grund.«

»Ich habe zwar keine Polizeimarke, aber einen guten Grund habe ich schon.«

Die kleinwüchsige Frau trippelte zum Eingang des Zuschauerraums und verschwand durch eine Tür. Kurz darauf kam sie mit Alessandro zurück. Er wirkte höchst besorgt.

»Eleonora! Was ist passiert?«

In Situationen wie dieser erstrahlte Alessandro in seiner

ganzen tragischen, heroischen Schönheit. Sofort beruhigte Eleonora ihn mit einem breiten, aufrichtigen Lächeln.

»Nichts Schlimmes. Entschuldige, ich wollte dich nicht beunruhigen. Es geht nur darum, dass ich heute Nacht bei euch in der Villa schlafen muss.«

»Deshalb bist du hergekommen und hast mich rufen lassen? Eleonora ...«

Peinlich berührt sagte sie: »Entschuldige, ich hätte dich deshalb nicht stören dürfen.«

»Nein, nein, aber du siehst Probleme, wo keine sind. Die Villa ist auch dein Zuhause. Komm mit. Da du schon mal hier bist, würde ich mich freuen, wenn du bei der Probe zuschaust.« Alessandro nahm sie an der Hand und zog sie hinter sich her.

Eleonora suchte sich einen Platz im Parkett in der zweiten Reihe. Vor ihr saßen der Regisseur und zwei Regieassistenten. Sie alle waren hellauf begeistert von Alessandro. Der Regisseur war total verblüfft, ab und zu neigte er sich zu den Assistenten und sagte: »Er ist verdammt gut« oder: »Wo kommt der Kerl eigentlich her?«

Ganz offensichtlich dachten sie, Alessandro hätte die Hauptrolle lediglich der Empfehlung einer einflussreichen Person zu verdanken. Doch er stand auf der Bühne, als wäre er in den bedeutendsten Schauspielhäusern der Welt zu Hause. Die Bühne war ganz normal ausgeleuchtet, dennoch hatte es den Anschein, als ob ein Spot nur auf ihn gerichtet wäre, und zwar selbst wenn er hinter den anderen Darstellern stand. Er beherrschte den Raum, zog alle Aufmerksamkeit auf sich. Alessandro war der geborene Schauspieler.

Als die Probe zu Ende war, ging Eleonora hinter die Bühne. Mit verschränkten Armen und einem zufriedenen Lächeln auf dem Gesicht stand Michela in der Tür zur

Herrentoilette, während Alessandro sich am Waschbecken Wasser ins Gesicht spritzte.

Er trocknete sich das Gesicht ab und nickte Eleonora zu. Dann wandte er sich wieder an Michela. »Meinst du, ich bin der Aufgabe gewachsen?«

»Ohne jeden Zweifel. Du bist absolut textsicher, die Übersetzung ist originalgetreu und jener Version sehr ähnlich, die du damals inszeniert hast. Außerdem bewegst du dich auf der Bühne, als hättest du nie etwas anderes getan. Dein Zusammenspiel mit den anderen Darstellern ist perfekt, harmonisch und unbefangen.«

»Wenn du meinst ... Nur was ist mit Moretti?«

»Ach, der ist kein Problem. Er hat sich eine Woche freigenommen, um die Nachricht zu verdauen, und sich obendrein geweigert, den Mercutio zu übernehmen. Eine vorhersehbare Trotzreaktion, schließlich spielt er seit drei Jahren den Romeo. Mario kennt die Theaterwelt und weiß genau, dass so etwas jederzeit passieren kann. Wenn ein neuer Stern am Theaterhimmel aufgeht, erstrahlt er nun mal so stark, dass er die anderen in den Schatten stellt.«

Alessandro musste zugeben, dass sie recht hatte. Es war typisch für ihn, dass er sich um seinen Vorgänger Gedanken machte, und er hätte Mario sogar beinahe aufgesucht, um sich bei ihm zu entschuldigen.

»Okay, wir sehen uns dann morgen.«

Alessandro küsste Michela auf die Wange. »Bis morgen.«

Dann verließ er die Toilette und nahm Eleonora an der Hand. Er war so aufmerksam, so feinfühlig.

»Denise ist stinksauer«, begann Eleonora, als sie und Alessandro in einer Bar am Ponte Vecchio einen Kaffee tranken.

Regen lag in der Luft, es war ein ungewöhnlich unbeständiger Sommer.

»Das kann ich mir denken. Ich habe lange überlegt, bevor ich das Angebot angenommen habe. Aber weißt du, Eleonora, ich war mein ganzes Leben wie in einem Korsett gefangen, wahrscheinlich wegen dem, was ich all die Jahre verdrängt habe. Doch ich kann nicht länger stillsitzen.«

Eleonora war glücklich, einfach nur glücklich. Sie konnte sich nicht erinnern, jemals eine solch tiefe, an nichts Materielles gebundene Freude empfunden zu haben.

»Ich verstehe dich nur zu gut.«

»Ich denke derzeit auch viel über Corinne nach.«

Die Bemerkung löste bei Eleonora einen Hustenanfall aus. Sie stellte die Kaffeetasse ab und räusperte sich.

»Alles okay? Nicht dass du mir hier stirbst. Ich brauche dich noch.«

Alessandro lachte, und Eleonora lachte befreit mit. Die Spannung hatte sich bereits wieder gelöst.

»Mir war klar, dass du dein ganzes Leben in Frage stellen würdest, nachdem du jetzt die Wahrheit kennst.«

»Ja, Corinne wünscht sich ein Baby, was ganz natürlich ist. Und ich möchte ebenfalls ein Kind. Aber vor einem derart wichtigen Schritt muss ich erst einmal Ordnung schaffen in meinem Leben.«

»Wenn du sie verlässt, bringt sie sich um«, stieß Eleonora atemlos aus.

»Ich weiß. Es ist, als gäbe es für sie nichts anderes. Als wir geheiratet haben, war ich ebenfalls der Meinung, dass ich keine Alternative habe. Ich habe geglaubt, ich müsste mich damit abfinden, dass ich geliebt werde, ohne selbst zu lieben, und ich habe ihre Fürsorge ehrlicherweise sehr genossen. Doch inzwischen ...« Wie schon so oft griff Alessandro nach Eleonoras Hand auf dem Tisch, und sein eindringlicher Blick ging ihr durch Mark und Bein. Seine Pupillen, schwarz und winzig wie Stecknadelköpfe, sahen aus wie das Tor zu seiner Seele. »Inzwischen ahne ich, dass sich die Dinge ändern könnten.«

»Was hast du vor?«

»Ich weiß es noch nicht. Ich merke nur, dass ich ungeduldig geworden bin, und das ist nicht gut. Corinne verdrängt unsere Streitigkeiten meistens und tut nach wenigen Minuten so, als wäre nichts gewesen. Ich dagegen bin derzeit unausstehlich. Ich fürchte, ich mache ihr gerade das Leben zur Hölle. Außerdem kann ich nicht länger verhindern, dass meine Gedanken abschweifen.«

*Dass meine Gedanken abschweifen.* »Woran denkst du denn, Alessandro?«

Eleonora hätte die Frage am liebsten zurückgenommen, aber die Silben waren längst auf die Tischplatte geprallt, und es kam ihr vor, als würde ihr Echo tausendfach widerhallen. Da war sie einen winzigen Augenblick unachtsam gewesen, und schon verwoben sich die Schicksalsfäden wie in einem Spinnennetz und verknüpften sich mit der Gegenwart.

»Ich muss ständig an eine bestimmte Person denken.«

*Oh Gott, oh Gott, oh Gott.* »Und du hast Angst, dass es wieder bloß Schwärmerei ist, statt Liebe?«

»Nein, diesmal ist alles anders. Ich kann dir nicht sagen, was genau, aber seit meine Erinnerungen zurück sind, fühlt es sich an, als ob mein wahrhaftiges Ich aus den Trümmern wiederauferstanden sei. Erst eine Hand, dann ein Arm und schließlich die gesamte Person.«

*Bist du zu der Erkenntnis gelangt, dass du mich liebst?* »Dann verändert sich ja gerade einiges bei dir …«

»Ich glaube schon, Eleonora. Bist du bereit dafür? Wärst du in der Lage, Corinne beizustehen und sie zu unterstützen, falls ich den Mut finden sollte, sie zu verlassen?«

»Aber Alessandro, du meinst wirklich, *ich* soll ihr helfen? Ausgerechnet ich, die ...«

»Wer denn sonst, wenn nicht ihre beste Freundin, die wie eine Schwester für sie war? Niemand kann ihr so gut helfen wie du.«

»Das ist alles andere als einfach. Wie sollen wir das anstellen?«

Alessandro rief nach der Bedienung, um zu zahlen. »Gemeinsam schaffen wir das schon irgendwie, Eleonora. Komm, lass uns gehen, es fängt gleich an zu regnen.«

Das Vögelchen in dem Käfig in Eleonoras Herz war wieder ein Stück gewachsen. Es schlug mit den Flügeln gegen ihren Brustkorb und veranstaltete dabei einen Heidenlärm.

»Ich hätte das nie gedacht, weißt du. Ich hätte nie gedacht, dass ich mich noch mal verlieben könnte. Erst recht nicht so wie diesmal. Es ist alles ganz anders als sonst, es hat nichts mehr mit dem rastlosen, oberflächlichen Alessandro von früher zu tun.«

»Das ist völlig normal. Dein Leben beginnt noch mal von vorn. Du hast sogar den Mut gefunden, ohne Maurizio und Denise Theater zu spielen. Das hättest du früher nie getan. Bisher warst du das Genie, das andere angeleitet hat.«

»Sie ist ... so zart, so rein.«

»Sie?«

Zwei schwere Tropfen fielen auf den Tisch. Irgendetwas ließ Eleonoras Augen brennen. Es waren Tränen, dickflüssig und schwer wie Blei.

»Ja, Lorena.«

*Lorena.*

»Sie hat mir beigestanden in der Zeit, als ich niemanden sehen wollte, war immer für mich da.«

*Aber du wolltest mich sehen.* »Hast du ihr erzählt, was du

damals erlebt hast?«, fragte Eleonora mit hauchdünner Stimme.

»Nein. Ich möchte die Beziehung zu ihr unter neuen Vorzeichen beginnen. Ich werde nicht länger zulassen, dass die Vergangenheit mein schönes neues Leben besudelt. Lorena darf nichts davon wissen, nicht etwa weil ich ihr etwas verheimlichen will, sondern weil es den Alessandro von damals nicht mehr gibt. Ich bin ein anderer Mensch geworden«, erklärte er lächelnd. Dann schaute er auf die Uhr. »Oh, schon so spät? Himmel, ich hab gar nicht gemerkt, wie schnell die Zeit vergangen ist!« Er schrie den Satz beinahe. »Ich muss dringend los, zu einer Sitzung. Bitte entschuldige mich, Eleonora. Sehen wir uns nachher zu Hause, oder willst du in Florenz auf mich warten und wir fahren gemeinsam nach Hause?«

»Wir sehen uns dann in der Villa«, sagte Eleonora und blickte stur geradeaus.

Es war unmöglich. Sosehr sie es sich wünschte, Eleonora konnte nicht in ihre Wohnung zurückkehren. Der ekelhafte Geruch nach Lösungsmitteln und Wandfarbe würde sich frühestens in zwei Tagen verflüchtigen. Sie musste notgedrungen in der Villa Bruges übernachten.

Eleonora nahm ihre Sachen und fuhr zu Emanueles Hof. Nichts war zu sehen oder zu hören.

Sie stieg aus, blieb kurz stehen und betrachtete den Wald und die schmalen Wege, die sie inzwischen in- und auswendig kannte. Im Geiste hatte sie eine detaillierte Karte der einzelnen Orte angelegt, allerdings fehlten darauf alle wichtigen Bezugspunkte. Wie immer gab es kein Nest. Offenbar war das ihr Schicksal.

Ein heftiges Gewitter entlud sich, und Emanuele lief zu den Koppeln, um die Pferde in den Stall zu führen.

Eleonora kam dazu, als er gerade das letzte Fohlen in seine Box brachte. Sie war pitschnass, zum Glück, denn so konnte sie ihre Tränen besser verbergen.

»Was tust du hier?«, fragte er und hängte geduldig die Halfter auf die verschiedenen Haken in einer Ecke. »Hast du dich im Wald verirrt?«

Im Stall war es so warm, dass es ihr vorkam, als würden die Kleider noch am Leib trocknen.

»Geh bitte.«

»Sei nicht so grausam, Emanuele.«

»Warum? Willst du ein Exklusivrecht?«

»Bitte schick mich nicht weg, sondern rede mit mir. Nur kurz. Ich bitte dich.«

»Eleonora, mach mich nicht wütend.«

»Ich hab kapiert, dass du mich nicht mehr willst. Ich möchte bloß einen Moment mit dir reden.«

Emanuele fuhr jäh herum. »Was soll das heißen, *ich* will dich nicht mehr? Tu nicht so unschuldig, Eleonora, was soll der Quatsch? Nur damit du es weißt: Ich bin nicht Alessandro. Du willst ihn? Dann schnapp ihn dir. Und geh mir nicht länger auf den Sack.«

Ehe sie sichs versah hatte Eleonora ihm eine Ohrfeige verpasst. Der Schlag hallte von den Stallwänden wider, die Pferde wurden unruhig, und in Emanueles Mundwinkel war ein Blutstropfen zu sehen.

Eleonora stockte der Atem. Emanuele berührte seine Lippe und betrachtete verblüfft den blutverschmierten Finger.

»Oh Gott, Emanuele, verzeih mir. Ich weiß nicht, was mit mir los ist.«

Er starrte sie an. Die blaue Flamme, die in seinen dunklen Augen aufflackerte, flößte ihr Angst ein.

»Es wird ganz sicher nicht mehr vorkommen. Nie mehr. Ich schwöre es.«

Wie eine Lokomotive schob sich Emanuele auf sie zu. Eleonora hob die Arme schützend vor das Gesicht, doch er packte sie an den Handgelenken und drückte sie auseinander. Dann küsste er sie.

»Ich liebe dich«, sagte er ganz dicht vor ihrem Mund. Dann leckte er den Blutfleck weg, den er auf ihren Lippen hinterlassen hatte. »Bitte geh jetzt.«

Eleonora gehorchte und machte sich auf den Weg zur Villa Bruges.

# 14

Es war schon lange nicht mehr vorgekommen, dass Eleonora und Corinne nur zu zweit zu Mittag aßen.

Als Corinne Eleonoras gerötete Augen und die nassen Haare bemerkte, runzelte sie die Stirn. »Alles okay mit dir, Julia?«

»Ich bin nicht Julia«, erwiderte Eleonora und kaute langsam, ohne ihr Gegenüber anzusehen weiter.

»Ist ja gut, Eleonora. Also noch mal: Alles okay mit dir?«

»Nein.«

»Du hast deinen Trolley dabei. Heißt das, du schläfst heute Nacht hier?«

»Ja. In meiner Wohnung stinkt es immer noch bestialisch. Der Salat mit dem Balsamico ist superlecker. Wieso haben wir ihn noch nie damit angemacht? Ich dachte immer, er wäre dann viel zu süß, weißt du? Süßlich mit Pfefferminznote. Wie doof von mir.«

Corinne hüstelte. Sie fühlte sich sichtlich unbehaglich. »Was ist los? Hat Emanuele mit dir Schluss gemacht?«

*Wie einfallslos, alle stellen sie dieselbe Frage.* »Ja.«

»Tut mir leid. Da hatte sicher June die Hand im Spiel, nehme ich an.«

»Nein, ich glaube nicht. Wieso sollte sie etwas damit zu tun haben?«

»Na ja, immerhin erwartet sie ein Kind von ihm.«

»Woher weißt du, dass es von Emanuele ist? Gibt es etwa einen Vaterschaftstest?«

Genervt schüttelte Corinne den Kopf. »Sei nicht so gehässig zu mir. Es ist nicht meine Schuld, dass er dich verlassen hat.«

»Nein, natürlich nicht. Heute Morgen habe ich übrigens Alessandro getroffen.«

*Halt die Klappe, Eleonora. Sofort!*

»Ach ja?«

»Er hat an der Theaterprobe teilgenommen. Er ist ein Jahrhunderttalent und wird Welterfolge feiern.«

»Oh weh, ich Ärmste.«

*Ich Ärmste. Ihr Mann verwirklicht seinen großen Traum, und was tut sie? Badet in Selbstmitleid.*

»Ziemlich schäbig, deine Reaktion, findest du nicht?«, konnte Eleonora sich nicht verkneifen zu sagen.

»Was genau meinst du?«

»Ach, egal.«

»Na klar, ich mache ja nie was richtig, ganz zu schweigen von dem, was ich so von mir gebe. Du dagegen bist die weise Freundin, die ohne jeden Fehler ist, stimmt's?«

»Fang bitte nicht wieder mit der alten Leier an … Sag mal, hast du in letzter Zeit was von Rita gehört?«

»Frag nicht. Beim letzten Mal am Telefon war sie total depri. Ich habe ihr vorgeschlagen hierherzuziehen.«

»Ach, wie nett, jetzt auch noch meine Mutter! Bald können wir ein Schild am Tor anbringen: ›Übergangswohnheim Villa Bruges‹.«

Corinne schaute sie angewidert an. »Wie kannst du nur so zynisch sein?«

»Ich bin nicht zynisch, sondern realistisch. Niemand kann sein wie du, Corinne, verstehst du? Du kannst mir nicht länger etwas vorgaukeln. Jeder normale Mensch macht Fehler, jeder wird mal wütend, ist ungerecht oder grausam. Du und Alessandro, ihr seid wie ein Gemälde von einem besonders talentierten Fälscher. Aus der Ferne wirkt es perfekt, aber sobald man näher tritt – puff! – verblasst alles, was ein wahres Kunstwerk ausmacht und den Betrachter ergreift. Einfach so, von jetzt auf gleich. Denk dran: Egal wie perfekt sie ist, der Kopie fehlt immer die innere Wahrheit des Originals.«

Corinne verschränkte die Arme vor der Brust und musterte Eleonora ein paar Sekunden lang verblüfft. »Bist du fertig?«

»Ja, ich glaube schon. Oder nein, lass mich noch eine Sache hinzufügen, nämlich dass du mit Mama genauso umgegangen bist. Immer lieb und nett, selbst wenn du ihr besser ins Gesicht geschleudert hättest, dass du sie hasst. Das ist ganz normal, weißt du?«

»Was?«

»Dass eine Jugendliche »Ich hasse dich« zu der Person sagt, die sich ihrer annimmt. Normal und gesund. Vor allem wenn man es mit jemandem wie meiner Mutter zu tun hat.«

»Das sagst du.«

»Das sagen alle. Alle außer dir. Und ich fühle mich dann jedes Mal total mies.«

»Was ist denn bloß heute los? Ist internationaler Beichttag, und ich weiß nichts davon?«, blaffte Corinne, sprang auf und pfefferte ihre Serviette auf den Tisch. »Bitte entschuldige mich, ich gehe das Geschirr spülen.«

»Ach, hat unser Streichholzmädchen etwa Sonderurlaub?«

»Keine Ahnung, jedenfalls ist sie heute Morgen nicht erschienen.«

»Sie wird mit Alessandro weggefahren sein.«

Warum nur hackte sie andauernd auf Corinne herum?

Schließlich konnte ihre Freundin nicht das Geringste dafür, dass ihr Leben den Bach runterging.

»Wie meinst du das?«

»Hast du etwa nichts mitbekommen? Die beiden hängen doch aneinander wie die Kletten. Er hat ihr sogar den Blumensee gezeigt. Wie romantisch …«

»Willst du damit etwa andeuten, dass …?«

»Ich will gar nichts andeuten. Ich finde bloß, dass du in Anbetracht von Alessandros Vergangenheit die Situation im Auge behalten solltest.«

Eleonora ließ ihre eigenen Worte auf sich wirken. Für einen Moment stand sie wie neben sich und schämte sich plötzlich. Außerdem überkam sie panische Angst. Was, wenn Corinne ihren Mann darauf ansprach? Mit Sicherheit würde er Eleonora dann verabscheuen.

Sie gab sich große Mühe, vernünftig, ausgeglichen und beständig zu sein, aber es wollte ihr einfach nicht gelingen, länger einen sicheren Pfad entlangzuwandern. Immer wieder grub sie sich Furchen, über die sie anschließend stolperte, selbst wenn sie nach einer monatelangen unbeschwerten Reise so gut wie am Ziel war.

»Hör zu, Corinne. Vergiss, was ich eben gesagt habe. Verzeih mir.«

»Machst du Witze? Wie soll ich das vergessen?«

Sie hatte Tränen in den Augen, verdammt.

»Ich bin wütend und schlecht drauf, weil Emanuele mit mir Schluss gemacht hat. Du kennst mich, wenn ich in ein tiefes Loch falle, ziehe ich danach eine Menge Dreck mit heraus. Am besten, du gehst mir aus dem Weg, ich bin und bleibe eine abscheuliche Person.«

»Nein, das bist du nicht.«

Die Antwort überrumpelte Eleonora. Obwohl Corinne zu geradezu ekelhaftem Gutmenschentum neigte, hatte sie ihr stets unzählige Charakterfehler vorgeworfen und sie in die Vorhölle der Zyniker und Vollpfosten verbannt.

»Das bist du nicht, Eleonora. Du bist nur unfähig, Schutzwälle zu errichten. Dabei braucht man die dringend, um zu überleben.«

Unglaublich, für einen Moment hatte Corinne die Realität glasklar erfasst.

»Meinst du?«

»Da bin ich mir sogar ganz sicher. Wenn du zwischen dir und der Welt da draußen keine Pufferzone einbaust, nimmt dich das alles zu sehr mit. Dann fühlst du dich schlecht und machst einen Fehler nach dem anderen. Immer wenn mein Stiefvater mich damals verprügelt hat und ich zu euch rübergelaufen bin, habe ich dasselbe Lied gesungen, weißt du noch?«

»Klar, wie könnte ich das vergessen!«

»Es war mein Mantra. Der Text und die Melodie haben meine schlimmen Gedanken vertrieben, einen nach dem anderen. Ich habe immerzu gesungen und tue es sogar heute noch. Inzwischen brauche ich zum Glück kein Lied mehr, um die Gedanken zum Schweigen zu bringen, vielmehr bin ich inzwischen so weit, dass ich auch ohne magische Formel einen Schutzwall errichten kann.«

Corinne ging auf ihre Freundin zu und umarmte sie. Mit weit aufgerissenen Augen starrte Eleonora auf die weiße Wand hinter ihr. Zum zweiten Mal an diesem Tag beantwortete jemand ihre Aggression mit Liebe.

Sie umarmte Corinne ebenfalls und merkte, wie sehr sie sich das seit Jahren gewünscht hatte. Warum hüllt man sich so beharrlich in einen Mantel aus Gleichgültigkeit, obwohl er fadenscheinig und voller Löcher ist?

»Es tut mir schrecklich leid, Corinne«, sagte Eleonora weinend an ihrem Ohr.

»Du bist viel zu streng mit dir selbst.«
»Ich mache ständig alles falsch.«
»Du lebst, deshalb machst du ab und zu Fehler. Das passiert mir nicht, weil ich nicht mehr lebe.«

Dieser schreckliche Satz hallte noch durch den Raum, als Alessandro eintreten wollte.

Wer wusste schon, ob die Dinge nach dieser Umarmung einen anderen Verlauf nehmen würden. Womöglich wären ein paar Worte mehr nötig gewesen, vielleicht auch nur eine kurze zusätzliche Aussprache.

Doch er hatte die Tür lediglich einen Spalt breit geöffnet, und so war es ein Leichtes, sie geräuschlos wieder zu schließen.

Beim gemeinsamen Abendessen fiel kein einziges Wort.

Alessandro verschanzte sich hinter einem hartnäckigen Schweigen, und die anderen schlossen sich ihm widerspruchslos an.

Lorena wirkte ebenfalls sehr angespannt. Wie ein Wiesel lief sie zwischen der Küche und dem Speisesaal hin und her, bis Alessandro ihr sagte, sie könne sich gerne zurückziehen und sich ausruhen, das Geschirr würden sie diesmal selbst spülen.

Lorena protestierte kurz, ehe sie der versteckten Aufforderung nachkam.

»Ist etwas vorgefallen?«, flüsterte Eleonora später in der Küche Corinne zu, damit Alessandro nichts mitbekam.

Ihre Freundin antwortete nicht, sondern spülte hastig weiter und verschwand kurz darauf nach oben.

»Das war ja ein richtiger Leichenschmaus heute Abend«, meinte Denise und stieß Eleonora den Ellbogen in die Seite, als hätte sie sie nicht noch vor wenigen Stunden beschimpft. »Wie wär's mit einem Joint?«

»Au ja. Gott segne dich.«

Die beiden traten in den Innenhof und rauchten gemeinsam. Irgendwann stand Denise aus dem Schaukelstuhl auf und legte Eleonora in einer beinahe zärtlichen Geste eine Hand auf die Schulter.

»Tut mir leid wegen heute Mittag«, sagte sie. »Ich weiß, ich bin oft gemein zu dir.«

»Das sind wir alle manchmal. Gewisse Dinge haben nun mal eine gewisse Eigendynamik.«

»Stimmt. Ich wollte dir bloß sagen, dass ich nicht auf dich, sondern auf mich sauer bin. Das war's.«

Ohne eine Antwort abzuwarten, ging Denise ins Haus zurück und ließ Eleonora mit ihren Gedanken allein. Im Grunde erging es Eleonora nicht anders. Sie war so wütend auf sich selbst, dass sie einen Sündenbock brauchte. So konnte sie zumindest zeitweise das abscheuliche und schuldhafte Alter Ego abschütteln, das ihr im Nacken saß.

Vielleicht würden sich die Dinge ja ändern, nun, da sie den Grund für ihre Wut kannte.

Alessandro wartete, bis alle nach oben gegangen waren, ehe er nach Eleonora suchte, um mit ihr zu sprechen. Die beiden gingen immer als Letzte schlafen. Zu viele Bienen summten in ihren Köpfen und veranstalteten dabei viel zu viel Lärm.

»Gehst du nicht ins Bett?«, fragte Eleonora.

Er ließ sich auf dem Marmorsims des Kamins nieder, wirkte angespannt und müde. »Ich habe gewartet, bis wir alleine sind. Ich muss mit dir reden.«

Das Leben in der Villa Bruges war eine einzige Achterbahnfahrt. Eng aneinandergedrängt saßen sie in dem Wägelchen, das aus schwindelerregender Höhe in die Tiefe sauste und ihnen dabei dieses schreckliche und gleichzeitig prickelnde Ziehen in der Magengrube bescherte.

Eleonora setzte sich auf das Sofa, völlig wehrlos und noch ganz benommen von dem Gras, das sie mit Denise geraucht hatte.

»Schieß los.«

»Was sollte die Aktion?«

»Welche denn?«

»Warum hast du Corinne von Lorena erzählt?«

Diese Frage war nichts weiter als die logische Konsequenz ihrer dämlichen Aktion und die Quittung dafür, dass sie nicht bedacht hatte, was sie damit auslöste. Das hatte man davon, wenn man sich von seinem Instinkt und dem Zufall leiten ließ.

»Das war keine Absicht.«

»Trotzdem hast du es getan. Wollest du damit mich bestrafen oder sie?«

»Niemanden, Alessandro. Allenfalls mich selbst.«

»Das hast du aber nicht getan. Corinne leidet wie ein Tier, und mir geht es nicht anders. Ich bin in einer äußerst heiklen Phase meines Lebens, und du hast mich mit deiner Aktion ganz schön in die Scheiße geritten. Ich bin dir von Anfang an sehr verbunden, fühle mich sogar zu dir hingezogen, dennoch habe ich diese verräterische Regung bisher immer unter Kontrolle gehalten und tue es auch weiterhin. Schließlich bist du mit meinem Bruder zusammen.«

»Das war ich nie.«

»Eleonora, ich bitte dich, hör auf mit dieser Farce. Ich versuche, ein neues Leben zu beginnen, nachdem meine Erinnerungen zurückgekehrt sind. Das ist alles andere als leicht. Ich empfinde etwas für Lorena, weiß aber noch nicht genau, was. Egal, es gefällt mir, denn es ist völlig anders als dieses konfuse Gefühl für die Frauen, die bisher in mein

Leben getreten sind. Keine Ahnung, wie sich unsere Beziehung entwickeln wird und ob ich je den Mut finden werde, Corinne zu verlassen und zu dem Mann zu werden, der ich hätte sein können, wenn es damals nicht diesen krassen Schnitt in meinem Leben gegeben hätte. Ich war gerade mal zehn. Wenn du derart in mein Leben eingreifst, werde ich nie in der Lage sein, irgendetwas richtig zu machen, weder zum richtigen Zeitpunkt noch auf die richtige Weise. Verstehst du das?«

Eleonora musste ihm schweren Herzens zustimmen. Wie er so vor ihr stand, besonnen und einem Monolith gleich, der sich vor ihrer Unzulänglichkeit erhob, weckte erst recht Schuldgefühle in ihr.

»Verzeih mir.«

»Nicht weinen, bitte.« Alessandro fuhr sich mit der Hand durch die Haare, sein Blick wanderte durch den Raum. »Ich wollte dich nicht verletzen. Ich will niemanden mehr verletzen.«

»Ich gebe mir alle Mühe, aber es gelingt mir nicht.«

Eleonora zog ein Kleenex aus der Schachtel auf dem Tisch, um sich die Tränen abzutupfen, aber kaum hatte sie eine weggewischt, kullerten ihr zehn weitere über die Wange. »Ich gebe mir wirklich Mühe ...«

Alessandro fluchte und setzte sich zu ihr auf das Sofa. Er drückte sie an sich, presste die Lippen auf ihre kalte, feuchte Wange.

»Ich bitte dich inständig, Eleonora, halte dich von mir fern«, sagte er dicht an ihrem Ohr. »Du verstehst mich doch, nicht wahr?«

*Nein, ich verstehe dich nicht!* »Ja. Morgen fahre ich nach Florenz zurück.«

»Mein Leben nimmt gerade eine dramatische Wende.«

»Ich weiß.«

»Ich kann und darf nicht riskieren, dass alles den Bach runtergeht. Ich habe viel zu viel zu verlieren: mein neues Leben.«

»Ich liebe dich.«

»Corinne braucht Zeit, sie ist noch immer sehr instabil und ...« Er hielt inne, wurde sich erst in diesem Moment bewusst, was Eleonora da gerade gesagt hatte.

»Sag das bitte nicht.«

»Ich kann nicht länger schweigen. Du schickst mich einfach so weg. Keine Sorge, ich bin nicht wie Corinne, ich werde gehen. Aber vorher sollst du wissen, dass ...«

Er sprang vom Sofa auf, so aufgewühlt, wie sie ihn selten gesehen hatte.

»Nein, ich will es nicht wissen. Es steht nirgendwo geschrieben, dass ich es wissen muss.«

»Warum reagierst du so? Es ist dir doch bestimmt schon tausendmal passiert, dass dir eine Frau ihre Liebe gestanden hat. Warum darf ich das nicht? Warum?«

»Weil du ... Du nicht.«

»Nun sag schon, warum?«

Er drehte sich um und schaute sie an, und in seinem Blick lag ein Zorn, der ihr Angst einjagte.

»Verstehst du denn nicht, dass ich verzweifelt versuche, dich zu vergessen? Verstehst du denn nicht, dass ich alles tue, um dich auf Distanz zu halten? Ich dachte, wenn ich dir von Lorena erzähle, würdest du mich endlich in Ruhe lassen. Stattdessen bist du immer noch hier und schaust mich mit diesen Augen an ...«

Der Sichelhieb schnitt ihr die Luft ab, er ging mitten durch die Luftröhre.

»Ist es denn so schrecklich, mich zu lieben?«, fragte sie und begann erneut zu weinen.

»Ich werde die Fehler der Vergangenheit nicht wiederholen.« Alessandro hustete und fasste sich wieder. Er strich sich das Hemd glatt, machte etliche unnötige Gesten, die ihm halfen, die Kontrolle zurückzugewinnen. »Deshalb bitte ich dich inständig, morgen nach Florenz zurückzukehren, natürlich nur wenn deine Wohnung wieder beziehbar ist.«

»Keine Sorge, ich werde fahren, Alessandro, aber sag bitte nicht, dass ich nie mehr hierherkommen darf. Das kannst du nicht von mir verlangen.«

Er entfernte sich ein paar Schritte, blieb mit dem Rücken zu ihr stehen. Dann murmelte er, als wollte er dadurch den nächsten Schlag abdämpfen: »Ich will dich nie wiedersehen.«

# 15

Maurizios Anruf kam völlig unerwartet. Seit mehr als einem Monat hatte niemand aus der Villa Bruges bei ihr angerufen. Einzig Corinne besuchte sie jede Woche in Florenz und tat, als würde ihr nicht auffallen, dass Eleonora nicht mehr zu ihnen kam. Die Gespräche der beiden Frauen drehten sich hauptsächlich um etwas, das es gar nicht gab, nämlich das ersehnte Kind. Trotz des intensiven Sexlebens von Corinne und Alessandro, über das Eleonora lieber nichts erfahren hätte, wollte sich kein Baby ankündigen.

Als sie Maurizios Nummer sah, wurde Eleonora ganz schwindelig, daher ließ sie das Handy etliche Male klingeln, ehe sie sich ein Herz fasste und ranging. Er überbrachte ihr eine sehr traurige Nachricht: Raffaele war gestorben, der alte Professor, ein Ästhet durch und durch, hatte einen Infarkt erlitten.

Eleonora musste sofort an Emanuele denken und hätte ihn liebend gerne in den Arm genommen, wenn auch aus einem anderen Grund als gewöhnlich. Sie wusste, wie sehr er Raffaele gemocht hatte, wie stark die Bindung zwischen den beiden Männern gewesen war.

Die Beerdigung fand nur wenige Tage später statt, und Eleonora ließ es sich nicht nehmen hinzugehen. Bevor sie die Kirche betrat, holte sie noch einmal tief Luft. Sie fühlte sich nicht bereit, die anderen nach der abrupten Trennung wiederzusehen. Emanuele hatte ihre Anrufe einfach ignoriert, und irgendwann hatte sie aufgegeben, obwohl ihre Finger jedes Mal wie von selbst seine Nummer eintippen wollten, sobald sie das Mobiltelefon in die Hand nahm.

Eleonora stieg die drei Stufen zum Portal hoch, wobei sie ihre hochhackigen Schuhe und ihren beschämenden Wunsch verfluchte, selbst unter diesen tragischen Umständen attraktiv sein zu wollen. Sie kam sich gemein vor. Und völlig deplatziert.

Emanuele hatte in der ersten Reihe direkt vor dem Sarg Platz genommen, unmittelbar neben Raffaeles Angehörigen. Mit hängendem Kopf und von Weinkrämpfen geschüttelt saß er da, während seine Schultern in dem zu engen schwarzen Jackett bebten. Alessandro in der Reihe dahinter berührte seinen Bruder am Arm, dann lehnte er die Stirn an Emanueles Rücken.

Eleonora senkte den Blick. Sie ertrug es kaum, die beiden Brüder wiederzusehen und mitzuerleben, wie der Schmerz, das intimste aller Gefühle, ihre Seele entblößte.

Jemand griff nach Eleonoras Arm und zwang sie aufzuschauen. Es war Corinne, die mit rotgeweinten Augen und ihrem üblichen barmherzigen Gesichtsausdruck, der jedes Mal wirkte wie von sicherer Hand aufgemalt, vor ihr stand.

»Einfach so, wie aus dem Nichts ...«, stotterte sie, und die Worte zitterten auf ihren Lippen.

»Ja.«

Seite an Seite folgten sie der kurzen Trauerfeier, eine jede mit ihren Gedanken woanders.

Nach der Messe trugen Emanuele und Alessandro zusammen mit zwei weiteren Männern den Sarg auf ihren Schultern bis zum Leichenwagen vor der Tür. Eleonora konnte den Blick nicht von Alessandros makellosem Profil abwenden, ließ ihn von den geschwungenen Augenbrauen über den schmalen Nasenrücken bis zu den vollen Lippen wandern. Obwohl die Erinnerung bekanntlich die Dinge beschönigt, hatte sie völlig vergessen, wie vollkommen Alessandro war.

Als Emanuele sich ein Stück von dem Leichenwagen entfernte, ging Eleonora zu ihm hinüber. Sie wirkte wie eines seiner Stutfohlen, als hätte sie Scheuklappen auf, ging sie im Stechschritt ihrem Ziel entgegen. Prompt lief sie Annalisa in die Arme.

Damit hatte sie beim besten Willen nicht gerechnet. Sicherlich, Annalisa hatte Raffaele gut gekannt, aber sie musste sich doch darüber im Klaren gewesen sein, dass sie bei der Beerdigung jenem Mann begegnen würde, dem sie seit Jahren aus dem Weg ging.

»Oh, entschuldige.«

»Macht nichts.« Annalisa lächelte, womöglich erkannte sie Eleonora gar nicht.

Ihr Begleiter, ein Typ um die vierzig, fasste sie am Arm und drängte: »Komm, gehen wir.«

Wer wusste schon, warum er so ungeduldig war. Vielleicht war er ja ihr neuer Lebenspartner und es machte ihn nervös, jenem Mann, der Annalisa damals die Treppe hinuntergestoßen hatte, so nah zu sein.

»Alfredo, warte. Nur einen Augenblick.«

»Jetzt komm endlich, Sophie!«

*Sophie?*

Eleonora ließ Annalisa keine Sekunde aus den Augen und verfolgte besorgt, wie sie an Emanuele vorbeiging und er sie am Arm packte. Annalisa zuckte zusammen. Die beiden wechselten ein paar Worte, wobei Annalisa sich mehrfach nach ihrem Begleiter umdrehte, der inzwischen im Wagen saß und wartete.

Irgendwann nahm Annalisa Emanueles Hand, ließ sie aber sofort wieder los, als hätte sie sich verbrannt, und lief davon.

Eleonora musste mehrmals tief durchatmen, bevor sie sich aus der Starre löste, sie brauchte ein paar Minuten, um zu verarbeiten, was sie da gerade beobachtet hatte.

Als sie sich wieder gefasst hatte, stand Emanuele immer noch an die Mauer gelehnt da und rauchte. Er schien darauf zu warten, dass der Trauerzug sich in Bewegung setzte. Als er Eleonora auf sich zukommen sah, musterte er sie eindringlich, und sie spürte einen Druck auf ihrem Zwerchfell, als ob er sie gewaltsam zurückstoßen würde.

»Emanuele ...«

Mit dem Rauch seiner Zigarette blies er auch seinen Schmerz heraus. Sie hätte ihn nur zu gerne umarmt.

»Wie geht es dir?«

»Hallo, Eleonora.« Seine Stimme zitterte noch von den Weinkrämpfen, die Augen waren jedoch wieder trocken. »Was meinst du wohl, wie es mir geht?«

»Tut mir leid.«

»Und bei dir? Alles gut?«

*Nein.* »Mehr oder weniger. Ich habe gesehen, dass du dich mit Annalisa unterhalten hast. Das verwundert mich.«

»So was kommt vor«, spielte er den Vorfall herunter. »Sobald der Tod ins Spiel kommt, findet man simple Heilmittel gegen alte Wunden.«

Eleonora steckte den Schlag nur mit Mühe weg, holte aber sofort zum Gegenschlag aus. »Was das angeht, muss ich dir noch etwas sagen.«

»Wenn es leicht zu verdauen ist.«

»Kennst du den Mann dort drüben?« Eleonora deutete auf Annalisas Begleiter, der wieder ausgestiegen war, um einen der Reifen zu überprüfen.

»Ja, das ist Alfredo, ihr Bruder. Wieso?«
»Er hat sie Sophie genannt. Annalisa, meine ich.«
Emanuele schwieg.
»Hast du verstanden, Emanuele? Er hat sie am Arm weggezogen und gesagt: ›Gehen wir, Sophie‹. Nein, warte, sie wollte nicht gehen, da hat er zu ihr gesagt: ›Jetzt komm endlich, Sophie‹.«
»Bist du dir sicher?«
»Ich schwöre es.«
Emanuele schnippte die Zigarettenkippe in die Wiese und trat sie aus, dann ging er zu seinem Auto. Eleonora folgte ihm aufgeregt. Voll und ganz von der Neuigkeit gefangen, die sie ihm gerade überbracht hatte, konnte sie kaum glauben, dass sie nun ein Gesprächsthema hatten. Daher wurde ihr erst nach einigen Minuten bewusst, dass sie Emanuele damit erst recht in seinem verrückten Plan bestärkte. Sie versuchte erneut, ihn in ein Gespräch zu verwickeln.
»Hör zu, Emanuele. Vielleicht ist es ja ein Kosename.«
»Entschuldige, Eleonora. Nicht jetzt.« Damit stieg Emanuele in den Wagen und ließ sie einfach stehen.
Eleonora stand reglos da und dachte über die Macht des Zufalls nach. Dann machte sie sich auf die Suche nach Corinne, um nicht allein vor der Kirche herumzustehen. Das Wiedersehen mit den Bewohnern der Villa Bruges machte Eleonora nervös und hektisch. Auf einmal war alles wieder genau so wie vor einem Monat, als sie es hinter sich gelassen hatte. Es gab einfach kein Leben ohne Villa Bruges.

Auf dem Friedhof kam Alessandro nach der Beisetzung von sich aus auf sie zu und sprach sie an, unverhofft und unerwartet zugleich. Eleonora stand noch mit jenen Personen zusammen, die vor Raffaeles Grab beteten, als Alessandro zu ihr trat. Ohne ein Wort zu wechseln, entfernten sie sich gemeinsam.

Als sie genügend Abstand hatten und niemand es hören konnte, sagte Alessandro: »Ich hatte ganz vergessen, wie schön du bist.«

»Ich auch.«

Sie musterte ihn einen winzigen Augenblick lang. Alessandro sah wie immer blendend aus.

»Du hast vergessen, dass du schön bist?«

»Sehr witzig.«

»Schau mich an.«

Eleonora versuchte es. Ihr Blick wanderte erst über sein weißes Hemd, dann über den schwarzen Kragen des Jacketts bis zum Adamsapfel, weiter zu Kinn, Mund und Nase, bis er auf den Wimpern verharrte, die den Abgrund hinter den fast schwarzen Augen verdeckten.

»Wie geht es dir?«, fragte Alessandro.

*Schlecht.* »Gut. Und dir?«

»Geht so.«

»Was macht das Theaterstück?«

»Am Samstag ist Premiere«, sagte er und bemerkte nur eine Sekunde später, welchen Stich er ihr damit versetzt hatte. »Oh, ich hätte dich schon noch angerufen.«

»Wann denn? Zwischen dem ersten und dem zweiten Akt?«

»Nein, nein, ich habe sogar Eintrittskarten für dich. Wie viele brauchst du denn?«

Er schob die Hand in die Tasche. Tatsächlich zog er einen weißen Umschlag mit mehreren cremeweißen Karten hervor.

»Eine.«

»Du kommst doch, oder? Versprich es mir.«

»Würdest du dich denn darüber freuen?«

»Machst du Witze?«

»Du hast gesagt, dass du mich nie mehr wiedersehen willst.«

Alessandro drehte sich zu der Gruppe aus Trauergästen um, die sich langsam auflöste.

»Eleonora, du weißt ganz genau, was ich meinte.«

»Eben.«

»Du bist aus unserem Leben verschwunden, das habe ich keineswegs so gewollt.«

»Ach ja?«

»Nein. Ich wollte dich bloß nicht dauernd im Nacken spüren.«

»Wann habe ich dir denn je im Nacken gesessen?«

»Willst du etwa behaupten, dass du mich kein einziges Mal angerufen hast?«

»Ach, Schwamm drüber. Ich werde auf jeden Fall zur Premiere kommen.«

»Ich gebe dir einen Platz neben Corinne.« Er markierte Reihe und Sitznummer auf dem Ticket und setzte seine Unterschrift darunter. Offenbar konnte er ein paar reservierte Plätze frei vergeben. »Okay?«

»Ja, gewiss. Wann beginnt die Vorstellung?«

»Um neun. Ich mache mir jetzt schon in die Hose.«

Eleonora kämpfte gegen den Impuls an, ihm eine Haarsträhne hinters Ohr zu streichen.

»Dazu hast du keinen Grund. Die Aufführung wird ein Erfolg werden.«

Über seine Schulter hinweg sah Eleonora, dass Emanuele zu ihnen herüberkam. Sie spürte seine kraftvollen Bewegungen und spürte, wie er die Luftmassen vor ihm verdrängte.

»Ich fahre jetzt los«, sagte Emanuele zu seinem Bruder,

ohne Eleonora zu beachten. »Dieser ganze Zirkus hier kotzt mich an.«

»Du weißt doch, wie es ist, Emanuele. Wie viele Personen trauern wirklich aufrichtig bei einer Beerdigung? Sei nicht so naiv.«

»Es kotzt mich trotzdem an. Man sieht sich.« Er salutierte und entfernte sich.

Alessandro wandte sich wieder Eleonora zu, fühlte sich allerdings sichtlich unwohl. Sie verstand, dass sie ihn nicht länger hier festhalten konnte.

»Mach dir keine Sorgen«, sagte sie daher nur, und ihr Lächeln drohte in Weinen umzuschlagen. »Geh ruhig.«

»Ich ... erwarte dich in der Villa. Ich möchte nicht, dass du aus meinem Leben verschwindest. Wir könnten uns doch ab und zu sehen, oder nicht? Ich frage deinen Vermieter jedes Mal, wenn ich ihn sehe, wie es dir geht ...«

Sie fing schallend an zu lachen, hörte aber sofort wieder auf. Dies war ein denkbar unpassender Moment für einen Lachanfall, selbst wenn er aus dem Zorn entstanden war, der ihr die Kehle zuschnürte.

»Mein Vermieter, gütiger Gott.«

»Ja, er weiß alles über dich.« Alessandro beugte sich zu ihr hinab, um sie auf die Wange zu küssen. »Ich rechne dann also am Samstag mit dir. Nach der Premiere gehen wir alle zusammen feiern, bist du dabei?«

»Mal sehen. Bis Samstag.«

Sie drehte sich um und lief auf Maurizio zu, um nicht mit ansehen zu müssen, wie Alessandro davonging.

Eleonora war bereits um zehn Uhr abends schlafen gegangen, was ein großer Fehler gewesen war.

Jetzt lag sie hellwach da und wälzte sich im Bett, wie von einem Fieber geschüttelt.

Eine Zeit lang war sie davon überzeugt gewesen, auf die anderen verzichten zu können, und zwar auf alle. Das funktionierte vor allem dann, wenn sie nach der Arbeit müde nach Hause kam, ein guter Käse im Kühlschrank lag und im Fernsehen ein schöner Film lief.

»Was fehlt mir denn schon?«, lautete das Mantra jener Abende.

*Alles fehlt mir,* sagte sie sich, während sie den Kopf ins Kissen drückte, um den Feuerball aus glühender Lava zwischen ihren Beinen nicht zu spüren.

Sie stellte sich vor, sie würde Alessandro küssen, doch kaum berührte sie sich, sah sie Emanueles Gesicht zwischen ihren Schenkeln. Spürte sie seine weiche, flinke Zunge. Seine Finger, die mühelos in sie eindrangen, während er amüsiert beobachtete, wie stark er sie erregte. Seine Beckenstöße, wenn er sich in ihr bewegte, ohne auch nur eine einzige Pause machen zu müssen, um den Orgasmus hinauszuzögern. Die Art, wie er sie an den Haaren zog, wenn er sie von hinten nahm.

*Mein Gott, Schluss damit.*

»Wie sehr du die Lust genießt, Julia ...«

Eleonora hörte seine irritierende und gleichzeitig erregende Stimme, wie sie in dem kleinen Raum widerhallte, ihn komplett einnahm.

»Niemand außer mir kann dir das geben.«

Ohne darüber nachzudenken griff Eleonora zum Telefon und wählte Emanueles Nummer. Sie atmete schwer, und vor Aufregung rutschte ihr das Handy aus der Hand.

Die ersten beiden Male ging er nicht ran, beim dritten Versuch kapitulierte er.

»Hallo.«

»Entschuldige, ich weiß, dass es schon spät ist.«

»Stimmt.«

»Wie geht es dir?«

»Bekommst du keine Luft?«

Vor Schreck klappte Eleonora den Mund zu und schluckte leer, bevor sie weitersprach.

»Ich habe Fieber«, log sie.

»Oh, das tut mir leid. Aber jetzt entschuldige mich bitte, ich muss …«

»Ich mache mir Sorgen um dich. Ich weiß, wie sehr du Raffaele …«

»Erspar mir die rührselige Nummer. Ich komm schon zurecht.«

»Sei nicht so abweisend. Bitte.«

»Dann sag mir, warum du mich angerufen hast. Und lass gefälligst Raffaele aus dem Spiel. Er verdient Respekt, er ist tot.«

Bedrückendes Schweigen machte sich breit. Es war nicht leicht zu sprechen, wenn eine solche Schärfe in der Luft lag.

»Ich respektiere euch alle. Deshalb habe ich in letzter Zeit auch nichts von mir hören lassen.«

»Gut gemacht. Was ist auf einmal anders?«

*Ich habe euch gesehen.* »Ich habe dich gesehen. Du fehlst mir. Ich brauche dich.«

»Mich. Mmh. Eleonora, ich bin müde, am Boden zerstört, mein Herz ist in tausend Fetzen zerrissen, ich fühle mich, wie einmal im Klo runtergespült. Bitte hab Mitleid mit mir.«

»Ich bitte dich …«

»Schlaf dich aus, morgen geht es dir bestimmt besser, du wirst sehen.«

»Es wird mir nicht besser gehen!«

*Herrgott, ich bin wie June. Wie Corinne, wie Denise, wie all die anderen.* »Ich möchte dich sehen. Was meinst du? Treffen wir uns in einer Bar und trinken einen Kaffee miteinander?«

»Besser nicht.«

»Warum denn nicht, Emanuele? Warum?«

»Weil ich dich dann in der Luft zerreiße. Ich setze dich auf den Tresen und vögele dich vor allen Gästen durch, bis dir Hören und Sehen vergeht. War das klar genug?«

Vor Verblüffung brach ihr die Stimme. Ein heimtückisches Lächeln umspielte ihren Mund. »Ich hätte nichts dagegen.«

Sein Lachen, wie sehr es ihr gefehlt hatte! Emanuele lachte, obwohl er zutiefst verletzt und wütend war.

»Lass mich in Frieden, Eleonora, tu mir den Gefallen. Ich brauche noch ein bisschen Zeit. Ich ruf dich an, okay?«

»Du wirst dich nicht melden.«

»Wer bist du, Nostradamus? Gib mir Zeit. Irgendwann gehen wir zusammen einen Kaffee trinken.«

Was konnte sie schon tun, außer sich damit abzufinden? Emanuele war nicht mehr wütend auf sie, aber von seiner Leidenschaft war auch nichts mehr zu spüren. Er lieferte ihr keinen einzigen Vorwand.

»Ist gut.«

»Dann gute Nacht.«

»Gute Nacht.«

# 16

Als Eleonora den anderen nachzuspionieren begann, tat sie das zunächst unbewusst.

Sie war auf der Suche nach einem Geschenk für die Rektorin nach Borgo San Lorenzo gefahren, und zwar in den Kunsthandwerkladen, aus dem die Kette von Alessandro stammte, die sie in einer Schublade ihres Nachttischchens aufbewahrte. Sie konnte die Kette nicht anlegen, da sie auf der Haut brannte wie Feuer.

Eines Tages, ohne dass eine bestimmte Absicht dahintersteckte, erkundigte sie sich, wo Lorena wohnte. Der Tabakhändler, bei dem sie ein Päckchen Zigaretten gekaufte hatte, konnte ihr nicht weiterhelfen, aber der Obst- und Gemüsehändler, der über alles und jeden Bescheid wusste, nannte ihr die Adresse. Die Wohnung lag in einer Gasse gleich hinter der belebten Einkaufsstraße, die zur Piazza führte.

Eleonora kaufte ein Kilo Pfirsiche, obwohl deren Duft nicht mal entfernt an den fast unerträglich süßen Geruch der Pfirsiche von Bruges erinnerte. Wie es der Zufall so wollte, verließ Lorena nur wenige Minuten später in Begleitung von Alessandro den Palazzo.

Schnell versteckte sich Eleonora hinter einer Straßenecke und beobachtete die beiden. Alessandros Gewissensbisse schienen sich nicht auf seine Ehefrau zu beziehen.

Auf dem Gesicht der Hexe im Gewand des Streichholzmädchens leuchtete ein Lächeln, das an Ekstase erinnerte, ohne die geringste Spur von Schuldbewusstsein.

Erst wollte Eleonora dem Paar folgen, doch dann überlegte sie es sich anders. Sie würde sowieso nichts herausfinden, jedenfalls nicht mehr als das, was sie bereits gesehen hatte: zwei Liebende, die einen Palazzo verließen.

Sie kehrte um und betrat das Gebäude, um in den Briefkasten zu spähen. Sie hätte nicht sagen können, wonach sie suchte, doch sie hoffte, dass hinter Lorenas Lächeln ein Makel verborgen lag und dass dieses Biest nur sehr geschickt darin war, ihn zu vertuschen. Im Grunde hat ein jeder Mensch diverse Leichen im Keller. Eleonora hoffte, dass die von Lorena groß genug war, um bei Alessandro Abscheu zu erregen.

Sie steckte zwei Finger in den Briefkastenschlitz und angelte zwei Flyer heraus, zwischen denen ein weißer Umschlag steckte. Die beiden Broschüren ließen sich ziemlich leicht herausfischen, den Umschlag dagegen bekam Eleonora durch den schmalen Schlitz nicht zu fassen. Durch das Milchglas des Briefkastens versuchte sie den Absender zu entziffern. Doch sie konnte kaum etwas erkennen:

…LLE MOIR…
RUE DE RIV…
PARIS

Das Streichholzmädchen bekam also Post aus Paris. Das war ja mal eine interessante Entdeckung. Sie musste einen Vorwand finden, um in die Wohnung zu gelangen.

Eleonora erkannte nicht, dass ihr Wahn noch traumtänzerischer war als der von Emanuele, was ihr erlaubte, weitere Nachforschungen anzustellen.

Für gewisse Dinge braucht es nun mal ein gerüttelt Maß an Unbesonnenheit, eine Eigenschaft, an der es Eleonora nicht mangelte. Vor allem aber darf man sich in solchen Fällen nur teilweise dessen bewusst sein, was man da tut. Auch darin war Eleonora eine wahre Meisterin. Fast alle Entscheidungen, die sie traf, reiften unbewusst in ihr heran, und sie war davon überzeugt, dass es keinen anderen Weg gab als jenen, den sie gerade beschritt.

Mit Alessandro und seiner verdammten Sippschaft gelang ihr all das leider nur bedingt. Obwohl eine unüberhörbar laute innere Stimme ihr befahl, einen anderen Weg einzuschlagen, bewegten sich ihre Beine wie von selbst. Damit blieb Eleonora gar nichts anderes übrig, als wie ein Maultier auf dem steilen, steinigen Pfad voranzuschreiten, der unweigerlich zur Villa Bruges führte.

Irgendwann begann Eleonora auch Emanuele nachzuspionieren. Er verbrachte etliche Stunden auf dem Hof, während Eleonora sich im Wald versteckt hielt und ihn beobachtete. Sie langweilte sich keine Minute, während sie zusah, wie er die Pferde fütterte, striegelte, sattelte und ritt. Mehr als einmal musste sie sich zusammenreißen, um nicht aus der Deckung zu springen, auf ihn zuzulaufen und ihn zu küssen, wie ein Groupie bei einem Konzert, das davon träumt, einmal sein Idol zu berühren.

Sie folgte ihm auch, wenn er sich ans Steuer seines SUVs setzte und nach Borgo San Lorenzo fuhr. Allerdings war sie dabei extrem vorsichtig, achtete stets darauf, dass zwei oder drei andere Autos zwischen ihnen waren.

Sie verfolgte, wie er sich im Café an der Piazza mit Annalisa traf, und konnte kaum glauben, dass er sich zu einer derart unbesonnenen Tat hinreißen ließ. Die beiden trafen sich in aller Öffentlichkeit, doch kurz darauf fuhren sie vorsorglich aufs Land hinaus.

Sie parkten auf einer Lichtung, blieben lange im Auto sitzen und redeten. Eleonora musste sich damit begnügen, sie vom Waldrand aus zu beschatten. Aus der Ferne ließ es sich leichter nachdenken.

Früher hätte sie voller Überzeugung behauptet, dass eine Frau, die Opfer einer wenn auch unbeabsichtigten Gewalttat geworden war, niemals wieder mit dem Täter reden würde, schon gar nicht in einem Auto auf einer einsamen Waldlichtung. Schließlich kannte Annalisa die Wahrheit nicht. Sie ging nach wie vor davon aus, dass Emanuele sie damals die Treppe hinuntergestoßen hatte und nicht Alessandro. Wie konnte es sein, dass sie keine Angst vor ihm hatte? Ihn auf einer Beerdigung inmitten anderer Leute kurz zu grüßen, war das eine, aber sich mit ihm allein an einem abgelegenen Ort zu treffen, war etwas ganz anderes!

Seit sie die Erfahrung gemacht hatte, zwei Männern gleichermaßen verfallen zu sein, zweifelte Eleonora an der Logik gewisser Entscheidungen. Manche Menschen können andere so geschickt manipulieren, dass sie jede Vernunft verlieren. Emanuele war genau so ein Mensch.

Eleonora wartete, bis das ihrem Empfinden nach völlig surreale Gespräch auf der Waldlichtung beendet war, und folgte Emanueles Wagen zurück bis nach Borgo San Lorenzo, wo er erst Annalisa absetzte und dann weiter zum Hof fuhr. Nur einmal drohte sie ihn aus den Augen zu verlieren, nämlich als er in eine Nebenstraße einbog, die sich als Abkürzung herausstellte.

Eleonora war total erschöpft. Sie konnte nicht sagen, ob es an Emanueles Gleichgültigkeit oder an Annalisas Nachgiebigkeit lag. Alles verschmolz zu einer bleiernen, alles beherrschenden Müdigkeit, gegen die sie sich nicht zu wehren vermochte.

Sie hätte ihm nicht bis zum Hof folgen sollen. Sie hätte zu sich nach Hause fahren müssen.

Emanuele legte den Kopf schief, den Ellbogen am Türrahmen abgestützt. Er blickte über Eleonora hinweg, als ob er sich versichern wollte, dass niemand außer ihr da war. Der Cowboy war misstrauisch geworden, warum auch immer.

»Du freust dich ja irre, mich zu sehen«, sagte Eleonora zur Begrüßung.

Emanuele schaute sie immer noch nicht an. »Das tue ich. Tja.«

»Tja. Darf ich reinkommen?«

Endlich schenkte er ihr einen Blick. »Na gut.«

Drinnen herrschte ein entsetzliches Chaos. Benutztes Geschirr stapelte sich im Spülbecken, auf den Stühlen lagen Putzlappen, ein Hemd lag zusammengeknüllt auf dem Sofa und überall lagen Gegenstände herum. Es hatte den Anschein, als ob an dem Abend nichts an seinem Platz stehen würde.

»Hier sieht es aus wie nach einem Wirbelsturm.«

»Die Nummer mit der Putzfee nehme ich dir nicht ab, Eleonora. Willst du ein Bier?«

Sie nahm es ihm aus der Hand. »Was soll das heißen?«

»Nichts, gar nichts.

»Wie geht es dir?«

»Das war schon Frage Nummer drei.«

»Zählst du mit?«

»Damit wären wir bei vier.«

»Du zählst tatsächlich mit. Du wirkst ganz schön nervös.«

»Ich bin nervös.« Er öffnete ein zweites Bier und trank direkt aus der Flasche. »Ich habe nicht gerade viel zu essen da. Dabei wäre gerade Abendessenszeit ...«

»Was treibst du da mit Annalisa?«

Nun war es heraus. Der x-te Fußtritt ihres Instinkts – und die Frage war unaufhaltbar wie ein Hustenanfall. Eleonora konnte sie nicht mehr zurücknehmen, sie hatte bereits die Gehirnwindungen von Emanuele erreicht, der sie verblüfft anstarrte.

»Wie bitte?«

»Mit Annalisa. Hörst du mir zu? Ich habe gefragt ...«

»Ich habe sehr gut verstanden, was du gerade gesagt hast, ich kann es bloß nicht glauben.«

»Ich habe euch zufällig gesehen, als ich in Borgo San Lorenzo war, um ein Geschenk zu kaufen, und ...«

»Und?«

»Nichts, ihr habt in deinem Auto gesessen.«

»Was genau schließt du daraus?«

»Sei nicht so garstig. Sie glaubt, dass du es warst, damals. Da erscheint es mir zumindest sonderbar, dass sie zu dir in den Wagen steigt und mit dir irgendwo hinfährt.«

»Trotzdem hat sie genau das getan.« Emanuele zündete sich eine Zigarette an und lehnte sich gegen das Spülbecken. Er wirkte nun gelassener. »Ich habe mich genauso darüber gewundert wie du. Anfangs konnte sie kaum sprechen, aber dann hat sie sich beruhigt, und wir haben uns über alles Mögliche unterhalten.«

»Wie hast du ihr erklärt, dass du sie nach all den Jahren wiedersehen wolltest?«

»Ganz einfach, ich habe ihr gar nichts erklärt. Sie war sehr lieb zu mir auf Raffaeles Beerdigung, und da dachte ich, es ist ja nichts weiter dabei, wenn ich mich mal wieder bei ihr melde.«

»Wenn du dich mal wieder bei ihr meldest?«

»Ganz genau.«

»Du hast sie also nicht getroffen, weil du herausfinden wollest, wieso ihr Bruder sie Sophie nennt?«

Emanuele schnaubte verächtlich, doch schon im nächsten Moment lenkte er ein. »Na gut, Eleonora. Vergiss diese Geschichte, okay? Annalisa kann unmöglich die Sophie sein, die ich suche. Es stimmt, dass sie als Kind mal in Frankreich gelebt hat, aber sie kam schon als kleines Mädchen zusammen mit ihren Eltern hierher. Die sind übrigens Italiener. Ich kenne die beiden seit Jahren, sie betreiben die Apotheke in Borgo San Lorenzo. Es gibt keinerlei Verbindung zwischen ihnen und der französischen Mafia.«

»Warum hast du dich dann mit Annalisa getroffen?«

»Wir haben uns mal geliebt, aufrichtig geliebt.«

»Was hat das damit zu tun?«

»Du verstehst es nicht. Obwohl du es eigentlich verstehen müsstest.«

»Warum müsste ich das?«

»Wegen deiner Mutter. Du liebst doch deine Mutter, sehr sogar, stimmt's?«

»Klar liebe ich sie.«

»Wann hast du dich entschieden, von zu Hause wegzugehen?«

»Nicht ich bin gegangen, sondern sie. Damals war ich gerade mal zwanzig.«

»Du hättest es auch tun können.«

»Was?«

»Komm schon, Eleonora. Ausziehen. Woanders Wurzeln schlagen, dich angenommen fühlen.«

Es war nicht weiter verwunderlich, dass Emanuele die Geschichte kannte. Corinne hatte ihm sicher alles Mögliche erzählt. Allerdings erwartete Eleonora nicht, dass er nachvollziehen konnte, wie sehr sie darunter gelitten hatte, dass Corinne in ihrem Leben sozusagen dauerpräsent gewesen war.

»Was weißt du denn schon«, protestierte sie matt. »Was weißt du schon über mein Leben.«

»Willst du mir etwa weismachen, dass du mit sechzehn oder siebzehn Jahren nicht gewusst hast, dass deine Mutter dich kaputt macht?«

Eleonora ließ sich mit der Antwort Zeit, zündete sich in aller Ruhe eine Zigarette an und hielt nach einem Aschenbecher Ausschau. Dann erst wandte sie sich zu Emanuele um.

»Doch, ich hab's sehr wohl gewusst. Aber ich verstehe nicht, was das mit dir und Annalisa zu tun haben soll.«

»Obwohl du gewusst hast, dass sie dich kaputt macht, bist du bei ihr geblieben und hast sie weiterhin geliebt. Warum tun wir das? Warum erlauben wir anderen, uns zu zerstören? Aus Liebe. Aus Liebe tun wir oftmals ganz schreckliche Dinge, Eleonora. Viel schlimmere, als den Schuldigen einer Gewalttat zu verschweigen.«

Emanuele hatte wohl recht, wenn er diesen Satz mit einer derart großen Überzeugung aussprach. Eleonora hätte es vorgezogen, nicht zu bemerken, wie es hinter seiner fast schwarzen Iris brannte. Sie fühlte sich von der blauen Flamme angezogen wie ein Nachtfalter von einer Glühbirne, von der Täuschung durch ein Versprechen, das niemals eingehalten würde.

Eleonora wollte nichts weiter, als ihren Mund auf den von Emanuele zu pressen, seine Hände zu umfassen und sie auf ihren Körper zu legen.

»Ich war bei Lorena«, gestand sie. Nun war sie völlig wehrlos und hatte nicht mehr viel zu verlieren. »Sie ist wie aus dem Nichts aufgetaucht und hat sich Alessandro gekrallt. Kommt dir das nicht seltsam vor?«

Emanuele, wesentlich stärker geerdet, als Eleonora es je war, atmete gelangweilt aus und ließ sich müde aufs Sofa fallen. Er lehnte den Kopf gegen die Rückenlehne, als bliebe ihm nichts anderes übrig, als zu schlafen.

»Das einzig Seltsame ist dein neues Hobby, Eleonora. Lass die Finger von dem Spielchen, es ist gefährlich.«

Beharrlich ignorierte sie die Aufforderung. »Lorena ist einfach so in unser Leben getreten.«

»Genau wie du.«

»Und sie bekommt Post aus Paris.«

»Genau wie ich. Ich habe Freunde in Montmartre. Findest du das suspekt? Meinst du, ich komme deswegen auf die schwarze Liste beim FBI?«

»Ich finde bloß, dass man der Sache nachgehen sollte. Wir sollten Annalisa und Lorena im Auge behalten. Mit Annalisa tust du das ja bereits. Warum also spielst du meinen Verdacht herunter?«

»Sophie ist ein Kosename«, lenkte Emanuele schließlich ein und hob den Kopf. »Ihr Bruder hat angefangen, sie so zu nennen, als sie noch ein Teenager war, und der Name ist ihr geblieben, genau wie Julia bei dir. Annalisa war völlig vernarrt in *Sofies Welt* und hat sich als Jugendliche auf der Suche nach ihrem Ich mit der Filmheldin identifiziert. Ihre Familie hat sie deswegen geneckt und sie frei nach dem Film Sophie genannt.«

Schweigen breitete sich in dem Raum aus.

»Du musst aufpassen, deine Fantasie geht mit dir durch«, sagte Emanuele schließlich.

»Warum wolltest du dann mit ihr reden? Du hattest auch einen Verdacht, gib's ruhig zu.«

»Ich habe nichts davon gewusst. Sie hat mir erst im Auto von dem Film erzählt, als wir uns getroffen haben. Ich gebe dir jetzt einen guten Rat, Eleonora: Hör auf, im Leben anderer das zu suchen, was dir in deinem Leben fehlt. Wenn du etwas willst, dann hol es dir und fertig.«

Emanuele war mit einem Mal unendlich weit weg. Eine eisige Kälte kroch ihr den Rücken hinauf, obwohl es Sommer war. Es fühlte sich an, als hätte jemand mit einer Axt die zarten Wurzeln durchtrennt, die sie in der Erde von Bruges geschlagen hatte.

Ohne diese Wurzeln würde sie nirgendwo mehr ein Zuhause finden.

»Eines will ich tatsächlich«, sagte Eleonora.

Langsam, wie in Zeitlupe, ging sie auf Emanuele zu, der noch immer auf dem Sofa saß, hob ihren Rock und ließ sich rittlings auf ihm nieder. Die Geste hatte nichts Theatralisches, es war eher eine beiläufige Handlung, wie eine hingeworfene rasche Begrüßung. Es ging ihr einzig und allein darum, ein Bedürfnis zu stillen, wie trinken oder schlafen. Wenn sich bei Tätigkeiten, die allein der Bedürfnisbefriedigung dienen, der Kopf einschaltet, ist das pure Energieverschwendung.

»Das ist mir klar«, erwiderte Emanuele ohne jede Leichtigkeit und ohne zu lächeln.

Eleonora verschloss ihm den Mund mit einem Kuss, leckte über seine weißen Zähne, suchte seine Zunge und saugte daran. In diesem Augenblick wollte sie nichts so sehr wie ihn. Selbst Alessandros Bild verblasste und wurde dadurch noch unwirklicher, als es ohnehin schon war.

Eleonora knöpfte ihm die Hose auf.

»Damit lässt sich das Ganze aber nicht in Ordnung bringen«, mahnte Emanuele, während er den String ihres Tangaslips beiseiteschob. »Nicht alles, was kaputtgeht, kann man auch reparieren.«

»Ich kann nicht ohne dich leben, Emanuele.«

»Das musst du aber.« Er hob sie ganz leicht hoch, um in sie einzudringen, dann drückte er sie mit aller Kraft auf sich, was ihr augenblicklich ein Stöhnen entlockte.

Emanuele bewegte sich nicht. Wenn er wollte, konnte er sie ewig hinhalten. Eleonora bemühte sich, etwas zu sagen, um den Anschein zu erwecken, als hätte sie die Situation ebenfalls unter Kontrolle. Das Vorhaben war von Anfang an zum Scheitern verurteilt, trotzdem versuchte sie es.

»Ich schaffe es einfach nicht, ich brauche dich. Ich will jede Nacht mit dir schlafen.«

»Ach ja? Wieso bekomme ich dann nichts davon mit?«, sagte Emanuele und lachte, weil er merkte, dass sie sich auf ihm bewegte.

»Mach dich gefälligst nicht lustig über mich.«

»Du lässt mir keine andere Wahl. Und jetzt halt still.«

Eleonora hielt inne. Sie war sich ihrer Bewegungen gar nicht bewusst gewesen.

»Das hier ist nicht das, was dir gefällt, Eleonora.«

»Nein?«

»Nein.«

»Was gefällt mir denn dann?«

Emanuele zog sie an sich und löste sich mit beneidenswerter Leichtigkeit von ihr. Dann hob er sie hoch und trug sie ins Schlafzimmer, wobei er unterwegs das Licht ausmachte. Er legte Eleonora aufs Bett, umfasste ihre Hände, als sie nach ihm greifen wollte, und drückte ihre Knie auseinander. Dann drang er wieder in sie ein, wobei er ihre Handgelenke mit einer Hand festhielt. Auf diese Weise hatte er die absolute Kontrolle über sie.

»Es gefällt dir, wenn du dir der Dinge nicht bewusst bist«, murmelte er dicht vor ihrem Mund. »Es gefällt dir, so zu tun, als wären die Dinge weniger real, als sie in Wirklichkeit sind.«

Mit einigen kräftigen Stößen nahm er von ihr Besitz, während Eleonora die Augen geschlossen hielt und den Mund leicht öffnete, um ihrer Lust Ausdruck zu verleihen.

Emanuele hatte recht, sie wollte nichts anderes sein als ein leeres Gefäß, ein verlassener Körper, der dem Willen eines anderen unterworfen war. Sie genoss es, regungslos dazuliegen, denn hier im Dunkeln war nichts weiter wichtig als Emanueles Penis, der sie ausfüllte und beharrlich auf den Höhepunkt zutrieb.

Nur zu gerne hätte Eleonora ihm gern gestanden, dass sie ihn am liebsten verschlingen und komplett vereinnahmen würde, doch sie tat es nicht. Sie versuchte ruhig zu bleiben und so still wie möglich dazuliegen, doch als ihr Körper unter dem Orgasmus zuckte, war er lauter als ihr Atem. Erst ganz am Ende entfuhr ihr ein leises Stöhnen, das dem Laut einer Katze glich. Emanuele kam unmittelbar nach ihr. Er ließ ihre Handgelenke los und griff mit beiden nach ihren prallen Brüsten, die er grob massierte.

»Du warst sehr ungehorsam«, sagte er und küsste sie auf den Bauch. »Ich habe dir doch gesagt, dass du mich in Ruhe lassen sollst.«

Seine Stimme klang bereits wieder fest, während Eleonora erst einmal tief Luft holen musste, bevor sie etwas sagen konnte.

»Verzeih mir. Ich werde künftig besser gehorchen.«

Emanuele lächelte im Dunkeln. »Na endlich.«

# 17

Eleonora entdeckte Corinne, bevor ihre Freundin sie wahrnahm.

Corinne wirkte angespannt, als stünde sie unter Strom, und konnte auf der Bank vor Eleonoras Wohnhaus kaum stillsitzen. Ihre Füße waren unaufhörlich in Bewegung, und sie rieb die zu Fäusten geballten Hände im Schoß aneinander. Eleonora war sicher, dass die Fingernägel ihr in die Handflächen schnitten und rote Abdrücke in Form von Sicheln auf der zarten Haut hinterließen, einer traurigen Zeichnung gleich.

Als Corinne Eleonora bemerkte, sprang sie auf und sagte ohne jede Begrüßung: »Ich werde ihn verlieren.«

»Corinne, ich bitte dich.«

Auf dem Weg zum Hauseingang versuchte Eleonora Corinnes Blick in ihrem Rücken zu ignorieren, der sie förmlich an den Haaren zu ziehen schien. Die Freundin folgte ihr nervös.

»Ich versichere dir, es ist so. Ich bin am Ende.«

»Ihr seid immerhin verheiratet. Da trennt man sich nicht so leicht voneinander.«

»Ein Ring ist keine Kette.«

»Da hast du recht, ein Ring ist sogar schlimmer als jede Kette.«

»Du verstehst das nicht!«

Eleonora hatte den Schlüssel noch nicht wieder abgezogen, da stürzte Corinne bereits ins Haus und ließ ihre Freundin verblüfft auf dem Bürgersteig zurück. Die Situation war schwierig, denn Eleonora hatte weder die Nerven, sich Corinnes Gejammer anzuhören, noch Lust, sie nach dem Mittagessen zur Villa Bruges zurückzubringen, und schon gar nicht würde sie ihr sagen, dass Alessandro für immer ihr gehörte.

»Was ist? Wieso starrst du Löcher in die Luft, Julia? Gehen wir!«

*Gehen wir.*

»Ist das ein Saustall hier«, kommentierte Corinne den Zustand der Wohnung und stieg im Flur über zwei Bücherstapel, die sich gerade so im Gleichgewicht hielten. Als sie die halbvolle Tasse Milch, die offene Müslipackung und den Löffel der Zuckerdose auf dem Küchentisch bemerkte, schüttelte sie den Kopf. »Du bist einfach unverbesserlich, Eleonora.«

»Ich weiß. Wenn du aufräumen und putzen möchtest, tu dir keinen Zwang an. Ich habe Hunger.«

Sie nahm zwei Sandwichs aus dem Kühlschrank und hielt eines davon Corinne hin. »Willst du?«

»Du isst ein Sandwich zu Mittag?«

»Ja, wieso? Findest du das ekelhaft?«

»Nein, aber ... Ach, lass gut sein. Reden wir über Wichtigeres.«

»Das heißt, über dich, nehme ich an.«

»Bitte, Eleonora, sei einmal ernst. Mir geht es total mies.«

»Na gut, aber ich esse jetzt etwas.« Eleonora wickelte das Sandwich aus und biss hinein. Es war in der Tat ein ziemlich deprimierendes Mittagessen. »Also, wo liegt das Problem?«

»Ich war beim Frauenarzt.«

»Und?«
»Er sagt, dass ich keine Kinder bekommen kann.«
Das war also die Neuigkeit. Eleonora musste sich zwingen weiterzukauen, denn ausspucken wäre unfein gewesen.
»Ich dachte immer, es sei psychisch, bei allem, was ich erlebt habe.«
»Alessandro wird dich deswegen bestimmt nicht gleich verlassen«, versuchte Eleonora die Situation herunterzuspielen.
»Stattdessen ist es ein körperliches Problem. Wenn ich meine Vergangenheit noch so gut verarbeite, wird mir das leider nicht helfen.«
»Wir leben doch nicht mehr im Mittelalter, als der Mann seine Frau verstoßen hat, weil sie ihm keine Söhne gebären konnte.«
»Eleonora, wieso unterbrichst du mich dauernd?«
»Entschuldige. Verstehst du trotzdem, was ich meine? Alessandro hat dich nicht geheiratet, weil er unbedingt Vater werden wollte.«
»Aber er wünscht sich ein Kind. Und ich bin unfähig, ihm eins zu schenken. Du solltest dich ebenfalls untersuchen lassen, Eleonora.«
Dieser Satz, der wie eine dunkle Note in einem Menuett voller Synkopen klang, wie ein Misston, schlich sich in ihre Gehirnwindungen und pochte von innen im Stakkato gegen die Schädeldecke, was einen Höllenlärm veranstaltete. Corinne wollte sich selbst trösten, frei nach dem Motto »geteiltes Leid unter Schwestern ist halbes Leid«, aber Eleonora empfand diesen Satz als sinnlos, da sie nicht blutsverwandt waren.
Eleonora schloss die Augen, schüttelte den Kopf und packte auch das zweite Sandwich aus.

»Iss was, Corinne. Du bist viel zu dünn geworden. Abgesehen davon, ist es nicht wahr, dass du unfähig bist. Es ist nicht deine Schuld, wenn du keine Kinder bekommen kannst.«

»Ich werde Alessandro verlieren, daran führt kein Weg vorbei.«

»Okay, wie du willst. Dann wirst du ihn eben verlieren. Bist du nun zufrieden?«

Daraufhin brach Corinne in Tränen aus, während Eleonora die Augen verdrehte und sich selbst zusammenreißen musste, um nicht loszuweinen. Sich vor ihrer Freundin verletzlich zu zeigen, war das Letzte, was sie in diesem Moment wollte.

»Komm schon, Corinne, beruhige dich. Ihr werdet schon eine Lösung finden. Die Medizin ist heutzutage so weit, es gibt unzählige Möglichkeiten und jede Menge darauf spezialisierte Kliniken, das weißt du genau. Am nötigen Kleingeld, um ins Ausland zu fahren, fehlt es euch ja zum Glück nicht, und wenn du wirklich unfruchtbar bist, könnt ihr immer noch ein Kind adoptieren.«

»Bist du dir eigentlich bewusst, was du da sagst?« Corinne schnäuzte sich die Nase. »Du weißt ganz genau, dass unsere Ehe auf mehr als wackeligen Füßen steht. Die Sache mit dem Kind wird sie zerstören.«

»Was auch immer geschieht, ich bin für dich da. Zwar bin ich nicht Alessandro, aber ich bin für dich so etwas wie ein Zuhause. Jedenfalls war ich es viele Jahre lang, weißt du noch?«

»Ja, klar. Aber ...«

Ein Handy klingelte, es war das von Corinne. Hastig holte sie es hervor, räusperte sich und ging ran.

»Liebling, hallo ... Ja, ich bin unterwegs, komme aber gleich nach Hause ... Ich bin in Florenz bei Eleonora ...

Nein, nein, wir haben nichts Besonderes vor … Was? Tatsächlich? Danke, Liebling, danke! Ich mache mich sofort auf den Weg, bitte rühr dich nicht von der Stelle.« Sie legte auf, warf das Handy in die Handtasche und hastete zur Wohnungstür. Eleonora konnte kaum verstehen, was sie sagte. »Alessandro hat ein Geschenk für mich! Wir hören uns später.«

*Klar, und wie!* Eleonora hatte ihre Funktion als Antistressball vorerst erfüllt und war sicher, dass ihre Freundin nicht noch einmal anrufen würde.

Die vor wenigen Minuten noch tief verzweifelte Corinne tänzelte lachend aus ihrer Wohnung, nur weil ihr Mann ein Geschenk für sie gekauft hatte. Der ganze Schmerz, das Bedauern, sogar die schrecklichen Erinnerungen an die Vergangenheit – all das hatte sich beim ersten warmen Windhauch verflüchtigt.

Eleonora wäre es nie gelungen, ihr Leid von jetzt auf gleich wegzuwischen. Der Schmerz schlug in ihr Wurzeln, immer schon, und war so zu einem Dauergast geworden, wenn auch zu einem vertrauten.

Zwanzig Minuten später rief Alessandro an.

»Hey. Ist Corinne schon weg?«

»Ja. Sie war schneller weg, als ich Ciao sagen konnte. Wie geht es dir?«

»Ich stehe völlig unter Strom. Morgen ist Premiere. Ich sterbe vor Lampenfieber.«

»Sorry, aber ich kann mir beim besten Willen nicht vorstellen, dass du in Panik gerätst.«

»Pah, du wirst schon sehen. Hör zu, heute kommen alle zum Abendessen hier in die Villa. Bist du auch dabei?«

»Gibt es was zu feiern?«

»Wie lautet die richtige Antwort, um dich zu überreden?«

»Die richtige Antwort existiert nicht. Okay, ich bin dabei.«

»Wie schön. Danke, Eleonora.«

»Ich danke dir. Aber sag mal, was hast du Corinne denn geschenkt?«

»Einen Hund. Ich dachte, das passt am ehesten. Damit ist das Thema Kind dann hoffentlich vom Tisch.«

Über der Villa Bruges gingen bereits die Sterne auf, obwohl es noch nicht Abend war.

Unzählige silberne Punkte, die gegen ein viel größeres Licht anfunkelten, das zumindest um diese Tageszeit das Recht hatte, heller zu strahlen als alles andere.

Den Kopf in den Nacken gelegt, schritt Eleonora über den weißen Schotter bis zur Eingangstreppe. Sie war aufgewühlt wie an ihrem ersten Tag an diesem Ort. Es kam ihr sogar so vor, als hörte sie in der Ferne Tierstimmen. Vielleicht war in der Villa Bruges doch nicht alles so statisch, wie sie immer gedacht hatte.

Alessandro empfing sie mit der üblichen herzlichen Höflichkeit, er war einfach der perfekte Hausherr. Eleonora folgte dem Pfirsichduft, den auch seine Hände verströmten, bis in die Küche, wo er offenbar gerade Sangria zubereitete. Der Rotwein von Emanuele und die Pfirsiche von Bruges ergaben gewiss eine höllische Mischung.

»Probier mal«, sagte Alessandro und hielt ihr ein Glas hin.

Eleonora setzte das Glas an die Lippen und trank. Der Geschmack war wunderbar, wenn auch eine winzige Spur zu süß.

»Lecker. Ist Lorena denn gar nicht da?«

»Sie arbeitet nicht mehr hier. Corinne hat das alles nicht gepackt.«

»Corinne ist einfach zu sensibel«, ertönte sofort die Stimme ihrer Mutter in Eleonoras Kopf.

Wie machte Corinne das nur, dass sie immer ihren Willen durchsetzte? Alessandro hatte behauptet, dass er in Lorena verliebt sei, und trotzdem hatte er sie weggeschickt, damit Corinne nicht länger leiden musste. Vermutlich war er noch längst nicht geheilt, und seine Gefühle für Lorena waren nichts weiter als eine harmlose Schwärmerei gewesen, wie bei den vielen Frauen vor ihr.

Eleonora trat in den Hof, wo Denise und Maurizio am Grill standen und sich unterhielten. Sie wirkten ungewöhnlich heiter und gelassen. Eleonora konnte sich nicht erinnern, die beiden jemals so einträchtig gesehen zu haben.

Corinne tollte mit dem Hund über den Rasen. Es war ein Labradorwelpe mit sanften Augen, der alles anknabberte und auf seinen kurzen Beinen unglaubliche Sprünge machte. Corinne wirkte glücklich. Vielleicht würde sie sich mit dem Tier zufriedengeben, wer wusste das schon.

Emanuele traf erst ein, als alle schon am Tisch saßen, zum Glück war er allein. Er ließ seinen muskulösen Körper auf den letzten freien Stuhl sinken und stellte zwei Flaschen Rotwein auf das blütenweiße Tischtuch.

»Ihr solltet mich allmählich mal bezahlen«, sagte er, beugte sich zu Eleonora und küsste sie auf den Mund.

Die Geste erzielte die gewünschte Wirkung, und das nicht nur bei Eleonora. Corinne fing an zu strahlen, und Maurizio stieß seine Frau mit dem Ellbogen in die Seite. Nur Alessandro machte ein finsteres Gesicht.

Prompt konnte er sich nicht beherrschen und stichelte: »Allein hier, Bruderherz? Wie das? Was für eine Enttäuschung, wir sind jedes Mal wieder neugierig auf deine wechselnden Bekanntschaften.«

Emanuele würdigte ihn keines Blickes. »Red keinen Müll. Trink lieber.«

Sofort streckte Alessandro die Waffen. Gut möglich, dass er bloß wegen der Theaterpremiere angespannt und reizbar war. Beim Essen plauderten sie angeregt über alles Mögliche, und allein die Giftpfeile, die Denise in Richtung des Hausherrn abschoss, deuteten darauf hin, dass Alessandros großer Auftritt für sie und Maurizio kein Anlass zur Freude war. Eigentlich hätten sie bei den Sommerfestspielen in Fiesole gemeinsam mit Alessandro auf der Bühne stehen sollen. Stattdessen hatten sie ganz mit dem Theaterspielen aufgehört, da Alessandro die Laienschauspieltruppe aus Zeitgründen nicht mehr leiten konnte.

Als der Welpe sich zum x-ten Mal in sein Hosenbein verbiss und um einen Happen vom Tisch bettelte, stand Emanuele auf. Er brummte etwas von einem »Mistköter« und ging nach draußen, um einen Telefonanruf entgegenzunehmen. Eleonora stellte fest, dass es nur eine Konstante in seinem Leben gab, nämlich das verdammte Telefon, das ohne Unterlass klingelte. Während Corinne den Welpen tröstete, half Eleonora Alessandro beim Abräumen.

»Wir haben keine Haushalthilfe mehr, seit Lorena gegangen ist«, sagte er in der Küche zu ihr, als ob er den Faden eines vor kurzem erst unterbrochenen Gesprächs wieder aufnehmen wollte. »Ich wollte Mina überreden, zu uns zurückzukommen, aber es ist mir nicht gelungen.«

»Ach, wenn alle mithelfen, ist es doch schnell erledigt.«

Alessandro stellte die Teller ins Spülbecken und nahm die Espressokanne aus dem Regal. »Corinne ist ständig müde, jeden Monat glaubt sie wieder, dass sie schwanger ist, und macht dann nur noch das Allernötigste, aus Angst um das Baby. Ihr Getue grenzt bereits an Paranoia. Und

Denise rührt keinen Finger, wie immer. Sie redet sich damit raus, dass sie als Kellnerin in der Bar genug zu tun hat. Maurizio ist der Einzige, der mal mit anpackt.

»Was ist mit dir?«, fragte sie und strich ihm zärtlich über den Rücken, während er Kaffeepulver in die Kanne füllte.

»Was soll mit mir sein? Willst du wissen, ob ich den Haushalt stemme?« Er drehte sich kurz zu ihr um, bevor der sich wieder dem Kaffee zuwandte. »Ich bin der geborene Hausmann.«

»Natürlich. Wie konnte ich das bezweifeln? Du bist ganz schön nervös wegen morgen, nicht wahr?«

»Sehr. Ich bin sicher, dass die Zuschauer nach den ersten Sätzen aufstehen und das Theater verlassen werden. Natürlich nur, um gleich darauf zurückzukommen und im Chor zu rufen: »Nieder mit dir, du Null!«

Eleonora brach in schallendes Gelächter aus und brauchte fast eine Minute, bis sie sich wieder beruhigt hatte. Alessandro schaute sie an, und ein leichtes Lächeln umspielte seine Lippen.

»Nun ja, zumindest scheine ich ja ein bisschen komisches Talent zu haben.«

»Großes sogar. Entschuldige, aber ...« Wieder fing sie an zu lachen und konnte nicht mehr aufhören.

»Wenn du fertig bist, sagst du mir Bescheid, okay?«

»Ich bin so weit, es ist vorbei. Das Stück wird ein Riesenerfolg, du wirst schon sehen.«

»Warten wir's ab. Schaust du danach noch kurz bei mir in der Garderobe vorbei?«

»Sicher. Ich werde mich einfach an Corinne dranhängen.«

»Ich bin mir nicht sicher, ob sie kommt.«

»Was? Wohin?«, fragte sie verwirrt, wie fast immer, wenn Alessandro sich mit ihr unterhielt.

»In die Garderobe. Sie ist von der ganzen Aktion nicht gerade begeistert. Ursprünglich wollte sie nicht mal zur Premiere kommen.«

»Hör auf, mich zu veralbern.«

»Ich schwör's dir. Sie ist der Meinung, dass ich bereits einen Job habe und das Theater viel zu viel Zeit beansprucht. Und sie hat Angst, dass ich mich von ihr entfernen könnte, wenn ich eine Karriere als Profischauspieler starte.«

Zuerst das Kind, das sich nicht einstellen wollte, dann die Theaterkarriere. Alles war in Corinnes Augen eine Bedrohung und ein Grund für Alessandro, sich von ihr zu entfernen. Im Grunde verstand Eleonora ihre Freundin. Es war anstrengend, sich ständig schuldig zu fühlen, ohne dass man gesündigt hatte. Deshalb musste man auch nach Gründen im Außen suchen, wenn man verlassen wurde, vor allem wenn man von Kindheit an immer wieder Ablehnung erfahren hatte.

»Es wird schon vorbeigehen«, sagte Alessandro, als handelte es sich um eine Neuigkeit.

Da er so unverblümt und ehrlich zugab, dass sie in vielen Punkten recht gehabt hatte, blieb Eleonora nichts anderes übrig, als ihn zu trösten – wenn auch auf ihre Art.

»Du hast Corinne geheiratet, obwohl du sie nicht liebst«, begann sie und sah ihm direkt in die Augen. »Nichtsdestotrotz verbinden euch viele kleine Dinge, vor allem aber stillt ihr gegenseitig ein sehr tiefes Bedürfnis beim anderen. Du kannst deine Schuld abbüßen, auch wenn sie völlig irrational ist, dafür kann Corinne weiterhin in ihrer Phantasiewelt leben und sich einbilden, dass sie Wurzeln geschlagen hat. Ihr seid wie füreinander geschaffen. Eure Ehe wird nicht so leicht scheitern.«

Alessandro schwieg ein paar Sekunden lang. Manchmal, wenn er sich mit Eleonora unterhielt, hatte es den Anschein, als bräuchte er etwas Zeit, um ihre Worte zu verstehen und herauszufinden, ob sie ihn gerade verletzen oder heilen wollte.

»Offenbar bist du zu ein paar Überzeugungen gelangt«, sagte Alessandro und bemühte sich vergeblich um einen unbeschwerten Tonfall.

»Es ist lediglich meine Meinung, die sich auf das stützt, was ich weiß. Du hast mir zu verstehen gegeben, dass du Corinne niemals geheiratet hättest, wenn du vorher gewusst hättest, was dir damals widerfahren ist.«

»Stimmt genau.«

»Warum?«

»Weil ich dann auch den Grund gekannt hätte, warum meine Beziehungen immer nur oberflächlich sind. Mit der Zeit wäre ich womöglich geheilt worden, worauf ich immer noch hoffe, um ehrlich zu sein. In meiner Amnesie gefangen, dachte ich immer, dass ich keine Alternative im Leben habe, verstehst du? Ich dachte, ich könnte sowieso nichts verändern, weil es für meine Unfähigkeit keinen konkreten Grund gab. Ich dachte einfach, ich wäre nicht in der Lage, jemanden wirklich zu lieben, das ist alles.«

Eleonora kämpfte gegen das Verlangen an, ihn zu umarmen. Liebend gern hätte sie ihr Leben geopfert, um Alessandro bis in den letzten Winkel seiner neuen Lebenshälfte zu folgen. Nur leider konnte, leider durfte sie ihm das nicht sagen.

»Eleonora ...«

Sie hob den Kopf, begegnete seinem Blick und sah in seinen Augen etwas, das sie nicht sehen durfte. Dennoch ließ sie nicht locker.

»Was ist?«

»Du machst ein Gesicht, als ...«

»He, ihr beiden! Michela ist da und will mit uns anstoßen.« Maurizio kam beschwingt in die Küche gestürmt und sah sie erwartungsvoll an.

Eleonora wollte ihm schon in den Salon folgen, da packte Alessandro sie am Arm und hielt sie fest. Erschrocken drehte sie sich um.

»Wir müssen zu den anderen«, sagte sie.

Nach kurzem Zögern gab er sie frei.

# 18

Die Straße, die von der Villa Bruges zu Emanueles Hof führte, zog sich ganz schön, wenn man nicht die Abkürzung durch den Wald nahm. Es war eine seltsame Gleichung: Je schneller man dort ankommen wollte, desto weiter war der Weg, den man zurücklegen musste.

Während sie neben Emanuele im Auto über die Landstraße fuhr, kam es Eleonora so vor, als wären sie auf einer Reise. Alles kam ihr fremd vor, der graue Asphalt im Kegel der Scheinwerfer ebenso wie das weiße Licht des Mondes und der reflektierende Seitenstreifen.

Mit den Daumen trommelte Emanuele auf das Lederlenkrad, im Rhythmus einer Musik, die er nur in seinem Kopf hörte, wobei die silbernen Anhänger, eine Kralle und ein Wolfskopf, an seinem Kautschukarmband im Takt hin und her wippten.

»Bist du endlich fertig?«

Sogar seine Stimme klang fremd.

»Womit?«

»Mich zu mustern.«

Eleonora lächelte nur und blickte durch die Windschutzscheibe. Vor ihnen erhob sich der Hof im schneeweißen Lichtkegel der Autoscheinwerfer, während die geballte Dunkelheit darum die Mauern fast unsichtbar machte. Nichts regte sich, nicht einmal die Pferde waren zu hören.

Es schien, als ob sich die Stille von der Villa Bruges bis zu den Lichtungen im Wald ausbreiten würde.

»Ich habe dich bloß bewundert. Ist dir das etwa unangenehm?«

»An mir gibt es nicht viel zu bewundern.«

Kaum hatte er den Motor ausgeschaltet, löste Eleonora den Sicherheitsgurt. Emanuele war offensichtlich schlecht gelaunt. Dann erst bemerkte sie June auf der Eingangstreppe, und das Blut stockte ihr in den Adern.

Eleonora zündete sich eine Zigarette an und blieb an den Wagen gelehnt stehen, während Emanuele auf seine schwangere Exfreundin zuging.

Eine ungewöhnlich kühle Brise war aufgekommen und vertrieb die Feuchtigkeit der vergangenen Tage. Alles wirkte auf einmal leichter, alles, außer Junes Bauch, der sich herausfordernd unter ihrem geblümten Sommerkleid abzeichnete.

June sagte etwas und verschränkte dabei die Hände, als ob sie beten würde. Emanuele sah über sie hinweg zu den Ställen, möglicherweise hatte das Wiehern, das die Stille durchbrach, seine Aufmerksamkeit erregt. Es fiel Eleonora nicht leicht, den Stimmen der beiden das richtige Gewicht beizumessen. In der fast vollkommenen Stille lag selbst in den schwächsten Geräuschen eine gewisse Dringlichkeit.

Emanuele schüttelte den Kopf, flüsterte June etwas ins Ohr und trat zur Seite, als wollte er sie vorbeilassen. Eleonora merkte, wie sich ihr Puls beschleunigte.

Das war ganz gewiss nicht das Leben, das sie wollte. Trotzdem schaffte sie es nicht, sich davon zu trennen und ein anderes zu suchen.

Als June den Hof verließ, ging sie an ihr vorbei. Eleonora hob den Kopf und schaute sie an, nur einen Augenblick lang, dann lief sie eilig ins Haus.

Emanuele wirkte heiter und gelassen. Eine Zigarette zwischen den Lippen stand er in der Küche und goss Wasser in eine Pfanne. Dann entzündete er die Gasflamme und hielt sich in einer beinahe femininen Geste schützend eine Hand vor die Haare, damit sie nicht versengten.

»Alles in Ordnung?«, fragte Eleonora, da er keine Anstalten machte, mir ihr zu sprechen.

»Aber ja doch.«

»Was wollte sie?«

»Zu mir zurück. Sie meinte, dass ein Kind mit seinem Vater und seiner Mutter aufwachsen sollte und dass wir dafür ein Opfer bringen müssen. *Wir*, verstehst du? Das Opfer schließt immerhin auch sie ein, das arme Ding.«

»Was hast du darauf gesagt?«

Emanuele setzte sich an den Küchentisch und wartete darauf, dass das Wasser anfing zu kochen. Wozu er es wohl brauchte?

»Dass sie sich auch allein opfern kann. Sie wird eine perfekte Mutter sein.«

»Ich kann nicht glauben, dass dir so gar nichts daran liegt.«

»An wem? An dem Kind? Natürlich liegt mir etwas an dem kleinen Wurm. Keine Frage, ich werde meine Vaterpflichten ernst nehmen, aber das bedeutet nicht, dass ich mit einer Frau zusammenleben werde, die ich nicht liebe. Ich bin kein Märtyrer. Ich bin nicht Alessandro.«

Eleonora entspannte sich augenblicklich, doch die Erleichterung, die in ihr aufstieg, war ihr unangenehm. Mit welchem Recht freute sie sich darüber, dass Emanuele nicht mit June zusammenleben wollte? War sie etwa seine Freundin, gar seine Partnerin? Liebte sie ihn womöglich?

»Das sagst du ständig. Immer dieses ›Ich bin nicht Alessandro. Ich bin nicht mein Bruder.‹ Musst du dir das selbst einreden?«

»Wahrscheinlich ja.«

Bei diesem Eingeständnis wurde Eleonora sofort schwach. Emanuele hatte auf fast alles eine Antwort parat, während sie eine wahre Meisterin im Fragenstellen war. Antworten konnte sie dagegen nur selten geben.

Eleonora stand auf und sah nach dem Wasser in der Pfanne, das bereits zu sieden begann. Sie steckte sich die Haare hoch, entblößte dabei den Nacken und bekannte sich so unbewusst zu ihrer Zerbrechlichkeit.

Erneut folgte die Antwort auf der Stelle. Emanuele trat hinter sie und drückte seine Lippen auf die Halswirbel unter den feinen Strähnen, die sich aus dem Haarknoten gelöst hatten.

»Wozu brauchst du das Wasser?«

»Der Heizkessel ist kaputt«, sagte Emanuele und küsste ihren Halsansatz. »Du kannst dich nicht mit kaltem Wasser waschen, selbst im Sommer nicht.«

Eleonora wunderte sich über die Äußerung. Offenbar sah und bemerkte Emanuele mehr Dinge, als sie sich hätte vorstellen können. Als sie sich kennengelernt hatten, hatte er auf sie oberflächlich und egoistisch gewirkt, und der erste Eindruck lässt sich bekanntlich nur schwer korrigieren, und zwar unabhängig davon, wie viel Zeit man miteinander verbringt. Es fühlte sich an, als trieben sie in einem Fixierbad, in dem immer wieder dieselbe Aufnahme herumschwappte, obwohl jemand mit der Kamera ständig neue Fotos schoss.

»Was ist?«, fragte Emanuele amüsiert. »Verblüfft dich das etwa?«

»Ja.«

»Wieso? Alessandro ist nicht der einzige Mensch auf dieser Erde, der zu einer freundlichen Geste fähig ist. Allerdings macht er mit seiner aufgesetzten Dauerliebenswürdigkeit die Gesten anderer hinfällig.«

Eleonora seufzte, denn Emanuele hatte gerade den Nagel auf den Kopf getroffen.

»Ich verstehe dich nur zu gut. Mit Corinne geht es mir ganz genauso.« Ihr entfuhr ein Hüsteln, als sie bemerkte, dass Emanuele erregt war. Sie hatte sich noch immer nicht daran gewöhnt, dass er sie immerzu und überall begehrte. Die Erektion war nicht nur ein Zeichen seines Verlangens, sondern stand zugleich für die Macht, die sie früher oder später auf ihn würde ausüben können. Zumindest hoffte sie das.

»Ich erzähle dir jetzt mal eine Geschichte«, sagte Emanuele an ihrem Ohr, und als hätte er sie gerade mit seiner Stimme liebkost, schloss sie sehnsüchtig die Augen. »Aber vorher zieh dich bitte aus.«

Er ging ins Wohnzimmer, setzte sich auf das Sofa und wartete, während sie noch immer in der Küche stand und überlegte, ob sie den Herd ausmachen sollte.

Schließlich gehorchte sie einfach und tat, was er von ihr verlangte. Neben den vielen seltsamen und unverständlichen Dingen, die ihr in den letzten Monaten in der Villa Bruges widerfahren waren, war auch etwas ganz Wunderbares geschehen: Eleonora hatte begonnen, ihren Körper zu lieben. All die Makel, die sie bloß daran erinnerten, wie unvollkommen ihre Seele unter der dünnen Hautschicht war, nahm sie kaum noch wahr. Stattdessen setzte sich der Gedanke in ihr fest, dass ihr Körper schlicht schön sein musste, so wie Emanuele ihn behandelte. Die Heftigkeit, mit der er sie jedes Mal aufs Neue nahm, war keineswegs respektlos, sondern grenzte fast schon an Verehrung.

Eleonora zog sich das Kleid über den Kopf, öffnete den BH und legte ihn auf einen Stuhl. Den Slip ließ sie einfach zu Boden fallen, damit sie sich nicht bücken musste. Sie wollte nicht albern wirken, nachdem sie sich selbst endlich ernst zu nehmen begann.

»Jetzt bist du dran«, sagte sie leicht verlegen zu Emanuele und wusste erst nicht, wo sie ihre Hände lassen sollte.

Sie stützte sie schließlich in die Hüften, die bereits vor Verlangen vibrierten.

»Komm her und setz dich.«

Emanuele deutete auf das andere Ende des Sofas. Mit angehaltenem Atem kam Eleonora der Aufforderung nach und nahm Platz, doch dann streckte sie die Beine auf den frisch duftenden Sofakissen aus, rutschte ein Stück zu ihm hin und bettete den Kopf auf die weiche Armlehne. Im Liegen fühlte sie sich attraktiver.

Emanuele beugte sich zu ihr und ließ die Hände auf der Innenseite ihrer Oberschenkel entlangwandern.

*Vielleicht hätte ich mich mehr zieren sollen, damit er sich um mich bemühen muss,* überlegte Eleonora. Doch er hatte sie bereits völlig in seinen Bann gezogen. Der Blick aus seinen dunklen Augen, die Wärme seiner Hände auf ihren Schenkeln, die Erinnerung daran, wie er sanft die Konturen ihrer Knie nachfuhr – all das verwirrte sie zutiefst.

»Ich war neulich bei Lorena«, sagte er und zog mit dem Daumen eine imaginäre Linie vom Zwerchfell bis zum Schambereich, der, wie von ihm gefordert, fast komplett epiliert war. »So ist es gut.«

Eleonora versuchte die leicht herablassende Anerkennung in seinem Blick zu ignorieren und konzentrierte sich ganz auf den Daumen, der nun ihre Klitoris umkreiste.

»Bei ...«

»... Lorena, ganz genau.«

Emanuele hörte nicht auf sie zu streicheln, als er sich auszuziehen begann. Geschickt schälte er sich mit einer Hand aus den Kleidern und unterbrach die süße Folter nur kurz, um seine Hose aufzuknöpfen und abzustreifen. Eleonora fühlte sich, als hätte sie gerade eine schallende Ohrfeige bekommen. Der Kontakt war abgebrochen, ein schmerzhafter Riss durchzuckte ihren Unterleib.

Im nächsten Moment legte Emanuele sich auf sie und beherrschte sie sofort mit seinem einfach nur perfekten Körper. Eleonora musste nichts weiter tun, als reglos dazuliegen und zu genießen. Während ihr Geist sich entspannte, reagierte ihr Körper immer heftiger, alles ganz von selbst.

Sie sah Emanuele nur selten völlig nackt, was vermutlich besser so war. Beim Anblick seiner wohlgeformten Muskeln machte sich sofort Befangenheit in ihr breit. Wenn sie so reglos und zerbrechlich dalag wie jetzt, war er jedes Mal völlig verrückt nach ihr.

»Was hast du bei Lorena gemacht?«, fragte sie zwischen zwei erstickten Atemzügen.

»Ich habe etwas gesucht. Es war nicht weiter schwer.«

»Erklär's mir.«

Emanuele lag nach wie vor auf ihr und hielt ihre Hüften mit beiden Händen fest. Offenbar wollte er noch nicht in sie eindringen. Vielleicht wollte er wirklich von seinem Besuch bei Lorena erzählen.

»Sie bekommt tatsächlich Post aus Frankreich, von einer Freundin. Sie heißt Michelle Lacroix.«

Eleonora öffnete ganz leicht den Mund, was ihn ablenkte. Er beugte sich über sie und saugte spielerisch an ihren Lippen, während er mit den Händen ihre Brüste umfasste.

»Aber das ist bloß Tarnung«, fuhr er fort, in Wahrheit stammen die Briefe von ihrem Vater.«

Eleonora stockte der Atem, und sie schlug instinktiv die Hand vor den Mund. Emanuele schob sie weg und hielt ihre Arme fest, um sie weiter ungestört küssen zu können. Tausend Dinge wirbelten ihr gleichzeitig durch den Kopf und prallten dabei immer wieder heftig aneinander. Einerseits Emanuele auf ihr, seine Zunge in ihrem Mund, sein harter Penis, der gegen ihren Bauch drückte, andererseits

Lorenas Wohnung und die seltsamen Briefe, dann wieder Emanueles Hand zwischen ihren Beinen, wie er sie mit der flachen Hand stimulierte, sie rieb, dabei mehrfach mit den Fingern in sie hinein- und wieder herausglitt und nasse Spuren auf ihren Schenkeln hinterließ.

»Ich hätte es dir nicht erzählen sollen«, jammerte Eleonora und presste die Beine zusammen, damit er die Finger nicht zurückziehen konnte. Aber es nützte nichts. »Das war ein Fehler.«

»Nein, es war richtig.«

Er umfasste ihre Beine und legte sie sich um die Hüften. Ihre Pobacken schwebten in der Luft, und Eleonora konnte sich nicht mehr bewegen. Wieder einmal hatte er sie zur Reglosigkeit verdammt. Ihr wurde schwindelig, und sie schloss die Augen.

»Oh nein, nicht doch«, sagte Emanuele sogleich und umfasste ihr Gesicht. »Sieh mich an, Eleonora. Ich will dir in die Augen sehen. Ich liebe das Funkeln darin, wenn du meinen Schwanz in dir spürst.«

Eleonora öffnete die Augen wieder, wenn auch widerstrebend. Sie beobachtete Emanuele dabei, wie er sie vögelte, und betrachtete auch sich selbst, erst von oben, dann von der Seite und schließlich aus einer Ecke des Raumes. Dort stand eine Vitrine, in der sich ihre Körper spiegelten, und Eleonora sah fasziniert zu, wie sie über der Sitzfläche des Sofas zu schweben schien, während Emanuele sie mit jedem einzelnen seiner Stöße auf den Höhepunkt zutrieb. Ein langgezogenes Stöhnen entfuhr ihr, und sie konnte nicht mehr damit aufhören. In der Glasscheibe spiegelte sich eine Frau, die ihr völlig unbekannt war. Zuzusehen, wie diese Frau von ihrer Lust beherrscht wurde, hatte eine beinahe hypnotische Wirkung auf sie.

»Es gefällt dir also, dir dabei zuzusehen. Gut so!«

*Wie schafft er es bloß immer, die Kontrolle zu behalten?*, dachte sie. *Wie bekommt er es hin, sich derart auf mich zu konzentrieren, obwohl er kurz vorm Höhepunkt ist?* Aber es war nur ein flüchtiger Gedanke, dann erregte die Frau in der Vitrine wieder ihre Aufmerksamkeit, während Emanuele sie noch ein Stückchen weiter anhob, um noch tiefer in sie eindringen zu können. Das alles tat er mit einer Selbstbeherrschung, die alles Irdische geringzuschätzen schien, selbst den Sex, den sie gerade hatten.

Als Eleonora kam, schaute sie sich dabei zu. Sie erlebte den Höhepunkt zweimal, einmal selbst und einmal in ihrem Spiegelbild. Während sie noch ganz benommen und zitternd dalag, drehte Emanuele sie auf den Bauch und drang erneut in sie ein. Jetzt, nachdem er gegeben hatte, war er sicher, sich seinen Teil nehmen zu dürfen.

Eleonora spürte das warme Sperma auf dem Rücken und ließ sich entspannt in die Kissen sinken, während er sie sanft umdrehte, damit sie wieder auf der Erde landen konnte.

»Was willst du von mir? Warum tust du das alles mit mir?«, fragte sie so leise, dass Emanuele es nicht hörte.

Eleonora war froh darüber, denn es war eine dumme Frage, die nicht einmal sie selbst verstand. Vielleicht hatte die andere Frau sie gestellt, jene junge und schöne Frau, die sich in der Scheibe der Vitrine gespiegelt hatte.

Im Dunkeln konnte Eleonora frei und ohne zu stottern sprechen.

Sie lag neben Emanuele, den Kopf auf seiner Brust und trotz der Hitze mit einem Leintuch bedeckt, während er ihr Haar streichelte. Sie lagen da wie in einem normalen Bett in einem normalen Haus, in dem ein stinknormales Liebespaar wohnte. Das alles war so beruhigend, dass es beinahe wahr zu sein schien.

»Du warst damals noch ein kleiner Junge«, murmelte Eleonora und rieb die Nase an seiner duftenden Brust. »Lass es lieber bleiben.«

»Ich kann nicht.«

»Wie bist du in Lorenas Wohnung gekommen? Und wie an die Briefe? Wie hast du herausgefunden, dass sie von ihrem Vater sind?«

»Drei Fragen in einem einzigen Atemzug. Darin bist du echt unschlagbar.«

Eleonora lachte erleichtert auf. Sie hatte keine Strafe zu erwarten, weil sie sich zwischen Emanuele und den Kelch der Rache gestellt hatte.

»Wenn wir der Reihe nach vorgehen, ist es vielleicht einfacher. Also, wie bist du in Lorenas Wohnung gekommen?«

»Zusammen mit ihr. Ein kleiner Ausflug, ein gemeinsamer Kaffee, und schon war sie total aufgekratzt. Ihr Leben war bisher wohl nicht allzu aufregend, daher versucht sie, jetzt einiges nachzuholen, das arme Ding.«

Wie versteinert saß Eleonora da. »Was willst du mir damit sagen?«, fragte sie, und ihre Stimme klang trotz aller inneren Erregung fest.

»Gar nichts. Ich erzähle es dir, und fertig.«

»Warst du mit ihr im Bett?«

»Nein, Herrgott noch mal! Du bist ja geradezu besessen davon. Obwohl, wenn ich gewollt hätte …«

»Wusst ich's doch.«

»Sie hat mich zu sich eingeladen. Einfach so, noch beim Kaffee. Sie war ziemlich angespannt und hat immer wieder betont, wie verwirrt sie ist, seit sie in der Villa Bruges arbeitet.«

»Ach.«

»Ach?«

»Vergiss es.«

»Nein, erklär es mir.«

»Ein Déjà-vu, Emanuele, nichts weiter. Ich gebe nur ungern Banalitäten von mir.«

Emanuele strich Eleonora wieder übers Haar. Womöglich dachte er gerade darüber nach, dass dies eine gute Gelegenheit wäre, um mit ihr einmal ausführlich über Alessandro zu reden.

»Jedenfalls«, er hatte sich wohl für die Kurzvariante entschieden, »habe ich sie irgendwann losgeschickt, um etwas zu trinken zu besorgen. Sie hatte nämlich nichts im Haus.«

»Du hast sie einfach weggeschickt und bist alleine in ihrer Wohnung geblieben?«

»Ja. Schließlich wollte ich ein bisschen herumstöbern.«

»Und sie ist tatsächlich gegangen?«

»Na klar. Ich kann sehr überzeugend sein, wie du weißt. Und Lorena ist total unerfahren. Menschen wie sie sind leicht zu manipulieren.«

»Großer Gott.«

»Nein, kein großer Gott, nur ein kleiner Trick. Jedenfalls, kaum ist sie aus dem Haus, ziehe ich die Schubladen auf. Hektisch lese ich irgendwelche Briefe, und zwar ganz schön viele. Eine männliche Handschrift, dazu immer mal wieder die Anrede »meine Kleine«. Mir war sofort klar, dass Michelle bloß ein Deckname ist. Lorena hält per Post mit ihrem Vater Kontakt. *Old school*, verstehst du? E-Mails sind ihnen wohl zu unsicher. Ich gehe davon aus, dass es sich bei ihm um einen ziemlich großen Fisch handelt. Deine Intuition hat dich also nicht getrogen, Eleonora.«

»Was hast du jetzt vor?«

»Keine Ahnung. Ich denke schon eine ganze Weile darüber nach.«

»Ich glaube, dass …«

»Hör auf.«

»Ich glaube, dass es an der Zeit ist, das Ganze einfach zu vergessen.«

»Ich hab dir doch schon gesagt, dass ich das nicht kann.«

Ein Handy klingelte, und Eleonora merkte erst nach einer Weile, dass es ihr Telefon war. Widerstrebend stieg sie aus dem Bett und kramte in ihrer Handtasche, die noch in der Küche lag. Es war Corinne.

»Was ist los?«, sagte sie ohne Begrüßung. »Es ist fast Mitternacht.«

»Entschuldige. Ich wollte dir bloß eine Gute Nacht wünschen.«

»Was du nicht sagst. Gute Nacht.«

»Bist du gerade bei Emanuele?«

»Ja.«

»Wirst du zu ihm ziehen?«

Eleonora wandte sich zum Schlafzimmer um, wo Emanuele in der Schublade des Nachttischchens nach Zigaretten suchte. Seine Rückenmuskeln waren angespannt, das Leintuch bedeckte nur knapp die Hüften.

»Ja«, hörte sie sich sagen, wenn auch nicht sehr überzeugend.

»Oh, das freut mich sehr für dich. Wollen wir morgen etwas früher ins Theater gehen, was meinst du? Wir könnten um sieben hier losfahren.«

»Einverstanden.«

Emanuele zündete sich eine Zigarette an und musterte Eleonora durch die offene Tür. Mit zwei Kissen unter dem Kopf lag er da, während seine Haare wie winzige Schlangen über die weiße Seide zu kriechen schienen, und wartete.

»Dann bis morgen. Gute Nacht.«

»Gute Nacht, Corinne.«

# 19

*Die Lerche war's, die Tagverkünderin,*
*Nicht Philomele; sieh den neid'schen Streif,*
*Der dort im Ost der Frühe Wolken säumt.*
*Die Nacht hat ihre Kerzen ausgebrannt,*
*Der muntre Tag erklimmt die dunst'gen Höhn;*
*Nur Eile rettet mich, Verzug ist Tod.*

Ganz vorsichtig veränderte Eleonora die Position ihrer Beine auf dem kalten Quader des römischen Theaters, auf dem sie saß. Sie war völlig fasziniert von den im Halbkreis angeordneten antiken Sitzreihen und der perfekten Akustik. Nur etwas mehr Licht hätte sie sich gewünscht, um beides genießen zu können: Alessandros Stimme und das atemberaubende Panorama. Sie warf einen kurzen Blick in den Himmel, sozusagen als Ausgleich dafür, dass die grünen Felder und Bäume nicht mehr zu erkennen waren. Erstaunt betrachtete sie den sternenbesetzten schwarzen Mantel über ihr, dann wandte sie sich wieder dem am hellsten leuchtenden Stern zu.

»Verzug ist Tod«, sagte Alessandro gerade, und aus seinem Mund klang der Vers noch tragischer, als es das Stück erforderte.

Plötzlich hörte Eleonora einen schrecklichen Laut, der unter einem ganzen Berg aus flüchtigen Erinnerungen verschüttet gewesen war und vergeblich darauf gehofft hatte, jemals wieder an die Oberfläche zu gelangen.

Sie schüttelte den Kopf, als ob sie eine Fliege verscheuchen wollte, und konzentrierte sich dann wieder auf Alessandro und die Leute um sie herum, die wie gebannt zuhörten.

Alessandro war ein echter Publikumsmagnet, er zog die Aufmerksamkeit der Zuschauer mit einer Leichtigkeit auf sich, wie es allein wahren Talenten vorbehalten ist. Er spielte seine Rolle mehr als gut, ohne jeden Zweifel, aber da war noch etwas anderes, das über seine bravouröse Darbietung hinausging. Es musste seine ganz spezielle Art sein, sich auf der Bühne zu bewegen, als wären er und seine Julia alles für ihn. Als wäre dies sein echtes Leben und nicht bloß ein Theaterstück und als wäre gar kein Publikum da.

Seine Schönheit ließ alles erstrahlen und verlieh sogar den Komparsen, die als Soldaten aus den Kulissen auftauchten und wieder verschwanden, eine besondere Magie.

Als der Vorhang fiel, standen die Zuschauer spontan auf und wollten gar nicht mehr aufhören zu klatschen und zu johlen. Von diesem Augenblick an war Alessandro nicht mehr nur Alessandro. Er war vielmehr Romeo und all die anderen Rollen, in die er noch schlüpfen würde.

Corinne neben ihr weinte, ob vor Glück oder Verzweiflung war nicht zu erkennen, und sogar Denise klatschte stürmisch. Maurizio und Emanuele johlten aus vollem Hals, während Alessandro sich vorne auf der Bühne wieder und wieder verneigte.

Es waren berauschende und zugleich schwierige Momente für Eleonora. Der Ruhm, der da gerade dem Mann zuteilwurde, den sie liebte, stellte ihn auf ein noch höheres Podest, hob sein Talent noch besser hervor und machte ihn noch begehrenswerter als bisher. Der Moment, als die

Leute von den Steinbänken aufsprangen, stellte alles in den Schatten, selbst ihr unbändiges Verlangen nach Emanuele.

Eleonora schimpfte sich eine dumme Gans und versuchte, ihre Gefühle zu unterdrücken – vergeblich. Die Seelenqualen und die Sehnsucht ließen sie einfach nicht los.

Sie mussten sich anstellen, um zu den Künstlergarderoben zu gelangen. Eleonora tat, als hörte sie Denise zu, die irgendwelche technischen Details von Theateraufführungen erläuterte, dabei lauschte sie unbemerkt den begeisterten Reaktionen der Leute. Sie ertappte sich dabei, dass sie innerlich frohlockte wie eine stolze Ehefrau.

Nach einer halben Stunde waren sie endlich an der Reihe und wurden zu Alessandro vorgelassen. Als sie eintraten, drängten sich gut ein Dutzend Personen in der engen Garderobe, alles ihr unbekannte Menschen, die ihn umarmten, ihm die Hand schüttelten, ihm gratulierten.

Irgendwann griff Alessandro Eleonora am Arm und zog sie zu sich heran. Vor ihm stand ein Mann in Begleitung einer älteren Dame und philosophierte gerade darüber, mit welcher Kraft die universelle Liebe in der Balkonszene zum Ausdruck gekommen sei.

Alessandro beugte sich zu Eleonora herunter. »Stimmt es, dass du zu Emanuele auf den Hof ziehen willst?«

Die Frage hallte noch einige Minuten in ihr nach, während Alessandro sich weiter mit dem theaterbegeisterten Zuschauer unterhielt. Welchen Sinn hatte diese Frage ausgerechnet am Abend seines großen Triumphs? Hätte nicht vielmehr in diesem Moment, wenn sich der Adrenalinspiegel langsam senkte und die Anspannung nachließ, sein einziger Gedanke sein müssen, dass er es geschafft hatte?

Die anfängliche Verwirrung machte bald Gewissheit Platz. Na klar, Corinne! Ihre Freundin hatte sie am Vorabend angerufen, um sich zu vergewissern, dass alles nach Plan ablief. Vermutlich dachte Corinne, von ihrer eigenen Unsicherheit zermürbt, dass Alessandro das Interesse an Eleonora verlieren würde, wenn sie erst mit Emanuele zusammenlebte. Kaum hatte sich also der aus ihrer Sicht wunderbare Verdacht bestätigt, war sie zu ihrem Mann gelaufen, um ihm die Neuigkeit unter die Nase zu reiben.

*Eine gute Nacht wolltest du mir gestern wünschen, nicht wahr, meine liebe Freundin?*

Jedes Mal, wenn sie sich Emanuele auch nur einen Schritt näherte, brauchte Alessandro eine Bestätigung, und jedes Mal war es, als ob er ihr einen Befehl erteilte.

*Verdammt!*

Eleonora blieb Alessandro die gewünschte Antwort schuldig und bahnte sich einen Weg durch die immer noch vor den Künstlergarderoben stehende Menschenmenge. Durch einen der Notausgänge ging sie nach draußen, um sich eine Zigarette anzuzünden.

Es war bereits Mitternacht, in Kürze würden sie in einem Lokal in Florenz auf die erfolgreiche Premiere anstoßen.

Eine Frau in einem langen Kleid, nur wenige Schritte von ihr entfernt, rauchte ebenfalls. Obwohl sie beide in einer unbeleuchteten Ecke standen, wusste Eleonora sofort, dass es Michela war. Eleonora erkannte sie an ihrem eleganten Schwanenhals, der durch den strengen und zugleich sinnlichen Haarknoten noch betont wurde.

Michela telefonierte.

»Ein Triumph, sage ich dir, ein wahrer Triumph. Dieser Mann gehört mir, und zwar in jedem Sinn.«

*Von wegen! Träum weiter.*

Als Eleonora sich im Spiegel überm Waschbecken auf der Toilette betrachtete, fand sie sich alt und hässlich. Das Make-up hatte sich in den Knitterfältchen abgesetzt, die sich seit etwa einem Jahr um ihre Augen bildeten und aussahen wie Narben aus verlorenen Schlachten. Dass niemand außer ihr die Falten bemerkte, machte sie nicht weniger real, noch machte es die Wunden weniger schmerzhaft. Zum Glück war das Licht im Lokal gedämpft.

Wieder an ihrem Platz, konzentrierte sich Eleonora auf ihr Essen, da alle Anwesenden gerade beschäftigt waren. Alle außer ihr. Von einem Moment auf den anderen fühlte sie sich fehl am Platz. Die Gäste gehörten alle mehr oder weniger demselben Freundeskreis an und hatten viele gemeinsame Gesprächsthemen.

Eleonora ging zum Tresen, um den dritten Wodka zu bestellen, und suchte den Raum nach Denise ab, die sie seit gut einer Stunde nicht mehr gesehen hatte. Sie spekulierte darauf, dass Denise etwas Gras dabeihatte, das würde hoffentlich ihre angespannten Halsmuskeln lockern.

»Bitte sehr.«

Die Stimme des Kellners ließ Eleonora zusammenfahren. Sie nahm das Glas entgegen und stieß einen leisen Fluch aus. Nichts war nerviger, als wenn sie es nicht schaffte, wieder runterzukommen. Was hatte Alessandro sie denn schon gefragt?

*Willst du mich heiraten? Willst du mich lieben? Willst du mit mir schlafen?* Nein. Er hatte sie bloß gefragt, ob sie vorhatte, zu seinem Bruder auf den verdammtem Hof zu ziehen.

Allerdings hatte er die Frage in einem denkbar seltsamen Moment gestellt, das stand außer Zweifel.

Eleonora ging an Emanuele vorbei, der in einer Ecke mit Lorena plauderte. Sie sah ihn an, ohne den Kopf zu drehen, weil sie dachte, dass Lorena nicht bemerkt werden wollte. Bevor sie jedoch auf die Terrasse hinausgehen konnte, packte Emanuele sie am Arm.

»Wo gehst du hin? Ich habe dich den ganzen Abend nicht gesehen.«

»Ich war die ganze Zeit hier«, erwiderte sie verstimmt. »Hallo, Lorena.«

Lorena grüßte sie mit einem Nicken. Sie hatte die Haare ebenfalls zu einem Chignon hochgesteckt und trug dazu Jeans und eine kurzärmelige Bluse. Möglicherweise war sie gar nicht eingeladen, sondern hatte Alessandro nur kurz gratulieren wollen.

Eleonora sah sich nach Corinne um. Heute Abend würde sie es nicht ertragen, wenn ihre Freundin eine Szene machte.

»Ich gehe eine rauchen«, sagte sie zu Emanuele.

»Okay, ich komme gleich nach.«

Eleonora warf einen letzten Blick auf Lorena, die seltsam unruhig wirkte, und bekam eine Gänsehaut.

Was, wenn Lorena gar nicht hergekommen war, um Alessandro zu gratulieren, sondern um mit Emanuele zu sprechen. Über etwas Wichtiges?

Als Eleonora sich abwandte, fiel ihr Blick auf einen Leberfleck, der sofort ihre Aufmerksamkeit erregte. Er befand sich genau unter dem linken Ohr von Lorena. Allerdings war er deutlich größer als das Muttermal von Annalisa und hatte auch eine andere Form. Dennoch war es rein theoretisch möglich, dass das Muttermal im Laufe der Jahre größer geworden war.

Panik erfasste Eleonora und sie flüchtete sich auf die Terrasse. Warum sollte die Tochter des Mafioso, der Alessandro entführt hatte, ihn nach so langer Zeit aufsuchen? Was zum Teufel wollte sie von ihm? Waren sie etwa alle in Gefahr? Schließlich wollte Emanuele sich nach wie vor rächen. Er wollte den Mann, der seinen Bruder entführt und damit ihrer aller Leben zerstört hatte, leiden sehen. Immerhin wollte er den Mann nicht töten, sondern ihm nur Leid zufügen.

Was war wohl der größte Schmerz für einen Mann? Für einen Vater?

Eleonora steckte sich eine Zigarette zwischen die Lippen und sah einer Gruppe Jugendlicher auf der Straße nach. Die Teenager waren laut und ausgelassen. Sie musste daran denken, dass auch sie früher manchmal solche Momente erlebt hatte. Daran, dass es richtig wäre, auch heute noch unbeschwert zu sein. Wenigstens ab und zu. Daran, dass sie nach ihrer Jugend und dem Desaster von damals durchaus eine Entschädigung verdiente.

Jemand hielt ihr ein Feuerzeug unter die Nase, und sie fuhr zusammen. Es war Alessandro.

»Hast du mich vielleicht erschreckt.« Sie zündete die Zigarette an und blies den Rauch aus. »Ich war völlig in Gedanken.«

»Woran hast du gedacht?«

Alessandro lehnte am Geländer wie ein müder Kater, den sie am liebsten spontan gestreichelt hätte. Der Nebel der Ablösung, der wie ein Schleier über seinen Augen lag, war nach dem Kraftakt von eben dichter als sonst und ließ Alessandro attraktiver wirken denn je.

»Das möchtest du lieber nicht wissen.«

Alessandro zündete sich ebenfalls eine Zigarette an, legte den Kopf in den Nacken und blies den Rauch in den schwarzen Nachthimmel.

»Gib mir wenigstens einen Hinweis. Ich entscheide dann, ob ich es wissen möchte oder nicht.«

»Vergiss es. War bloß ein Witz. Wie auch immer, du warst sehr gut heute Abend.«

Alessandro wandte sich zu ihr um und betrachtete ihr Profil, während er versuchte, in ihren Gedanken zu lesen. Eleonora wusste, dass sie ein Rätsel für ihn war – einer ihrer wenigen Pluspunkte.

»Ist das alles? Sehr gut?«

»Reicht dir das denn nicht?«

»Du bist wütend. Warum?«

»Bin ich nicht.«

»Stimmt es denn, dass du mit meinem Bruder zusammenziehen wirst?«

»Warum stellst du mir ständig diese Frage?«

»Weil es mich schier verrückt macht.«

Eleonora musterte ihn eingehend. Bisher hatte sie ihm standgehalten, doch nun hatte er eine Grenze überschritten. »Alessandro, bitte.«

»Was denn?«

»Sei still. Jedes Mal, wenn du den Mund aufmachst, bringst du mein ganzes Leben durcheinander. Sei bitte konsequent und halt dich gefälligst selbst an das, was du von mir verlangt hast. Ich möchte dich dringend bitten, mir aus dem Weg zu gehen.«

So, jetzt war es heraus. Jener Satz, den sie von Beginn an hätte sagen sollen. Gleich beim ersten Mal, als er sein Interesse an ihr bekundet hatte, nur um sich ihr wenige Tage später zu entziehen. Wer oder was ihr den Mut zu diesem Satz gegeben hatte, blieb ihr ein Rätsel.

»Du hast recht«, sagte er mit ernster Miene. »Bitte verzeih mir.«

Er schwieg, stellte sich ihr jedoch in den Weg, und das war gefährlich. Eleonora hätte ihm nur zu gerne die Maske der Gleichgültigkeit vom Gesicht gerissen und seinen sinnlichen Mund freigelegt.

Da trat jemand auf die Terrasse, und Alessandro entfernte sich schleunigst, wobei er wieder menschliche Gestalt annahm – wenigstens für einen Augenblick.

»Lasst euch nicht stören«, sagte Emanuele, der mehr mitbekommen hatte, als ihnen lieb sein konnte.

»Sei kein Idiot, Emanuele. Eleonora hat mir gerade die tolle Neuigkeit erzählt. Herzlichen Glückwunsch, Bruderherz. Obwohl ich lieber Hochzeitsglocken gehört hätte. Es wird langsam Zeit, dass du unter die Haube kommst, findest du nicht?«

Fassungslos starrten sie Alessandro an. Emanuele verblüfft, Eleonora baff und entrüstet zugleich.

*Was redet er da?* »Ich, äh ...«

»Immer schön eins nach dem anderen«, kam Emanuele ihr zuvor. Er sah seinem Bruder direkt in die Augen und machte das Spiel trotz seiner Verblüffung mit.

»Nun denn, dann will ich mal zu meinen Fans zurückkehren«, scherzte Alessandro und wandte sich zum Gehen.

Emanuele folgte ihm hastig, und einen Moment später stand Eleonora alleine auf der Terrasse. Möglicherweise brauchte er Zeit, um den nächsten Schritt zu planen, überlegte sie.

Gegen halb drei kamen sie nach Hause.

Emanuele hatte während der ganzen Fahrt kaum ein Wort geredet. Eleonora hatte ein- oder zweimal versucht, etwas zu sagen, doch die Worte waren ihr im Hals stecken geblieben.

Als sie auf dem Hof ankamen, zündete Emanuele sich eine Zigarette an und stellte das Radio aus. Möglicherweise war er zu einem wichtigen Schluss gekommen.

Eleonora hätte viel dafür gegeben zu erfahren, worüber er während der Fahrt nachgedacht hatte. Vor allem die kleinen Details, die Verbindungsstücke, die die einzelnen Ereignisse miteinander verbanden, interessierten sie brennend. Sie beneidete ihn zutiefst.

»Ich muss also erst von meinem Bruder erfahren, dass du dich entschieden hast, mein Angebot anzunehmen.«

*Nein, Emanuele. Ich habe nicht die Absicht, mit dir zusammenzuleben.*

»Ich wollte dich überraschen, aber dein dämlicher Bruder hat alles ruiniert.«

Wer hielt hier eigentlich die Fäden ihres Lebens in den Händen und zog daran? Ihre Vergangenheit?

Auf einmal saß Eleonora die Angst vor der Zukunft wieder im Nacken, aus Gründen, die die beiden Brüder nicht nachvollziehen konnten. Sie hatte nicht den Mut gehabt, den leichteren Weg einzuschlagen und bei der Wahrheit zu bleiben, was bedeutet hätte, mit ihrer Einsamkeit zu leben. Wenn man vor etwas Angst hat, dann ist es so gut wie unmöglich, sich zu fügen.

Allzu oft hatte Eleonora geglaubt, Wurzeln schlagen zu können, der Liebe eines anderen Menschen würdig zu sein, doch jedes Mal hatte sie versagt. Viel zu oft.

Sie wusste, dass sie Emanuele für immer verlieren würde, wenn sie zugeben würde, dass alles ein großes Missverständnis war. Emanuele hatte die Situation genutzt, um ihr eine letzte Chance zu geben.

Er lachte.

»Alessandro ist ein Idiot, ich weiß. Er war schon immer eine Spaßbremse. Würdest du mir denn freundlicherweise verraten, wann das freudige Ereignis stattfinden soll? Vergiss nicht, dass ich nächsten Monat mit den Pferden auf den Agriturismo umziehe.«

*Stimmt, wann?*

»Ich dachte ... ich dachte ...«

»Du denkst, ich weiß es. Also wann?«

»In einem Monat, dachte ich. Dann müsste ich bloß einen Umzug organisieren, den von Florenz zu dir.«

»Mmh.«

»Ich habe immerhin eine Kündigungsfrist einzuhalten.«

»Stimmt.«

»Und noch ein paar andere Dinge zu regeln.«

»Das Wichtigste verschweigst du mir, Eleonora, das spüre ich.« Emanuele machte den Motor aus und stieg aus. Er hatte eine ungewöhnliche Bewegung auf dem Paddock wahrgenommen. »Verdammt, hier stimmt etwas nicht.« Er kletterte über den Zaun und ging in Richtung Futtertrog.

Eleonora, die neben dem Auto wartete, wickelte sich den Seidenschal um, weil ihre Kehle brannte. Ihr war kalt. Möglicherweise bekam sie eine Erkältung.

Gemeinsam kehrten sie zum Hof zurück, und Eleonora bemühte sich, ein Gespräch in Gang zu bringen, obwohl ein brennender Schmerz und der Kloß im Hals sie quälten.

»Ich sage dir immer alles«, murmelte sie, während Emanuele die Haustür aufschloss.

»Du lügst.«

»Alles, ehrlich.«

»Ich bin mir sicher, dass du mir etwas verheimlichst. Und das Schlimmste daran ist, dass du es auch vor dir selbst verheimlichst.«

Drinnen verschwand Emanuele sofort im Bad, und kurz darauf hörte Eleonora das Wasser in der Dusche rauschen.

Er ließ ihr Zeit, wieder einmal. Genügend Zeit, um eine Antwort zu finden.

Aber sie war noch nicht bereit. Im Moment war sie lediglich in der Lage, elementare Fragen zu beantworten, die keinen Einfluss auf ihr weiteres Leben hatten.

# 20

Eleonora liebte es, wenn Emanuele sie im Halbschlaf nahm. So war es leichter, die Passivität, die er von ihr einforderte, und die Lust, die sie dabei empfand, vor sich selbst zu rechtfertigen.

Sie fing an zu träumen, sah zwei Mädchen auf einer Wiese, die beim Picknick spielten. Es war kalt dort, und Eleonora zog das Leintuch bis zu den Schultern hoch. Emanuele presste seinen Körper an ihren Rücken, schob die Finger zwischen ihre Beine und flüsterte ihr etwas ins Ohr. Eleonora konnte nicht verstehen, was er sagte, aber es war auch nicht wichtig, der Klang seiner Stimme genügte, um sie zu erregen.

Emanuele schob sie unter sich und drang mit einer einzigen schnellen Bewegung seines Beckens in sie ein. Mit geschlossenen Augen lag Eleonora da und stieß einen leisen Seufzer aus, wohl wissend, dass er ihre Reaktion erwartete. Sie spreizte die Beine noch etwas mehr und spürte, dass er nun tiefer in sie eindrang, bis er mit einem Zucken kam und ihm für einen kurzen Moment die Sinne schwanden – immerhin. Emanueles Selbstbeherrschung machte es ihr nahezu unmöglich, seine Erregung zu genießen, sie musste sich damit begnügen, ihn irgendwie zu erstaunen, um ihm eine Reaktion zu entlocken. Manchmal öffnete sie ihm die Hose, während er telefonierte, und nahm seinen Penis in den Mund. Ein andermal legte sie sich so hin, dass er besonders tief in sie eindringen konnte, so wie an jenem Morgen. Wann immer es ihr gelang, ihn zu überraschen, verlor er für einen Augenblick die Beherrschung, und sie entlockte ihm ein Stöhnen, das allein einen Orgasmus wert war.

Eleonora kam zum Höhepunkt, kurz bevor das Telefon klingelte. Offenbar hatte sie vergessen, es am Abend zuvor auszuschalten. Mit der linken Hand angelte sie nach dem Handy auf dem Nachttischchen, aber Emanuele war schneller und ging einfach ran.

Ihr verschlug es die Sprache, auch wenn sie nicht genau sagen konnte, warum.

Keine Frage, er hatte gerade ihre Privatsphäre verletzt, was unverzeihlich war, aber in ihrer Empörung schwang auch noch etwas anderes mit.

»Ja bitte?«, antwortete Emanuele und rückte von ihr ab, als hätte er sie nie berührt. Völlig entspannt ließ er sich in die Kissen sinken, weder erschöpft noch außer Atem.

»Hallo, Sonia ... Nein, du hast die richtige Nummer gewählt ... Stören? Ach was, ich habe sie bloß gerade gevögelt«, sagte er und lachte. Sicher lachte Sonia amüsiert mit. »War bloß ein Scherz, entschuldige. Ich gebe sie dir gleich ... Ja, klar, komm ruhig vorbei, dann lernen wir uns mal kennen. Bis später dann.«

Damit hielt er Eleonora das Telefon hin, und sie nahm es ihm ab, ohne den Blick von ihm abzuwenden. Sie war erhitzt, hatte rötliche Wangen und war davon überzeugt, dass sie kein Wort herausbringen würde. Nachdem sie sich geräuspert hatte, sagte sie mit halbwegs fester Stimme: »Sonia?«

»Eleonora! Wer war das? Etwa der tolle Hecht, den wir in Borgo San Lorenzo gesehen haben? Was für eine Stimme, was für ein Humor, ich will auch so einen Kerl. Er hat nicht zufällig einen Bruder?«

»Vergiss es. Wie geht es dir?«

»Gut. Entschuldige, dass ich dich um die Uhrzeit schon anrufe. Wir sind gerade unterwegs zu Mama, das heißt, ich und Roberto. Ehrlich gesagt sind wir sogar schon in Florenz. Hast du zufällig Zeit für einen Kaffee? Ich komme gerne bei dir vorbei. Dein Lover hat es mir schließlich angeboten. Passt es dir auch?«

»Mit Roberto?«

»Nein, nein, nur ich.«

»Na klar, ich freu mich. Ich muss nur kurz duschen, dann hole ich dich auf der Piazza in Borgo San Lorenzo ab, wo wir uns letztes Mal getroffen haben. Ich bin nicht bei mir zu Hause, und sein Hof ist nicht so leicht zu finden.«

»Er hat einen Bauernhof? Wie interessant. Also gut, ich melde mich noch mal, sobald ich in Borgo San Lorenzo bin.«

»Okay ...«

Eleonora legte auf und lehnte sich nachdenklich zurück. Sie freute sich zwar, Sonia wiederzusehen, ihre einzige Vertraute aus der Zeit, als sie mit Roberto zusammen gewesen war. Aber dass sie hierher auf den Hof kommen würde, beunruhigte sie. Es war, als hätte Eleonora, seit die anderen sie in den Kreis der Villa Bruges aufgenommen hatten, eine Tür zugemacht und würde nun davor Wache schieben. Alles in Bruges war instabil, konnte sich jederzeit ändern und verlorengehen. Man durfte sich nicht für einen Moment ablenken lassen, nicht einmal von einer lieben Freundin wie Sonia. In Bruges war alles möglich. Sogar zwei Brüder zu lieben.

*Zwei Brüder. Lieben.*

Eleonora wandte sich wieder Emanuele zu. Offenbar schnitt sie dabei eine Grimasse, denn er wirkte amüsiert.

»Was ist? Hätte ich nicht rangehen sollen?«

»Du hast ein schlechtes Gewissen, gut so. Wenigstens bist du dir darüber im Klaren.«

»Ach, komm schon. Das war doch bloß Spaß. Meinst du, dass ich dich diesmal geschwängert habe? Ich glaube, ja.«

*Was zum Henker soll das nun schon wieder?* »Emanuele, du bist nicht ganz dicht.«

»Ich? Mir geht es blendend. Wieso?«

»Was soll dieser Quatsch, mit dem du jeden dritten Tag daherkommst? Du wirst demnächst Vater, wie viele Kinder willst du denn noch?«

»Wart's ab. Es ist nicht sicher, dass ich der Vater bin. Außerdem möchte ich ein Kind von *dir*.«

Eleonora blieb der Mund offen stehen. »Du meinst es also ernst? Ohne Witz?«

»Natürlich meine ich es ernst. Du etwa nicht?«

Sie wusste nicht, was sie darauf antworten sollte, deshalb sah sie einfach nur zu, wie er aufstand, sich wusch und ankleidete.

Eleonora war eine Träumerin, doch selbst sie musste sich hin und wieder der Realität und damit auch diesem Mann stellen, der mit den Füßen fest auf dem Boden stand und attraktiver war als der dämonische Verführer auf den Heiligenbildchen, ein schwarzer Engel mit durchdringenden Augen, so dunkel, dass man die Pupillen nicht erkennen konnte. Sie stand ebenfalls auf, um sich für das Treffen mit ihrer Freundin zurechtzumachen. Sonia war Teil ihrer Vergangenheit, die sie ab und zu einholte und sie zwang, ihren Standort neu zu bestimmen.

Unverhofft musste sie an ihre Mutter denken. Sie hätte Rita anrufen und fragen sollen, ob sie von ihrem spanischen Häuschen aus das Meer sah oder wenigstens die Vögel zwitschern hörte.

»Ach, wie herrlich!«

Sonia war hellauf begeistert vom Anblick der schnaubenden und tänzelnden Pferde und sah zu, wie Emanuele ohne Hast in Richtung Koppel ging, um sie zu beruhigen. Schwer zu sagen, ob sie den Ort, die Tiere oder den Naturburschen meinte, der sich um sie kümmerte.

»Wohnst du hier?«

»Nein, noch nicht. Vielleicht sogar nie. Ich kann es dir nicht sagen.«

Lachend schaute Sonia sie an. »Zum Glück weißt du mal wieder ganz genau, was du willst.«

»Das hab ich doch noch nie.«

»Eben. Aber ich bin immer davon ausgegangen, dass du dich früher oder später irgendwo niederlassen würdest. Du weißt schon, wenn nur der richtige Mann käme, für den es sich lohnen würde.«

»Emanuele zieht in Kürze um, vielleicht sogar mit mir.«

»Was hält dich davon ab? Außer deiner üblichen Annahme, dass du der Liebe eines anderen nicht würdig bist, die inzwischen, sagen wir mal, ziemlich veraltet ist, meine Liebe.«

»Ich bin in seinen Bruder verliebt.«

Erneut waren ihr die Worte einfach so herausgerutscht, wie bunte Murmeln, die sie nicht mehr unter Kontrolle hatte. Sie waren wie von selbst über ihre Zunge gerollt, zwischen den Lippen hervorgekullert und auf dem Boden aufgeschlagen, und das obwohl sie sich die Hand unter das Kinn gehalten hatte.

Sonia machte ein Gesicht wie jemand, der gerade etwas gehört hat, das er sich lieber nur vorgestellt hätte, um es hinterher mit all seinen Freundinnen bei einem Kaffee zu besprechen. Gemeinsam mit der Betroffenen würden sie darüber lachen, als handele es sich bloß um eine Filmszene.

»Was soll das heißen?«

»Komm rein, ich mach dir schnell einen Kaffee. Roberto wartet sicher schon auf dich und wird langsam ungeduldig.«

Eleonora wandte sich zum Haus um, doch Sonia packte sie am Arm und hielt sie zurück.

»Es tut mir leid, dass du in dieser schwierigen Lage bist und mir nie etwas davon erzählt hast. Wir beide haben uns einmal sehr nahegestanden. Du hast mir damals viele Dinge anvertraut, die man nur wahren Freundinnen erzählt. Dinge, von denen nicht einmal Roberto etwas gewusst hat.«

»Ich weiß, Sonia.«

»Was ist passiert? Warum hältst du mich heute aus deinem Leben fern? Du meldest dich so gut wie nie, rufst nicht zurück, wenn ich dir eine Nachricht hinterlasse …«

»Gar nichts ist passiert. Wir leben nun mal in zwei verschiedenen Städten, da ist es ganz normal, dass unsere Freundschaft nicht mehr so eng ist wie früher. Das ändert doch nichts daran, dass wir uns mögen.«

»Das ist kein Trostpflaster für mich, Eleonora. Sag mir, was hier vor sich geht.«

Als das Telefon läutete, war Eleonora dankbar für die Ablenkung. Es war Alessandro. Sie tat genervt, formte mit den Lippen ein stummes »Entschuldige bitte« und nahm den Anruf entgegen.

»Ja?«

»Eleonora.« Ihr Name schnellte wie ein Geschoss aus seinem Mund.

»Hallo, Alessandro.«

»Kannst du bitte zur Villa kommen?«

Die Dringlichkeit in seiner Stimme beunruhigte sie nicht weiter. Alessandro hatte diesen Ton häufig drauf. Wenn er etwas brauchte oder wollte, war grundsätzlich Eile geboten.

»Nicht jetzt. Ich habe gerade eine Freundin zu Besuch und ...«

»Corinne geht es total mies. Sie hat wieder eine Panikattacke.«

*Wieder?* »Wie bitte?«

»Ja, und diesmal kann ich sie nicht beruhigen. Sie schreit und weint schon seit Stunden. Ich bitte dich, Eleonora, komm vorbei.«

Es war keine Bitte, sondern ein Befehl, das wusste Eleonora sehr gut. »Was hast du mit ihr gemacht?«

»Soll das ein Witz sein? Frag nicht so viel, sondern komm her. Bitte.«

»Na gut. Gib mir fünf Minuten.«

Sie legte auf und schaute Sonia mit derart untröstlicher Miene an, dass ihre Freundin sich sofort Sorgen machte.

»Was ist passiert?«

»Corinne geht es nicht gut. Ich muss zu ihr.«

»Ja klar, geh nur. Aber versprich mir, dass du dich bald meldest, okay? Ich hoffe, es ist nichts Ernstes ...« Sonia nahm ihre Hand und schaute sie voller Zärtlichkeit an. »Es wird Zeit, dass du aufhörst, sie immer beschützen zu wollen. Sie ist eine erwachsene Frau, und du hast ihr alles gegeben, was du konntest. Sogar weit mehr als das.«

»Es ist nichts Ernstes, aber ich muss kurz zu ihr«, erwiderte Eleonora, ohne auf den Rat ihrer Freundin einzugehen. Sie winkte Emanuele zu, der gerade die Pferdekoppel verließ. »Ich muss kurz rüber zur Villa, Corinne geht es nicht gut. Wärst du so lieb und bringst Sonia nach Borgo San Lorenzo zurück?«

»Ja klar. Nimm Weihwasser und einen Rosenkranz mit!«, rief Emanuele keineswegs beunruhigt.

Seine Miene war so ernst, dass Sonia spontan lachen

musste. Sofort schlug sie sich die Hand vor den Mund, als wäre es eine Beleidigung.

Eleonora schaffte es, Corinne zu beruhigen und ins Bett zu bringen. Sie schloss die Fensterläden im Schlafzimmer, da das Halbdunkel immer schon eine beruhigende Wirkung auf die Freundin gehabt hatte.

Corinne litt keineswegs an Panikattacken, sondern hatte manchmal waschechte hysterische Anfälle. Alessandro war nur nicht in der Lage, den Unterschied zu erkennen. Eleonora schon, und zwar nur zu gut.

Wenn man beharrlich so tut, als würde man weder Verbitterung noch Wut empfinden, dann verschmelzen diese beiden Gefühle irgendwann und verwandeln sich in Jähzorn. Die Sache war simpel, dennoch hatte bisher kein Arzt die richtige Diagnose gestellt, wenn die sanfte Corinne alle sechs, sieben Monate von einem Moment auf den anderen nicht wiederzuerkennen war. Eine unbeherrschbare Kraft nahm dann von ihrem Körper Besitz, und sie fing an zu schreien, zu weinen, zu toben und Dinge zu zerstören.

»Sie ist so ein friedfertiger Mensch«, hatte ein Psychologe einmal gesagt, worauf Rita eifrig genickt hatte. Eleonoras Mutter hatte damals beschlossen, Corinne ohne das Einverständnis ihrer Eltern untersuchen zu lassen. Als wäre Friedfertigkeit ein Charakterzug, dabei müssen die meisten sich dauerhaft und schmerzlich darum bemühen. Kein Mensch ist durch und durch friedfertig, vielmehr wird ein jeder von wiederkehrenden Spannungen erfasst, die manchmal zu Tage treten, meist aber im Verborgenen bleiben und dort verkümmern. Das wusste Eleonora nur zu gut.

»Entschuldige«, sagte Corinne leise. Sie schwitzte noch immer, und ihre Hände zitterten, aber ihre Stimme klang wieder sanft.

Eleonora streichelte ihr über die Stirn, so wie sie es früher getan hatte, als Corinnes aufdringliche, erpresserische Zuneigung noch nicht jede ihrer freundlichen Gesten und ihre Nächstenliebe untergraben hatte.
»Wofür denn? Geht es dir jetzt besser?«
»Ja.«
»Möchtest du etwas trinken?«
»Nein danke. Ich will nur schlafen.«
»Gut. Dann lasse ich dich jetzt allein, okay? Wenn du mich brauchst, dann ruf mich.«
»Ist gut.«
Auf einmal war Corinne wieder das kleine Mädchen, das Eleonora vor vielen Jahren gekannt hatte. Als sie ihre Freundin zudeckte, krallte Corinne die Hände in das Leintuch, offenbar über sich und ihr Verhalten zutiefst entsetzt. Sie hatte es immer schon vorgezogen, in ihrer Vollkommenheit unmenschlich zu sein, und eine der Folgen davon war, dass ihr Körper in regelmäßigen Abständen dagegen rebellierte.
Eleonora zog die Tür vorsichtig hinter sich zu und bemerkte Alessandro, der nur wenige Schritte von ihr entfernt an die Wand gelehnt dastand. Sie ging zu ihm hinüber.
Er hörte auf, das geometrische Muster des Parkettbodens zu studieren und richtete den Blick auf Eleonora. Manchmal wirkte er richtiggehend beunruhigend.
»Wie geht es ihr?«
»Besser.«
»Ich habe ihr nichts getan.«
»Das hat auch keiner behauptet.«
»Aber du hast mich gefragt.«
Die Wörter hüpften zwischen ihnen hin und her, wobei sie wie Gummibälle von den Mauern zurücksprangen, die ein jeder von ihnen errichtet hatte, um zu überleben.

»Das war keine Andeutung oder so. Seit wann geht es ihr denn so schlecht? Ist irgendetwas Besonderes vorgefallen, das sie aufgewühlt hat?«

»Nach dem Frühstück habe ich mir noch schnell einen Kaffee gemacht und dabei erwähnt, dass ich nach London fliegen muss. Geschäftlich und auch nicht zum ersten Mal. Da ist sie urplötzlich ausgeflippt.«

Eleonora verzichtete darauf, ihm zu erklären, was da passiert war. Was wusste er schon von dem Orkan, der seit Jahren in seiner süßen kleinen Ehefrau tobte und jederzeit loszubrechen drohte? Er stand kurz vor einer einschneidenden Veränderung und war gerade dabei, sich ein neues Leben aufzubauen, während Corinne jede noch so kleine Veränderung hasste. Sie war glücklich und zufrieden mit ihrem Leben, hatte die ersehnte Beständigkeit erreicht, ein Nest gebaut, das ihr Sicherheit gab.

»Vermutlich habe ich alles falsch gemacht«, sagte Alessandro und senkte den Blick. »Ich hätte sie längst verlassen sollen.«

»Alessandro …«

»Warum soll ich mein Leben für Corinne opfern? Warum soll ich sie in dem Glauben lassen, dass wir miteinander glücklich sind, und sie so daran hindern, wahres Glück zu finden?«

»Du hast es neulich selbst gesagt, erinnerst du dich denn nicht mehr? ›Ich werde sie nie lieben, sie wird nie einen anderen Mann lieben. Wir werden zusammen glücklich sein.‹ Oder so ähnlich.«

»Ja, ich erinnere mich. Aber da war ich noch ein anderer.«

»Du bist zu viele andere.«

»Stimmt. Nur, was soll ich jetzt tun? Mir einen Strick nehmen? Sterben?«

Eleonora schloss die Augen. Dieser komplizierte, schreckliche und zugleich unverschämt attraktive Mann ließ sie einfach nicht in Ruhe.

»Hör auf, ich bitte dich.« Sie spürte seine Hände auf ihrem Gesicht und war gezwungen, die Augen zu öffnen. »Du fliegst also nach London«, sagte sie, und ihr Kinn bebte.

»Ja, aber ich bleibe nicht lange.« Alessandro kam noch näher, umfasste ihr Gesicht mit beiden Händen. »Bald. Mein Gott ...«

Dann küsste er sie, als hätte er nichts anderes erwartet, von nichts anderem geträumt, und Eleonora konnte es kaum fassen. Das war zu viel für sie.

»Ich bleibe nicht lange«, sagte er noch einmal, wie ein Mantra, und leckte ihr zärtlich über den Mund, liebkoste ihre Lippen, die Zunge. Er schmeckte so was von gut, wie alles, wonach sie je gesucht hatte, und dennoch war es schier unerträglich, sich damit begnügen zu müssen.

»Wartest du auf mich, Eleonora?«

»Ja, ich warte auf dich.« Sie fuhr Alessandro durch die Haare und umarmte ihn fest, um ihn gleich darauf hastig wegzustoßen. »Ich warte auf dich. Aber jetzt lass mich bitte gehen.«

»Gehst du zu ihm? Wirst du mit ihm schlafen?«

»Lass mich, bitte. Ich kann das nicht.«

»Ich auch nicht.« Alessandro umfasste sie grob und schob sie vor sich her in eines der Schlafzimmer. »Ich auch nicht.«

»Ich flehe dich an, Alessandro. Ich habe noch den Geruch deines Bruders auf der Haut, und Corinne liegt im Zimmer nebenan. Sie hat gerade schreckliche Stunden hinter sich.«

»Stimmt.«

Alessandro warf sie auf das Bett, verschränkte seine Finger mit ihren auf dem Leintuch, das zart nach Talkumpuder duftete.

Es war unmöglich, ihm zu widerstehen, dennoch gelang es Eleonora. Sie wand sich aus seiner Umarmung und sprang auf. Angewidert wechselte ihr Blick zwischen Alessandro und dem Bett hin und her. Nicht wegen dem, was er gerade hatte tun wollen, sondern wegen dem, was er nicht getan hatte.

Wie konnte er nur?

Eleonora starrte ihn unverwandt an und las dieselbe Frage in seinen Augen. Welche Frau konnte ein solches Geschenk zurückweisen? Sie musste verrückt sein. Verrückt, dumm und undankbar dazu.

Sie schluckte mehrfach, noch immer völlig aufgewühlt von dem unerwarteten Kuss und dem Gewicht von Alessandros Körper auf ihrem. Sie wusste nicht, wie ihr geschah, doch auf einmal fragte sie sich nicht mehr, warum sie Alessandro Vannini zurückgewiesen hatte, sondern für wen sie es getan hatte.

Für Corinne? Vielleicht. Für Emanuele? Nein, auf keinen Fall.

*Oder vielleicht doch?*

Alessandro setzte sich aufs Bett, noch ganz benommen von der Zurückweisung. »Entschuldige«, sagte er. »Das hätte ich nicht tun sollen.«

»Nein, hättest du nicht.«

»Ich werde mein Leben in Ordnung bringen. Und dann komme ich und hole dich. Nur dass du es weißt.«

Nach der ersten Verblüffung war der Magier offenbar zu dem Schluss gekommen, dass sie ihn nur zurückgewiesen hatte, weil er verheiratet war. Übrigens mit Eleonoras ältester Freundin.

»Ich will nicht, dass du Corinne meinetwegen verlässt.«

»Ach, nein?« Sein Blick war ein Schlag unter die Gürtellinie.

*Wenn du jetzt stotterst, bring ich dich um*, sagte Eleonora zu sich selbst. Sie wollte unter allen Umständen selbstsicher und bestimmt wirken, auch wenn sie das Gefühl hatte, dass jemand sie dazu zwang, sich überaus vorsichtig zu bewegen.

»Ich ... Weil ... Es geht nicht, dass ...« Sie hustete, kämpfte gegen die Tränen der Enttäuschung an und siegte. »Ich will nicht mit diesem Schuldgefühl leben. Ich will nicht so leben wie du.«

»Ach, nein?«

Alessandro stellte immer wieder dieselbe Frage, er kam ihr schon vor wie Corinne, wenn sie mal wieder die Augen vor der Wirklichkeit verschloss.

»Ich dachte, du liebst mich, Eleonora.«

»Das tue ich auch.«

»Okay, ich hab's verstanden. Du glaubst mir nicht.«

»Na ja, das auch.«

»Ich werde dich umstimmen.«

»Und Emanuele? Was ist mit ihm?«

»Mit ihm ...« Alessandro ließ den Blick durch den Raum schweifen, auf der Suche nach einem Anhaltspunkt, um besser nachdenken zu können. »Wenn du ihn nicht liebst, ist das nicht meine Schuld. Keine Sorge, er wird sich damit abfinden. Vor Jahren hat sich mal eine Frau, in die wir beide verliebt waren, für ihn entschieden. Und was habe ich getan? Habe ich sie deshalb umgebracht? Nein. Glaub mir, Eleonora, Emanuele hat einen großen Vorzug, und zwar die enorme Fähigkeit, sich nach Niederlagen wieder aufzurappeln.«

Die letzte Bemerkung machte Eleonora erst recht wütend, was sie sich ebenfalls nicht erklären konnte. »Emanuele ist überhaupt nicht so, wie du ihn beschreibst. Er ist kein bisschen oberflächlich. Manchmal verwechselt man eine gewisse Distanziertheit mit Oberflächlichkeit, aber das sind zwei verschiedene Dinge. Ein oberflächlicher Mensch ist innerlich leer. Wer dagegen auf Distanz geht, ist innerlich randvoll und muss deshalb vorsichtig sein. Das weißt du genauso gut wie ich, immerhin hast du es selbst mal gesagt. Aber dann hast du von einem Tag auf den anderen aufgehört, deinen Bruder zu verteidigen, und ich verstehe nicht, wieso.«

So, nun hatte sie es ausgesprochen, und Alessandro akzeptierte es – einfach so. Er hatte immer geglaubt, er wäre seinem Bruder nicht böse, obwohl Emanuele ihn den Entführern quasi ausgeliefert hatte, doch das stimmte nicht. Möglicherweise hatte er auch bloß so getan, als wäre er ihm nicht böse. Völlig unverhofft erwachte nun der Wunsch nach Rache in ihm. So unglaublich es sich anhören mag, aber Alessandro reagierte auf die Enthüllung mit einem der grausamsten menschlichen Gefühle: Groll.

Aus der Ferne durchbrach Corinnes Rufen ihre Gedanken. Sie verlangte lautstark nach ihrem Mann.

»Die Dinge ändern sich, Eleonora. Auch ich verändere mich und damit meine Sicht auf die Welt«, sagte Alessandro und ging an ihr vorbei, ohne sie anzusehen. »Danke, dass du vorhin sofort hergekommen bist. Bitte richte deiner Freundin schöne Grüße aus und sag ihr, es tut mir leid. In der Villa Bruges wird in nächster Zeit so manches gären und schwelen, irgendwie herrscht Umbruchstimmung. Aber bitte versprich mir eines: Geh nicht fort, schließlich will ich wissen, wohin ich kommen muss, um dich zu holen, wenn ich so weit bin.«

Damit trat Alessandro in den Flur und eilte in Richtung Corinnes Zimmer. Eleonora sah ihm nach. Er war so stark, so bestimmt. Dabei hätte er nach allem, was ihm zugestoßen war, auch ganz anders sein können. Er hätte genauso gut darauf verzichten können, doch es sah so aus, als hätte er zum ersten Mal in seinem Leben ein Ziel vor Augen.

Vielleicht gelang ihr das ja ebenfalls – irgendwann.

# 21

Ferien sind alles andere als angenehm, wenn man gerade nicht weiß, wohin mit sich. Eleonora kannte das nur zu gut, denn ihre überzeugendsten Ideen hatte sie am Lehrerpult in dem neuen, trostlosen Klassenzimmer des Privatgymnasiums entwickelt, an dem sie seit vergangenem September unterrichtete.

Während der drei Monate dauernden Sommerferien war es naheliegend, in die Villa Bruges zurückzukehren, ein Ausflug in eine andere Welt, ohne die Möglichkeit zur Rückkehr. Manchmal dachte sie, sie könnte ewig so weiterleben, einerseits vor Verlangen nach Emanuele fast vergehen, andererseits Alessandro Küsse und Versprechen abringen.

Da sie viel freie Zeit hatte, sich nichts mehr wünschte als eine gute Ausrede, um Emanuele endlich verlassen zu können, und ihr nichts Absurdes mehr fremd war, beschloss Eleonora an diesem Morgen, ihren Lover zu beschatten. Sein seltsames Verhalten beim Frühstück hatte ihr den entscheidenden Vorwand geliefert.

Als sie ihn zum Einkaufen hatte begleiten wollen, hatte er sofort abgewiegelt, noch dazu mit einer völlig dämlichen Begründung. »Nein, nein, geh du mal lieber spazieren. Der Tag ist viel zu schön, um ihn in einem Einkaufscenter zu verbringen«, hatte er in einem Ton gesagt, der keine Widerrede duldete.

Misstrauisch geworden, hatte Eleonora gewartet, bis er weggefahren war, um in ihr Auto zu hasten und ihm zu folgen. Wie befürchtet war Emanuele gar nicht in das Einkaufscenter am Stadtrand von Florenz gefahren, sondern nach Borgo San Lorenzo. Er hatte den Wagen in der Nähe der Piazza geparkt und hatte zu Fuß den Weg zu Annalisas Haus eingeschlagen. Kurz vor dem Palazzo, in dem sie wohnte, war er jedoch in eine Seitenstraße abgebogen und zu Lorena gegangen.

Ihn vor der fremden Tür stehen zu sehen, versetzte Eleonora einen Faustschlag in die Magengrube, im nächsten Moment fühlte sie sich wie von einer unsichtbaren Hand gewürgt. Plötzlich durchschaute sie die präzisen Leugnungsmechanismen, die in der Villa Bruges herrschten. Es war deutlich angenehmer, so zu tun, als liefe alles wie gewünscht, als den Tatsachen ins Auge zu blicken. Mühelos hatte Eleonora jene Wirklichkeit mitgestaltet, die in der Villa vorherrschte.

Nun krampfte sich ihr der Magen zusammen. Das Bild von Emanuele, der gerade Lorenas Palazzo betrat, passte schlecht zu jenem Wirklichkeitsentwurf, den Eleonora im Kopf abgespeichert hatte. Ihre Alarmglocken schrillten, ernsthafte Gefahr war im Verzug.

Eleonora blieb nichts anderes übrig, als sich ihr zu stellen. Ihr Instinkt verlangte lautstark nach einer Aussprache mit Lorena. Sie wollte Emanueles Absichten in Erfahrung bringen und war sich zugleich im Klaren darüber, dass er sie niemals verraten würde. Gleichzeitig wollte sie ihn und sich selbst schützen, vor allem aber wollte sie ihn von diesem wahnwitzigen Vorhaben abbringen. Aber dafür musste sie die Wahrheit kennen.

Etwa anderthalb Stunden später trat Emanuele wieder auf die Straße. In diesem Zeitraum konnte er Lorena locker dazu gezwungen haben, ihre Identität preiszugeben oder ihm zumindest zu erklären, warum sie sich in der Villa Bruges eingenistet hatte. Wahrscheinlicher war jedoch, dass er mit ihr Sex gehabt hatte. Für Emanuele war das kein Hexenwerk, im Gegenteil. Er brauchte einen Raum nur zu betreten, um ihn einzunehmen. Er musste nur seine Standardsätze sagen, ein bisschen die Muskeln spielen lassen, sich anmutig entkleiden und seine Befehle als freundliches Angebot tarnen, so wie nur er es verstand.

*Was war wohl der größte Schmerz für einen Vater?*
*Zu wissen, dass sein Kind leidet. Das ist es!*

Trotz des schrecklichen Plans, den Emanuele vermutlich ausgeheckt hatte, wollte er noch immer mit Eleonora zusammenziehen, wie er betonte. Er wollte sogar ein Kind von ihr.

Von weitem verfolgte Eleonora, wie Emanuele ohne Eile zu seinem geparkten Wagen ging. Er hatte die Hände in den Hosentaschen seiner Jeans, und seine Miene wirkte heiter und entspannt, so als hätte er gerade eine Entscheidung getroffen.

*Auch ich werde mich entscheiden müssen.*

Eleonora schlich sich durch die offene Tür in den Palazzo. Die erste Stufe nahm sie noch langsam, dann beschleunigte sie ihre Schritte. Im ersten Stock lief sie von Wohnung zu Wohnung und spähte auf die Namensschilder, bis sie das von Lorena entdeckt hatte. Allerdings zögerte sie noch zu klingeln.

Die Wohnung dieser Frau zu betreten bedeutete, eine weit größere Schwelle zu überschreiten als das schmale Brett am Eingang. Es bedeutete, sich den Tatsachen zu stellen und entweder ein grausames Spiel aufzudecken oder es zu decken. Es bedeutete auch, sich für immer von Emanuele zu verabschieden, im einen wie im anderen Fall.

Denn es war für sie undenkbar, mit einem Mann zusammenzuleben, der eine junge Frau verführte, um ihren Vater zu vernichten.

Sie nahm sich ein Herz und drückte auf die Klingel.

»Wer ist da?« Lorenas Stimme klang erschrocken.

»Ich bin's. Eleonora Contardi.«

Kurz meinte Eleonora etwas zu hören, das wie ein leiser Klagelaut klang. Trotzdem öffnete Lorena ihr die Tür, mit verweinten Augen.

Eleonora war bereit, ihre Rolle zu spielen. *Zum letzten Mal*, versprach sie sich selbst. »Entschuldige bitte, dass ich hier so einfach hereinplatze.«

»Was willst du?«

»Mit dir reden. Nur eine Minute.«

Lorena ließ sie eintreten. Die Wohnung war nüchtern und schmucklos, ganz anders als Eleonora sich das Zuhause einer Mafioso-Tochter vorgestellt hatte. Kaum Möbel, keine Bilder an den Wänden, ein Schlafsofa mitten im Wohnraum, ein alter Herd in einer Ecke, und die offene Badezimmertür gab den Blick auf einen trostlosen Ort frei.

Eleonora beschloss, stehen zu bleiben. Sie würde nicht lange bleiben, schließlich hatte sie nicht viel zu sagen.

»Noch mal sorry, aber ...«

»Ja?«

Wie sie so dastand, die Hände in die Hüften gestemmt, sah Lorena sehr unvorteilhaft aus. In der Villa Bruges hatte sie so strahlend gewirkt, dass ihre Makel gar nicht aufgefallen waren, nicht mal ihr stumpfes Haar und die ausdruckslosen Augen. Jetzt war sie nackt, verwelkt.

»Ich habe zufällig gesehen, wie Emanuele aus dem Haus gekommen ist.«

»Ja, und?«

»Ich weiß alles. Du bist Sophie.«

»Ja, ich bin Sophie. Emanuele hat es dir gesagt, nehme ich an. Na und? Was hast du mit der Sache zu tun? Was willst du von mir?«

»Die Frage ist doch: Was willst du? Was machst du in seinem Leben?«

»Ich wollte ihn wiedersehen. Ich ... habe Emanuele das Essen gebracht, damals, als mein Vater und sein Freund ihn entführt hatten.«

*Emanuele?*

Aber natürlich. Lorena war gar nicht auf der Suche nach Alessandro. Sie dachte, ihr Vater hätte den ältesten Sohn der Familie Vannini entführt.

»Sie meinten, das wäre ein Training für mich. Dass ich mich daran gewöhnen muss. Verstehst du?«

Nein, Eleonora verstand nicht. »Was willst du damit sagen?«

»Dass man ein Herz aus Stein haben muss, wenn man so lebt, wie ich gelebt habe, mit den Leuten von damals. Es war, als wäre er ein Hund. Er war angekettet, ich habe die Schüssel vor ihm auf den Boden gestellt, und er hat auf Knien gegessen. Anfangs hat er keinen Bissen runtergekriegt, weil er sich geschämt hat, aber dann hat der Hunger gesiegt.«

»Ich verstehe immer noch nicht, warum.« Eleonora setzte sich, sie konnte sich nicht mehr auf den Beinen halten.

»Im Lauf der Jahre ist es zu einer Besessenheit geworden. Ich wollte unbedingt mit ihm sprechen, mich vergewissern, dass es ihm gutgeht, dass ihn das, was wir ihm damals angetan haben, nicht kaputt gemacht hat.«

Eleonora empfand Mitleid mit ihr. Die Welt war voller Kinder wie Lorena, die alle ein Päckchen mit sich herumtrugen, das sie nicht selbst geschnürt hatten. Kinder, die davon überzeugt waren, dass sie die Strafe verdient hatten, obwohl sie nicht gesündigt hatten.

»Du warst damals sehr klein.«

»Egal, ich hätte etwas unternehmen können.«

»Nein, das hättest du nicht.«

Lorena begann wieder zu weinen. »Geh jetzt bitte. Ich werde morgen abreisen.«

»Warum? Wohin willst du? Das ist viel zu gefährlich für dich. Jemand muss schon mal versucht haben, dich umzubringen, oder woher hast du die Schusswunde an der Schulter.«

»Ich muss hier weg.«

»Es ist wegen Emanuele, nicht wahr? Was hat er zu dir gesagt?«

»Er hasst mich, zu Recht. Ich hätte etwas unternehmen können, habe es aber nicht getan. Deshalb habe ich ihm auch nicht gleich gesagt, wer ich bin. Mir war klar, dass er mich dann hassen würde.«

»Was hat er zu dir gesagt?«

»Das spielt keine Rolle. Er hasst mich, alles andere ist unwichtig. Ich wollte Vergebung, aber ich habe sie nicht bekommen. Ich verdiene sie nicht.«

Eleonora hätte es ihr am liebsten gesagt. Dass der Mann, den sie jahrelang gesucht hatte, gar nicht Emanuele Vannini war, sondern sein Bruder. Sie hätte ihr am liebsten gesagt, dass Alessandro ihr ohne jeden Zweifel vergeben hätte. Aber was hätte das gebracht und wem? Die Dinge hatten bereits ihren Lauf genommen, und sie konnte das Geschehene nicht ändern, ohne eine Kettenreaktion auszulösen, die sie alle auf die eine oder andere Weise betroffen hätte.

»Du kannst diese Last nicht ewig mit dir herumschleppen. Das ist nicht fair.«

»Das verstehst du nicht.«

»Oh doch, das tue ich. Emanuele und Alessandro führen auch ein Leben, das von Schuld geprägt ist, ebenso wie ich.

Vielleicht hat uns ja genau das zusammengebracht. Der Zufall ist intelligent, das habe ich heute am eigenen Leib erfahren.«

Lorena schien einen Augenblick darüber nachzudenken, doch der Anflug von Vernunft verflog rasch wieder, verdrängt vom Unbewussten, das um eine Strafe bettelte. Emanuele hatte sie ihr vorhin auferlegt, und auf eine gewisse Weise hatte er Lorena dadurch befreit. Eleonora hatte nie zuvor so klar erkannt, dass Barmherzigkeit Schuld nicht sühnt, sondern sie verstärkt. Das war auch der Grund dafür, dass Emanueles Hass zwar schlimm, Alessandros Liebe aber die größere Strafe war.

Sie hatte hier nichts mehr verloren und verabschiedete sich rasch. Schweigend verließ sie kurz darauf den Palazzo. Sie spürte, dass sie kein Recht mehr hatte, etwas zu sagen.

Sie aßen alle zusammen in der Villa Bruges zu Abend. Es duftete intensiv nach den überreifen Pfirsichen, die rund um den Grill im Gras lagen, und der leicht faulige Geruch verdarb Eleonora den Appetit auf ihr Steak.

Emanuele gab sich Denise gegenüber hart und unnachgiebig, aber Eleonora kannte ihn inzwischen gut genug und wusste genau, dass seine schroffen Sprüche nichts weiter waren als brüderliche Zurechtweisungen. Alessandro kümmerte sich mit der gewohnten Zuvorkommenheit um alle Anwesenden. Eleonora empfand große Zärtlichkeit für ihn. Liebend gerne hätte sie ihm gesagt, dass es nicht nötig war, sich bis in alle Ewigkeit aufzuopfern. Dass er bald genesen würde. Dass sie sicher war, dass sich viele Dinge mit der Zeit verändern würden.

Eleonora aß zwar nichts, trank dafür aber umso mehr Wein, und obwohl sie viel lachte, lag Bitterkeit darin. Anschließend fühlte sie sich leichter.

Sie endete mit Emanuele in dem Holzhäuschen, das im Winter als Geräteschuppen und im Sommer als Umkleidekabine für den Pool diente. Er zog sie hinein und presste sie gegen das aufgeschichtete, mit rauen Gurten zusammengehaltene Holz, das ihr den Rücken zerkratzte.

»Noch so ein Blick und ich bringe dich auf der Stelle um«, sagte er dicht vor ihrem Mund und zog sie an sich.

»Was für ein Blick denn?«

»Einer von denen, die du meinem Bruder zugeworfen hast.«

»Du bist neurotisch, Emanuele. Wenn du mich fragst, bringt dir die Therapie bei Antonella nicht viel. Du solltest den Therapeuten wechseln.«

»Du kannst mich mal«, sagte er, lachte und zog ihr den Slip herunter. »Lass es. Und versuch ja nicht, mich zu verscheißern.«

»Was tust du da? Die andern sind alle da draußen.«

»Soll ich sie rufen?«

»Hör auf, bitte!«

Eleonora fing ebenfalls an zu lachen, sie war betrunken. Entschlossen griff sie nach seiner Hand und dirigierte sie zwischen ihre Beine. Die Dinge veränderten sich nach und nach. Entscheidungen zu treffen und aktiv zu werden ängstigte sie nicht mehr.

Unweit von ihnen durchdrang die Stimme von Denise die schwere Luft bis zu den Holzstapeln, während Alessandro in fröhlichem, sanftem Tonfall etwas erzählte.

»Du gehörst mir«, sagte Emanuele und drehte Eleonora um, sodass er hinter ihr stand.

Der Geruch von Moos und Schimmel stieg ihr in die Nase. Es war gleichzeitig unangenehm und erregend, wie fast jede ihrer fleischlichen Begierden. Durch die Ritzen zwischen den Holzscheiten konnte Eleonora bruchstückhaft die anderen erkennen, am deutlichsten sah sie Corinne, die sich mehrfach umschaute, als suchte sie nach ihr.

Eleonora schloss die Augen, als Emanuele sich einen Weg in ihren Körper bahnte. Grob packte er sie an den Hüften, stieß seinen Penis in sie hinein und verdrängte damit alles andere. Sie schlug mit der Stirn gegen das Holz, zwar nicht fest, aber es machte ein Geräusch, und Eleonora senkte den Kopf. Emanuele hielt ihn mit einer Hand fest und bog ihren Oberkörper nach hinten, damit er noch tiefer in sie eindringen konnte.

»Sag es.«

»Ich gehöre dir«, antwortete Eleonora prompt, denn er bewegte sich nicht mehr in ihr, und sie hätte vor Verlangen aufschreien mögen.

»Ich habe nichts gehört.«

»Ich gehöre dir, verdammt. Nicht aufhören ...«

Emanuele gab ihr, wonach sie verlangte, belohnte sie sogar, indem er mit den Fingern nachhalf. Eleonora biss sich auf die Unterlippe, damit sie nicht laut aufstöhnte. Nur wenige Meter entfernt saßen die anderen um den Gartentisch, aßen, tranken und plauderten. Es kam ihr vor, als läge sie mit gespreizten Beinen mitten auf dem Tisch, Emanueles Geschlecht von ihrem Schoß verschlungen und eine ausgelassene Zuschauermenge um sie herum.

Eleonora war erleichtert, als sie das warme Sperma spürte, das vertraute Knurren dicht vor ihrem Ohr, wie von einem zufriedenen Tier. Es war großartig gewesen, dennoch war Eleonora total angespannt. Sie hätte lieber vor dem Sex mit ihm geredet und ihn nach Lorena gefragt. Vor allem hätte sie es vorgezogen, nicht in Alessandros Nähe gevögelt zu werden.

»Ich muss dir etwas sagen«, begann sie, während er sich die Hose zuknöpfte, bereits wieder ganz gelassen und ruhig.

»Willst du noch mal? Ich kann jetzt keine Problemgespräche führen. Ich habe zu viel getrunken.«

»Ach, aber vögeln kannst du mich schon?«

»Das geht immer, Schätzchen. Gefällt's dir etwa nicht?«

»Du treibst mich noch in den Wahnsinn.«

»Ich treibe dich auch mindestens zweimal am Tag zum Orgasmus. Du müsstest eigentlich total entspannt sein ...«

Sie konnte sich nur mit Mühe zurückhalten, ihm eine Ohrfeige zu verpassen. »Immer ist es kompliziert, wenn man mit dir reden will. Außerdem entziehst du dich jedes Mal und machst damit alles nur noch schwieriger.«

»Ich entziehe mich nicht.« Emanuele machte die Tür auf.

Eleonora spähte hinaus und bemerkte, dass alle zu ihnen hersahen. »Sie glotzen uns an.«

»Na und? Willst du jetzt etwa den ganzen Abend hier stehen bleiben?«

»Ich schäme mich.«

»Weswegen? Ich bitte dich, Eleonora, komm jetzt. Du führst dich auf wie ein Schulmädchen.«

Hinter Emanuele verließ Eleonora den Geräteschuppen, es blieb ihr ja nichts anderes übrig. Seine Ungeniertheit erlaubte ihr, sich ebenfalls ungezwungen zu bewegen, und er war wirklich ein perfekter Schutzschild. Zumindest so lange, bis ihr und Alessandros Blick sich kreuzten.

Er war außer sich.

»Sorry, aber ich bin sturzbetrunken«, hätte sie am liebsten zu ihm gesagt, oder: »Emanuele hat mich abgeschleppt«, oder auch: »Ich wollte dir nicht wehtun.«

Wie absurd! Sie hatte es fast aufgegeben, Fragen zu stellen, aber dafür waren ihre Tage nun voller »ich hätte gern« und »es wäre schön gewesen«.

Es war Zeit, die Dinge in Ordnung zu bringen. Es war Zeit, ins Geschehen einzugreifen.

# 22

Mit Herzklopfen wachte Eleonora am nächsten Morgen auf und sah sich als Erstes nach Emanuele um. Im Bett war er nicht und draußen bei den Pferden auch nicht. Daher stieg sie ohne zu frühstücken ins Auto und fuhr zur Villa Bruges.

Sie blieb mindestens zehn Minuten mit laufendem Motor vor dem weißen Tor stehen, dann legte sie den Rückwärtsgang ein und fuhr zurück. Sie war viel zu aufgewühlt und konnte in diesem Zustand niemandem unter die Augen treten, deshalb beschloss sie, ein bisschen durch Borgo San Lorenzo zu bummeln, um wieder einen klaren Kopf zu bekommen. Danach war sie hoffentlich entspannter.

Eleonora betrat die große Bar an der Einkaufsstraße, ein geschmacklos eingerichtetes Lokal, das die Stadtverwaltung schon mehrmals zu schließen versucht hatte, und bestellte einen Kaffee.

Als sie in den Spiegel hinter dem Tresen blickte und ihre Haare zurechtzupfte, entdeckte sie eine vertraute Silhouette in einer Ecke. Lorena verabschiedete sich gerade mit trauriger Miene vom Barbesitzer, ein teurer Lederkoffer stand vor ihr wie ein großer Wachhund.

»Hast du dir ein Taxi gerufen?«, fragte der Wirt mit einem Seitenblick auf den Koffer.

»Ich fahre sie«, antwortete Eleonora.

Lorena schaute sie nur wortlos an und nickte. Gemeinsam gingen sie zum Auto wie alte Freundinnen, die sich alles gesagt haben.

Erst auf der Umgehungsstraße brachte Lorena eine Begrüßung zustande. »Da wären wir nun also. Hallo, Eleonora, danke.«

»Gern geschehen. Ich fahre in Richtung Bahnhof, du musst doch hoffentlich nicht zum Flughafen, oder?«

»Nein. Ich verziehe mich an einen anderen verlassenen Ort, wenn auch nicht weit von hier. Verlassener als Borgo San Lorenzo, weil es dort keinen Emanuele gibt.«

Sein Name aus Lorenas Mund klang wie eine Beleidigung. Ihn zu hören tat Eleonora trotzdem gut. Sie klammerte sich an jeden Anhaltspunkt, der ihr Aufschluss darüber geben konnte, wie viel ihr an Emanuele lag. In sich hineinzuhorchen genügte nicht, sie musste seinen Namen laut ausgesprochen hören, um zu erkennen, dass allein der Gedanke, er könnte bei einer anderen Frau gewesen sein, sie verrückt machte.

»Du wirst sehen, nachdem du ihn gefunden und mit ihm gesprochen hast, wird es leichter sein, alles hinter dir zu lassen«, sagte sie mitfühlend.

»Ich werde nichts davon vergessen, nie. Ich habe ihn ein Leben lang gesucht, Eleonora. Durch ihn ist mir klar geworden, dass ich das schlimmste Risiko nicht bedacht habe: Er ist trotz allem genesen, im Gegenteil zu mir.«

Der Wunsch, Lorena alles zu sagen, war größer als je zuvor. Eleonora hätte ihr so gerne erklärt, dass sie sich irrte, dass Emanuele gar nicht der Junge war, um den sie sich gekümmert hatte, der von Ketten gedemütigt vor ihr gekauert hatte, die er nicht zu sprengen vermochte. Aber sie blieb dabei, keinen Einfluss auf den Lauf der Dinge zu nehmen. Es war nicht ihre Vergangenheit, sondern diejenige von Alessandro und Emanuele Vannini. Emanuele hatte auf einen theatralischen Racheakt verzichtet zugunsten eines stilleren, aber nicht weniger grausamen, nämlich Lorena die Wahrheit zu verweigern. Damit verdammte er sie dazu, weiterhin mit einer Lüge und in Reue, vor allem aber in dem Bewusstsein zu leben, die besten Jahre ihres Lebens an die Liebe und das Mitleid für einen Mann vergeudet zu haben, der in Wirklichkeit überhaupt nicht litt. Zumindest glaubte sie das.

Woher hätte Eleonora das Recht nehmen sollen, dieses geradezu perfekte Finale zu beeinflussen und ihn von dieser sauberen, klaren Linie abzubringen? Sie sollte sich besser auf ihr eigenes Leben konzentrieren.

Eleonora umklammerte das Lenkrad, bis die Fingerknöchel weiß hervortraten. Als sie den Wagen vor dem Bahnhof parkte, waren ihre Finger eiskalt.

»Gute Reise«, wünschte sie Lorena und schaute dabei stur geradeaus.

Lorena blieb noch ein paar Sekunden sitzen. Vielleicht wollte sie noch etwas sagen. Aber was auch immer es war, Eleonora würde es nie erfahren.

Während Eleonora auf der Rückfahrt im Stau stand, erhielt sie eine SMS von Emanuele.

»Kaum bin ich mal abgelenkt, haust du gleich ab.«

Eleonora zündete sich eine Zigarette an, ehe sie antwortete. »Bin nicht abgehauen, sondern habe Lorena zum Bahnhof gefahren.

»Lorena? Bin sprachlos.«

»Hab sie zufällig getroffen. Warum rufst du nicht an, statt tausend SMS zu schreiben wie ein Teenie?«

»Ich kann nicht, bin in der Kirche. Wo bist du?«

»Stehe im Stau. Bin auf dem Rückweg.«

»Bin auch bald zurück, sobald die Hochzeit rum ist.«
»Welche Hochzeit?«
»Bloß ein alter Freund. Apropos: Willst du mich heiraten, Eleonora?«

Das Hupkonzert hinter ihr befreite sie aus der vorübergehenden Lähmung. Sie fuhr ein paar Meter, dann hielt sie an der Abzweigung nach Borgo San Lorenzo am Straßenrand an. Warum ausgerechnet heute so viele Leute unterwegs waren.

Emanuele schrieb ihr immer noch. »Dass du mir nicht antwortest, verletzt mich, nur damit du es weißt.«

»Findest du, das hat Stil, mir einen Heiratsantrag per SMS zu machen? Wir sehen uns auf dem Hof.«

»Du hast kein Herz. Bis nachher.«

Ihn heiraten. Emanuele machte Witze, dessen war sich Eleonora sicher.

Was, wenn es kein Scherz war, keine seiner albernen Foppereien?

Als Eleonora direkt vor dem Eingang parkte, versuchten sich die Flügel in ihrer Brust auszubreiten.

In der Ferne sah sie June, die um die Koppeln spazierte, die Hände vor dem Bauch verschränkt und mit sorgenvoller Miene. Eleonora war nicht in der Stimmung, irgendwelchen schwangeren und schlecht gelaunten Exfreundinnen von Emanuele zu begegnen. Nicht nachdem sie solche SMS von ihm erhalten hatte. Nicht nachdem sie in Rekordzeit vom Hof zur Villa gefahren war, vor ihrem geistigen Auge einzig Alessandros Mund. Nicht nachdem sie gewendet hatte und noch mal zurückgefahren war.

Mit hastigen Schritten ging Eleonora zum Haus und kramte in der Handtasche nach dem Schlüssel. Wie gewöhnlich fand sie ihn nicht gleich. Die Schwangere konnte sie also in aller Ruhe einholen.

»Wo ist Emanuele?«

»Keine Ahnung, June.«

»Ich muss mit ihm reden.«

»Du willst ständig mit ihm reden.«

»He, sieh mich wenigstens an.«

*Okay.*

Eleonora richtete den Blick auf die verzweifelte Frau vor ihr, und es kam ihr so vor, als nehme sie June zum ersten Mal wirklich wahr. Sie war meist so sehr mit sich selbst beschäftigt, dass sie Junes Verzweiflung bisher gar nicht bemerkt hatte. Sie hatte in ihr immer nur eine Zicke gesehen, die ihren tollen Liebhaber zurückhaben wollte.

June sah schrecklich aus, wie sie weinend dastand, während das ungeborene Leben gegen ihre inneren Organe drückte und ein zweites Herz in ihrem Bauch schlug. Eleonora musste an Corinne denken und brach ebenfalls in Tränen aus. Wieso nur hatte sie ihre Freundin so wenig geliebt? Wie …?

»Wieso heulst du denn jetzt?«, fragte June barsch. »Du hast doch alles, was du wolltest, was gibt's da zu flennen?«

»Ich? *Ich?*«

»Ja, du. Wo ist Emanuele?«

»Herrgott noch mal, June, ich weiß es nicht.«

»Er hat gesagt, er muss nachdenken. Und dass wir dann noch mal drüber sprechen.«

Inzwischen hatte sie den Schlüssel hervorgekramt. Eleonora steckte ihn ins Schloss, aber sie bekam es nicht auf.

»Worüber?«

»Über uns.«

*Uns.* Emanuele und June, eine fröhliche Familie mit einem Baby im Anmarsch. Undenkbar.

»Es gibt kein Uns für dich und Emanuele, June. Finde dich damit ab.«

»Ich kann nicht. Ich liebe ihn. Und er liebt mich.«
»Ach, tatsächlich?«
»Ja.«
»Warum heiratet er dann mich?«
Eleonora würde Junes Anblick nie vergessen. Sämtliche Gesichtszüge entglitten ihr, die Haut war auf einmal faltig und geschwollen, so als ströme etwas durch ihre Adern, das jederzeit explodieren konnte.

Eleonora bereute den Satz sofort. Eben noch hatte sie Mitleid mit June verspürt, doch kaum hatte die ahnungslose Schwangere auch nur angedeutet, dass sie zu Emanuele zurück wollte, war ihr Mitgefühl verraucht und hatte einer schwarzen Schlammschicht aus Zorn Platz gemacht.

»Was soll das heißen, er heiratet dich?«
»Du kannst doch inzwischen gut genug Italienisch, oder?«
»Das ist unmöglich.«
»Ist es nicht. Jetzt geh bitte. Und vergiss ihn.«
»Wie kannst du nur so etwas sagen? Du bist mit Emanuele zusammen, da weißt du doch selbst am besten, dass man ihn einfach nicht vergessen kann!«

Eleonora schloss für einen Augenblick die Augen und versuchte, einen Ort in sich zu finden, an dem absolute Ruhe herrschte, damit sie nicht noch mehr grausame Wahrheiten aussprach. June hatte es im Grunde nicht verdient. Es war nicht ihre Schuld, dass Eleonora zwei Männer gleichzeitig liebte, auf unterschiedliche Art zwar, aber mit derselben Intensität. Es war auch nicht ihre Schuld, dass allein bei dem Gedanken, Emanuele zu verlieren, nackte Panik in Eleonora aufstieg, trotz allem.

»Entschuldige, June«, flüsterte sie erschöpft. »Ich wollte dich nicht verletzen. Aber du darfst nicht mehr dauernd herkommen. Wir ziehen sowieso bald um.«
»Wohin?«

Der traurige Tonfall war unerträglich. Eleonora konnte das Gefühl der Schuld nicht aushalten, jedenfalls nicht zusätzlich zu nie verheilten alten Verletzungen.

»Weit weg. Ich bitte dich, geh jetzt nach Hause.«

Damit schloss Eleonora die Tür auf und schlüpfte rasch ins Haus. Sie glitt in die einzelnen Räume, als betrete sie ihr Innerstes, bis in den letzten dunklen, schallgeschützten Winkel. An die Schlafzimmertür gelehnt blieb sie stehen, bis Junes Schritte sich entfernten.

»Nun mach schon, steig ein!«, rief Emanuele aus dem SUV.

Eleonora wäre am liebsten aus dem Fenster gesprungen, um noch schneller bei ihm zu sein. Sein Enthusiasmus war das Allheilmittel gegen sämtliche Übel.

»Wohin fahren wir?«

»Setz dich und hör auf mit der ewigen Fragerei.«

Sie gehorchte, und als sie neben ihm saß, küsste er sie auf den Mund, ein ausgelassener Schmatzer.

»Sag schon, wohin fahren wir?«

»Sei still. Es ist eine Überraschung.«

Mit überhöhter Geschwindigkeit fuhren sie zum Agriturismo. Eleonora versuchte Emanuele mehrfach zu überreden, vom Gas zu gehen, aber vergebens, er war nun mal ein Sturkopf.

Als sie ankamen, war das ganze Team anwesend, und der Chefkoch erteilte den Kellnern Anweisungen, als ob der Betrieb am nächsten Tag eröffnet würde.

»Es geht doch erst in einem Monat los, oder?«, fragte Eleonora und spähte in die Küche.

»Ja, deshalb trainieren sie ab und zu. Das hier wird ein ganz besonderer Ort, Eleonora. Du wirst sehen.«

Mit dem Aufzug hinter der von der untergehenden Sonne angestrahlten Eingangshalle fuhren sie in den vierten

Stock. Eleonora legte den Kopf in den Nacken und betrachtete die Kassettendecke. Wie Arterien durchzogen die Holzbalken die Fläche und ließen dazwischen genügend Raum für die strahlend weißen, mit Intarsien verzierten Rosetten.

Am Ende des langen Korridors öffnete Emanuele die letzte Tür und forderte Eleonora mit einer leichten Verbeugung auf einzutreten. Eine mit Damast bezogene Sitzgruppe hieß sie willkommen und führte zum gemauerten Kamin. Zu ihrer Linken befanden sich drei Türen. Eine führte ins Arbeitszimmer, an dessen Wänden bereits Bilder und Fotos von Pferden hingen. Es war zweifellos das Reich von Emanuele. Die zweite Tür führte in das nüchtern eingerichtete Schlafzimmer mit einem begehbaren Kleiderschrank, der einer Königin würdig gewesen wäre. Die dritte in ein schneeweißes Arbeitszimmer mit zwei eisfarbenen Sesseln und einem riesigen Bücherregal, hinter dem ein Tisch aus lackiertem Holz stand. Auf den Vorhängen rankten sich weiße Schmetterlinge mit durchsichtigen Flügeln bis hinauf zur Vorhangstange, von der der federleichte Stoff herabhing. Glutrot prallte die Sonne gegen die Fensterscheibe, auf der sich die Strahlen brachen und in Klingen verwandelten.

»Du kannst hierherkommen, wann immer du möchtest.« Emanuele war hinter Eleonora getreten und flüsterte ihr ins Ohr. »Aber du wirst bleiben wollen.«

Eleonora näherte sich dem Schreibtisch, darauf ein Heft mit Ledereinband, den ihr Name zierte.

Eleonora Contardi.

Nur mit Mühe kämpfte Eleonora die aufsteigenden Tränen nieder. Sie war nicht in der Lage, zwischen den Buchstaben zu lesen, sondern nahm nur den glatten Umschlag des leeren Hefts wahr. Eleonora starrte auf ihre Füße. Da waren keine Wurzeln, nichts, was sie an diese Erde band, nichts, was sie an irgendetwas band. Niemand hatte sie je gelehrt, ein Nest zu bauen.

Dennoch gehörte ihr dieses Haus. Vielmehr konnte es ihr bald gehören. Für immer.

»Heirate mich, Eleonora«, sagte Emanuele noch einmal, weder scherzhaft noch ungewöhnlich ernst. Er sprach die natürlichste Sache der Welt auf die natürlichste Art und Weise aus. »Ich habe noch nie jemanden so geliebt wie dich. Ich habe noch nie etwas so sehr begehrt wie dich. Ich will mein Leben mit dir verbringen.«

»Ich …« Wie schwer das Sprechen geworden war. »Ich habe … Probleme, Emanuele.«

»Die hab ich auch.« Er lachte und nahm ihre Hand. »Wir werden sie gemeinsam lösen. Eins nach dem andern.« Mit der freien Hand zeigte er ihr eine Fotografie, deren Ränder versengt waren. Es war die Aufnahme von Lorena. »Ich habe alles verbrannt«, fuhr er fort. »Nur das hier fehlt noch.«

Eleonora hielt den Atem an, schwankte zwischen Beunruhigung und Erleichterung. Emanueles Rache war also vollzogen. Demnach war es nicht mehr nötig, die richtigen Worte und Gesten zu finden, um ihn zu überreden, dass er das Ganze aufgab.

Emanuele nahm ein Feuerzeug aus der Tasche, und kurz darauf fraß sich die Flamme durch die zarten Gesichtszüge der jungen Frau, bis das Foto verbrannt war. Eleonora dachte, dass es für sie nicht so leicht sein würde, ihre Vergangenheit auszulöschen. Alles verbrennen, das Desaster den Flammen übergeben, reinen Tisch machen und dann noch mal ganz von vorn beginnen.

»Und ich? Wie soll ich meine Vergangenheit loswerden?«, fragte sie leise, als dürfte sie sich die Frage nicht erlauben.

»Keine Sorge, wir werden schon eine Lösung finden. Am besten, du erzählst mir, was damals geschehen ist. Was sich hinter deiner Schwierigkeit zu lieben verbirgt.«

*Deine Schwierigkeit zu lieben.*

Er hatte vollkommen recht, dieser egoistische, oberflächlich wirkende Mann.

»Was, wenn ich gar nicht dazu fähig bin?«

»Womit? Mit der Vergangenheit abzurechnen? Das schaffst du schon. Ich habe es schließlich auch hinbekommen, und Alessandro ist auf dem besten Weg dazu. Dann kannst du es auch und sogar Corinne, wenn sie will. Wolltest du gestern mit mir über sie sprechen?«

*Nein, nicht über Corinne,* dachte Eleonora, *sondern über Lorena.*

Mit der rituellen Geste von eben hatte Emanuele ihr gezeigt, dass er einen Schlussstrich unter seine Rachepläne ziehen wollte, deshalb hatte es keinen Sinn mehr, mit ihm über Lorena zu sprechen. Jetzt war Sie an der Reihe, einen Schlussstrich zu ziehen, nur wie?

Ein Haus, ein Raum, ein Nest.

Sie sah sich um, gerührt.

»Ich weiß nicht mehr, was ich dir sagen wollte. Es war nicht weiter wichtig. Dieses Haus gehört uns, das ist wichtig.«

Emanuele lachte. Es war die Antwort, die er sich erhofft hatte.

Am selben Abend rief Corinne an.

Eleonora erzählte ihr nichts vom Heiratsantrag, sie wollte nicht, dass Alessandro davon erfuhr.

»Ich hab gerade an Mama gedacht«, sagte sie stattdessen und wickelte die Telefonschnur um den Finger.

»Du solltest sie anrufen. Sie fragt immer nach dir.«

»Ach, komm schon. Das glaube ich jetzt nicht.«
»Ich schwöre. Woran hast du denn genau gedacht?«
»Ich war ungerecht zu ihr, weil ich sie nicht verstanden habe.«
»Du kannst echt abweisend sein, jedenfalls manchmal.«
»Stimmt. Wie geht's dir eigentlich?«

Ihre Freundin antwortete nicht sofort. Vermutlich fand sie die Frage seltsam, so beiläufig hingeworfen wie eine Bemerkung über das Wetter oder die Bitte um Verkehrsinformationen.

»Gut, danke.«
»Tatsächlich? Keine Panikattacken mehr?«

Der Ausdruck »hysterische Anfälle« war hässlich, deshalb war er auch tabu, seit sie kleine Mädchen waren.

»Im Moment nicht.«
»Und wie läuft's mit Alessandro?«
»Ach, frag nicht.«
»Wieso?«
»Eleonora, warum müssen wir ständig darüber reden? Was genau willst du wissen? Warum ich todunglücklich bin? Weil mein Mann mich nicht liebt, darum.«
»Corinne ...«
»Gute Nacht, Julia. Morgen grillen wir im Garten. Kommst du?«

Damit fiel über alle Dinge ein Schleier, übrigens derselbe, der Corinne bisher das Leben gerettet hatte.

»Ja, gerne. Bis morgen dann.«

# 23

Um fünf Uhr nachmittags hatten sie auf leeren Magen zu trinken begonnen und waren alle leicht angeheitert. Insbesondere Alessandro war ziemlich gut dabei und trug nur eine Badehose, weshalb Eleonora beharrlich seinem Blick auswich.

Sie sah Corinne nach, die gerade ins Haus ging, in einem Pareo und mit ungewohnter Lebensfreude. Gegen den Willen aller hatte sie Kekse gebacken und die Küche in ein Schlachtfeld verwandelt. Eleonora hatte sie als Einzige nicht von ihrer Idee abbringen wollen, es kam so selten vor, dass Corinne unbeschwert war. Sonst lief sie immer durch die Gegend, wie von der Last ihrer Probleme erdrückt, wobei sie ihre Sorgen fest an sich drückte, als würde sie einen kiloschweren Stein mit sich herumschleppen.

Eleonora rief Emanuele an, der auf dem Hof geblieben war, um den Umzug der Pferde zu organisieren. Er sagte, er könne frühestens in einer Stunde kommen. Erleichtert legte sie den Pareo ab und sprang in den Pool.

Es war ein seltsames Gefühl zu schwimmen, während sich alles um sie herum drehte. Himmel und Wasser verschmolzen miteinander, und Eleonora fühlte sich wie im Mittelpunkt einer verkehrten Welt. Wenn sie untertauchte, kam es ihr vor, als ähnelten ihr Körper und ihre Seele sich, und so entspannte sie sich allmählich.

Dann kam Alessandro zu ihr ins Wasser, und die Illusion der heiteren Gelassenheit löste sich in Luft auf.

Er tauchte nur wenige Zentimeter vor ihr auf, während sie am weißen Beckenrand stand und sich von einem lauwarmen Wasserstrahl den Rücken massieren ließ.

Ein einzelner, nach Chlor riechender Wassertropfen funkelte auf Alessandros Unterlippe und schrie förmlich danach, weggeküsst zu werden. Eleonora wandte den Kopf und starrte zum Grill hinüber, um sich abzulenken. Maurizio ordnete gerade Würstchen und Brötchenhälften auf dem Bratrost an, als würde er eine Partie Tetris spielen.

Wie erwartet sagte Alessandro: »Du weichst mir aus.«

»Notgedrungen.«

»Könntest du mich bitte ansehen, wenn ich mit dir rede?«

Eleonora gab nach. Es wäre lächerlich gewesen, sich weiter zu sträuben. Dafür musste sie den Anblick seiner breiten Schultern ertragen, die aus dem ruhigen Wasser ragten, den langen Hals, den Mund mit dem beharrlichen Wassertropfen auf der Lippe und die dunklen Augen. Beinahe das komplette verdammte Paradies. Alessandro schwamm an ihre Seite und hielt sich mit einem Arm am Beckenrand fest, damit er sie weiterhin mustern konnte. Seine Nähe war schier nicht auszuhalten.

»Ist es okay so? Oder wäre dir eine andere Pose lieber?«

»Du wandelst ständig auf dem schmalen Grat zwischen Ironie und Sarkasmus, Eleonora. Abgesehen davon willst du nicht wirklich, dass ich dir darauf eine Antwort gebe, glaub mir.«

Eleonora streckte die Waffen. Ihr blieb nichts anderes übrig, als sich damit abzufinden, dass sie wieder einmal schwach wurde.

»Wie geht es dir?«

»Die Frage ist ungenau und passt nicht zu dir. Willst du wissen, wie weit ich auf dem »langen Weg der Aufarbeitung des Traumas« bin, wie Antonella es nennt?«

»Ja.« Eleonora senkte den Blick, wenn auch nur ganz kurz. Sie wollte nicht, dass er sie ein zweites Mal aufforderte, ihm in die Augen zu schauen.

»Ich weiß es nicht. Ich brauche Zeit. Einer Sache allerdings bin ich mir bewusst geworden: Ich habe eine Unmenge Fehler gemacht.«

Eleonora entfuhr ein Lachen. Sie hätte es gern zurückgenommen, aber es kam so leichtfüßig heraus, dass sie es nicht mehr aufhalten konnte. »Entschuldige.«

»Wofür? Für dein Lachen? Es gibt nichts Schöneres. Es erinnert mich daran, dass es außerhalb von dem Kokon, den ich um mich herum gesponnen habe, noch eine Welt gibt.«

Alessandro betrachtete die Villa Bruges mit einer widersprüchlichen Mischung aus Liebe und Abscheu. Keine Frage, er war auf dem Weg der Genesung. Eleonora hoffte und bangte zugleich, denn wenn er wirklich geheilt war, dann kam er wieder als Partner infrage.

»Verdammt.«

Eleonora hatte laut gedacht, ohne sich dessen bewusst zu sein. Sie wusste, dass sie eine Beziehung mit Alessandro in Betracht zog, wenn nicht gar eine Heirat. Sie wusste, dass sie weder ohne Emanuele leben konnte noch auf Alessandro verzichten wollte. Sie konnte nicht ewig so weitermachen, gespannt wie eine Bogensehne zwischen ihrem Verlangen und ihren widersprüchlichen Emotionen.

»Verfluchst du mich etwa gerade?«

Alessandro sah Eleonora an, als wären sie alleine auf der Welt, als verdiente sie seine ungeteilte Aufmerksamkeit.

»Dich? Nein, nein!«

»Wen dann?«

»Mich. Ich verfluche mich selbst.«

»Das solltest du nicht. Du bist ein wundervoller Mensch.«

Da sich das Lachen von eben verflüchtigt hatte, musste Eleonora wie aus dem Nichts ein neues erschaffen, was sie in ihren Augen erst recht schuldig machte.

»Bitte hör nicht auf«, sagte Alessandro und fuhr ihr mit dem Daumen über den Mund. Mit den Fingerkuppen liebkoste er ihren Nacken, nahm dann ihr Gesicht in seine großen, warmen Hände. »Bitte hör nicht auf zu lachen, das ist nichts Schlechtes.«

Alessandro kam ihr ganz nah, seine Haut und der glatte Stoff seiner Badehose berührten Eleonoras Beine, und sofort weiteten sich die Flügel in ihrer Brust. Die Vögel von ganz Bruges suchten nach der Öffnung, um aus ihrer Brust zu flattern, deshalb war auch kein einziger von ihnen in den Bäumen, und selbst in den Wäldern herrschte Stille.

»Ich würde dich jetzt gern küssen«, sagte Alessandro, doch sein resignierter Tonfall stand im Widerspruch zu seinen Worten. »Ehrlich gesagt, will ich nichts anderes. Oder nein, stimmt nicht, ich will sehr wohl auch etwas anderes. Aber das kann ich nicht haben. Mein Leben ist ein einziges Chaos, und ich habe nicht den leisesten Schimmer, wie ich noch mal von vorn beginnen soll.«

Eleonora stockte der Atem. Sie spähte zur Villa hinüber, wo Corinne gerade aus der Haustür trat, gefolgt von dem Hund, der hinter dem süßen Duft hertrottete, den sie verströmte. Corinne mit ihren dampfenden Keksen, bei vierzig Grad im Schatten.

»Bitte …«

»Ja, ich weiß. Verzeih mir, Eleonora. Ich kann nicht auf dich verzichten. Ich habe einen Haufen Fehler gemacht, das weiß ich jetzt, aber …«

»Bitte, Alessandro.«

»Lass mich ausreden.«

Eleonora war zum Weinen zumute. Da kam Corinne mit einem Tablett voll Kekse an den Rand des Pools und hielt es den gleichgültigen Blicken der anderen stolz entgegen. Eleonora wäre am liebsten aus dem Wasser gestiegen, um ihr zu sagen, dass die Kekse wunderbar dufteten und dass sie noch ganz viele davon backen musste, Tag für Tag, in ihrer schönen Villa, aus der niemand sie je vertreiben würde.

Sie wandte den Blick von Corinne ab und wandte sich Alessandro zu. Wenn sie wütend war, wurde sie mutig. »Nein, ich lasse dich nicht ausreden. Denn morgen sagt du wieder was anderes.«

»Das ist nicht wahr, ich schwöre. Seit Tagen denke ich nur noch an Emanuele und an dich. Ich werde schier verrückt.«

»Corinne beobachtet uns.«

Eleonora löste sich vom Beckenrand, um zur gegenüberliegenden Seite zu schwimmen, doch er packte sie am Arm.

»Denk du auch darüber nach, ich bitte dich.«

*Ich werde Emanuele heiraten.* »Na gut. Lass mich jetzt los.«

»Versprich es mir.«

*Gib auf.* »Ich verspreche es.«

»Sieh mich an.«

»Ich kann nicht, lass mich endlich los.«

Mit einem Ruck riss sie sich los und lachte, um die Tragödie unter den Augen der Umstehenden wie eine Komödie erscheinen zu lassen.

»Was soll das sein? Selbstgebackene Kekse? Wie kommst du bloß auf die Idee, im Hochsommer den Backofen anzuschalten?«

Emanuele betrachtete die Kekse auf dem Plastiktisch und stürzte sich dann durstig auf die Sangria, was Corinne sichtlich wütend machte. Dennoch sagte sie nichts.

Denise dagegen, die sich keine Gelegenheit entgehen ließ, gegen Emanuele zu sticheln, baute sich mit in die Hüften gestemmten Händen und kämpferischer Miene vor ihm auf. »Kekse. Es sind bloß Kekse. Isst du im Sommer etwa keine? Tunkst du sie etwa nicht jeden Morgen in deine Milch, du Klugscheißer?«

Emanuele ließ sie ausreden, er wartete sogar, bis das Fragezeichen verklungen war, dann erst setzte er ein Lächeln auf, das eher einer Grimasse glich. »Hast du deine Tage, Denise?«

»Ich flipp aus!« Denise wandte sich genervt zu Eleonora um. »Wie kannst du bloß mit diesem Vollidioten zusammen sein? Hundert Jahre Frauenbewegung und der kommt noch immer mit diesen dämlichen Sprüchen daher.«

»Es sind nicht hundert, sondern mindestens zweihundert Jahre, Denise. Informier dich.«

»Leck mich am Arsch.«

Eleonora warf dem Hund einen Keks hin und dachte, dass die Routine in der Villa Bruges im Grunde etwas Beruhigendes hatte. Es war die einzige Gewissheit in dem gewaltigen Strom von Unsicherheiten, der ruhig und gleichgültig unter ihrer Haut dahinfloss. Sie wandte sich zu Maurizio um. Die Mauer des Schweigens zwischen ihm und dem Rest der Gruppe war unübersehbar. Es war, als stünde er schon immer in der Ecke, in die ihn die Ereignisse um seine beiden Brüder verbannt hatten, als er noch klein war.

Wie konnte diese ständig überspannte Frau ihn nur akzeptieren? Wieso hatte Maurizio überhaupt eine solche Person geheiratet, hinter deren Augen sich Abgründe auftaten.

Emanuele küsste Eleonora auf den Mund, dann nahm er doch einen Keks und knabberte daran. Alle hatten Badesachen an, die Frauen trugen einen Pareo darüber. Einzig

Emanuele war wie üblich in Jeans und weißem Hemd gekommen.

Er ließ sich neben Eleonora auf einen der Plastikstühle sinken, die um den Pool standen, und streckte die Beine aus.

»Bist du müde?«

»Ja. Ich hab gar keinen Hunger.«

*Aber du isst doch gerade ...*

Emanuele strafte seine Appetitlosigkeit Lügen, indem er Maurizio den Plastikteller mit einem Würstchen und einem Steak aus der Hand nahm und alles gierig verschlang.

»Willst du nichts?«, fragte er Eleonora.

»Nein danke. Ich habe vorhin schon gegessen. Sind die Pferde versorgt?«

»Ja, alles bestens.« Emanuele zwinkerte ihr zu und reichte ihr einen Schlüsselbund, an dem ein langer und ein kürzerer Schlüssel hingen. Der lange gehörte vermutlich zur Wohnung, der andere war für die Eingangshalle. »Mein Zuhause, dein Zuhause.«

»Danke ...«

»Hast du Romeo schon gesagt, dass du mich heiraten wirst?«

Eleonora spähte zu Alessandro hinüber und fing prompt an zu zittern.

»Nein. Muss ich es sofort jedem offiziell verkünden oder wie?«

»Red keinen Quatsch.«

»Und du sei nicht albern.«

»Unser Romeo wird nicht gerade begeistert sein, aber er wird es überleben. Auf seinem Balkon drängen sich schließlich viele Julias.«

»Davon bin ich überzeugt.«

»Wenn auch keine, die an dich heranreicht, so viel ist klar. Wie wär's mit Oktober?«

»Inwiefern?«

Emanuele rutschte auf dem Stuhl herum, als säße er auf einem Nagelbrett.

»Bist du betrunken, mein Schatz?«

»Ein bisschen, ja. Entschuldige.«

»Ich meinte, was sagst du dazu, wenn wir im Oktober heiraten?«

»Im Oktober?«

»Ja. Das ist der Monat zwischen September und November. Erinnerst du dich?«

»Wirklich sehr witzig, Emanuele. Oktober ist ganz schön bald. Wie sollen wir in der kurzen Zeit eine Hochzeit organisieren?«

»Organisieren? Sag bloß nicht, du bestehst auf den gleichen pompösen Kitsch wie bei der Hochzeit von Alessandro.«

»Nein, aber ... das Restaurant, die Einladungen ...«

»Ich besitze den schönsten Agriturismo in der ganzen Toskana, und wir wollen ja nicht den Bürgermeister von Miami einladen. Nur die engsten Verwandten und ein paar Freunde. Oder nicht?«

»Ja.«

»Dann ist Oktober also okay?«

»Ist okay.«

»Wow, du sprühst ja richtig vor Begeisterung«, sagte Emanuele lachend und kippte ein randvolles Glas Sangria hinunter. Dann wurde er ernst: »Vielleicht brauchst du ja ein bisschen Zeit, um all die schönen Dinge zu verarbeiten. So was kommt vor, wenn man Unrecht erlitten hat.«

Eleonora brauchte eine Weile, bis sie realisierte, was er da gerade gesagt hatte. Sie musste an Sonia denken, die mit Emanuele allein geblieben war, als sie neulich zu Corinne geeilt war. Sie wurde rot bis an die Haarspitzen und konnte einfach nicht glauben, dass sie Opfer einer solchen Demütigung geworden war. Mit niemandem außer Sonia hatte sie je darüber gesprochen, was ihr damals zugestoßen war, niemand außer Sonia wusste von dem Desaster, denn sie konnte schweigen wie ein Grab. Aus welchem Grund hätte ihre Freundin mit Emanuele darüber reden sollen?

Eleonora stand abrupt auf und ging ins Haus. Sie musste zur Toilette, vor allem aber wollte sie die Beherrschung nicht verlieren, sonst würde sie noch eine schwere Dummheit begehen.

Nachdem sie den Kopf eine ganze Weile unter den kühlen Wasserstrahl gehalten hatte, war nicht nur ihr Gesicht eiskalt, sondern sie war auch wieder bei sich. Es war, als hätte sie keinen Tropfen getrunken, als hätte sie nicht gegen die Gespenster der Vergangenheit ankämpfen müssen, noch dazu in der Villa Bruges.

Alessandro stand in der Eingangshalle und telefonierte. »Ich hab Barney gesagt, er soll das Geschäft abschließen. In London gibt es Hunderte Unternehmen, die sofort einsteigen würden. Alle wittern das große Geschäft, nur er riecht nichts.«

Als Eleonora an ihm vorbei zur Haustür ging, griff er nach ihrem Handgelenk. Zwar sanft, aber es reichte, dass sie stehen blieb.

»Ja, ich sage dir, da steckt was dahinter. Dieses Geschäft dürfen wir uns unter keinen Umständen entgehen lassen. Der Kerl hat die Sache nicht im Griff und will nichts riskieren.«

Alessandro führte sie zur Wand und stellte sich vor sie hin. Während er weiter telefonierte, sah er ihr in die Augen. Eleonora war längst wieder nüchtern und auch nicht mehr verwirrt, trotzdem fühlte sie sich total schwach. Dabei hatte Alessandro nur leichten Druck auf ihr Handgelenk ausgeübt.

»Keine Ahnung, auf alle Fälle sollten wir nicht am Telefon darüber sprechen.« Alessandro neigte sich zu ihr, berührte ihre Lippen.

*Warum bewege ich mich nicht?*
*Warum laufe ich nicht weg?*
*Warum?*

Er liebkoste Eleonoras Unterlippe mit der Zunge, um gleich darauf sanft hineinzubeißen. Wie von selbst öffnete sie den Mund, ließ sich küssen, schloss die Augen. Sie war so benommen, dass sie vor Verblüffung die Luft anhielt, als er das Gesicht abwandte, um weiterzureden.

*Was tue ich hier?*

»Alles klar, für mich gar kein Problem. Wir sehen uns dann in London, ich gebe dir umgehend das genaue Datum durch.«

»Ich stelle die Würstchen jetzt in den Kühlschrank!« Denise trug die Reste herein und trat mit so viel Schwung gegen die Tür, dass sie an die Wand schlug.

Wie vom Blitz getroffen blieb sie stehen und ließ beinahe das Tablett fallen.

»Ja, ist gut. Ciao, bis bald.«

Alessandro steckte das Handy weg und ging, während Eleonora noch immer reglos an der Wand lehnte, quasi in das Mauerwerk hineingedrückt.

Denise starrte sie verblüfft an. »Ich räume dann mal das Fleisch weg.«

Eleonora nickte.

»Bring den Champagner mit raus«, sagte Alessandro so unbeteiligt, dass Eleonora erschauerte. »Wir müssen auf einen phänomenalen Geschäftsabschluss anstoßen.«

# 24

Eleonora sah sich um und begann ein paar Kartons zu packen. Sie besaß zum Glück nicht allzu viele Dinge. Eine Hochstimmung, die ihr völlig unpassend erschien, erfasste sie. Allein der Gedanke, demnächst Hausherrin des Agriturismo zu werden, stimmte sie zuversichtlich, ihre Zukunft wirklich angehen zu können. Ihre Wurzeln waren zwar aus Zement und deshalb nicht in der Lage, Lebenssaft zu transportieren, dennoch erfüllten sie ihre Aufgabe.

Eleonora betrachtete die Gegenstände in den Kartons, die sie dem Händler um die Ecke abgeschwatzt hatte, und beschloss, als Letztes den Koffer mit den Kleidern zu packen.

Sie seufzte tief. Warum hatte sie bloß schon angefangen, ihre Sachen zu verpacken? Hatte sie es denn so eilig, von hier fortzugehen?

Das Klingeln des Telefons hallte durch die halb leere Wohnung. In Eleonoras Kopf verloren die Orte rasch an Konturen, wurden zu Gemälden, zu unscharfen Fotografien.

Sie ging zum Fenster, da sie das Handy immer auf einem der Fensterbretter ablegte. In den alten Palazzi mit ihren dicken Mauern war der Empfang oft miserabel, und die Verbindung hakte. Hinter diesen Mauern musste man fest entschlossen sein, wen anders hören oder gehört werden zu wollen.

Es war Alessandro. »Wo bist du?«

Er klang anders als sonst. In seiner Stimme lag weder Liebenswürdigkeit noch Freude. Nur Dringlichkeit.

»In Florenz.«

»Ich auch. Ich komme kurz bei dir vorbei.«

»Nein, hör zu …«

»Komm schon, bist du zu Hause? Ich warte unten im Wagen auf dich, keine Panik.«

»Was ist los?«

»Ich sag doch, keine Panik. Ich will bloß mit dir reden.«

»Na gut.«

Die bedingungslose Kapitulation war zu ihrer treuen Gefährtin geworden.

Eleonora zog Schuhe an und blieb ein paar Minuten vor der Wohnungstür stehen. Sie hatte Alessandro nicht gefragt, von wo er anrief, und wusste daher nicht, wann er ankommen würde. Sie wollte nicht riskieren, dass sie ewig unten auf der Straße stand und wartete. Dabei würde sie nur nervös werden.

Fünf Minuten verstrichen, die ihr vorkamen wie fünf Stunden, dann entschied sie hinunterzugehen.

Alessandro war schon da. An seinen Wagen gelehnt stand er mit verschränkten Armen da, den Blick starr auf die Haustür gerichtet.

»Kaffee?«, fragte er und ging vor Eleonora her zur Bar gegenüber, genau wie sein Bruder es getan hätte.

Eleonora erwiderte nichts, sondern folgte ihm einfach. Alessandro wählte einen Tisch etwas abseits vom Eingang, unmittelbar hinter zwei Freundinnen, die sich angeregt unterhielten. Eleonora wusste, dass die Situation sich zuspitzte, dass sie eine Entscheidung treffen musste, und zwar bald. Aber sie war noch nicht bereit, und vielleicht würde sie es sogar nie sein, darum blieb ihr nichts anderes übrig, als alles dem Zufall zu überlassen.

Alessandro war anders gekleidet als sonst. In der grauen, weit geschnittenen Hose mit den vielen Taschen und den Turnschuhen sah er aus wie ein Teenager. Auf dem weißen T-Shirt prangte ein gelber Schriftzug mit der Aufschrift »*Warning, choking hazard* – Achtung, Erstickungsgefahr.«

Wie hypnotisiert starrte Eleonora auf das scheußliche T-Shirt.

»Was ist?«

Sie schaute Alessandro an, wenn auch widerstrebend. »Ich bin nervös wegen des Umzugs.«

»Brauchst du nicht. Weißt du, wie es mir vorkommt? Als würde dich dauernd jemand zu irgendetwas zwingen. Dabei setzt dir doch gar niemand eine Pistole auf die Brust.«

»Wovon redest du?«

»Ach, egal.« Alessandro lächelte die Kellnerin an, die begeistert darauf einstieg. »Zwei Kaffee, bitte.«

Die junge Frau zwinkerte ihm zu und verschwand.

»Weißt du, dieses ganze Tamtam geht mir langsam auf die Nerven«, sagte Eleonora.

»Was denn für ein Tamtam?«

»Wo auch immer du und dein Bruder auftaucht, liegt euch ein ganzer Harem zu Füßen. Das ist echt ätzend.«

»Okay, ich werde versuchen, Abhilfe zu schaffen. Aber bitte reg dich wieder ab.«

»Ja, klar. Warum sind wir überhaupt hier? Was wolltest du mir noch mal sagen?«

»Ich bin an einem Punkt angelangt, an dem ich nicht mehr zurückkann.«

»Wem sagst du das.«

»Keine Ahnung, wie das bei dir ist, aber ich muss mein Leben endlich selbst in die Hand nehmen. Ich habe ein ernsthaftes Problem, und zwar kein kleines ... von wegen Verdrängung und Trauma.«

»Und das wäre?«
»Ich liebe die Frau meines Bruders.«
*Jetzt war es so weit.*
»Deine Liebe ist nicht sehr tief, Alessandro«, erwiderte Eleonora gespielt gleichmütig, während ihre Eingeweide zu explodieren drohten.
»Stimmt, das war sie.«
»Vielen Dank.«
»Aber jetzt ist alles anders.«
»Bist du dir sicher? Das hast du bei Lorena auch gesagt, und jetzt weißt du nicht mal mehr, wo sie abgeblieben ist, oder etwa nicht?«
»Du bist ganz schön streng.«
»Und?«
»Na ja«, Alessandro schüttelte den Kopf, als würde er ihr die Gefühlskälte nicht abnehmen, »ich möchte gerne mit dir darüber reden, Eleonora.«
Reden? Was gab es da noch zu reden?
Emanuele hatte sie gebeten, ihn zu heiraten, und Alessandro hatte ihr gestanden, dass er sie liebte. Eleonora wusste genau, was zu tun war. Sie hätte aufstehen und auf der Stelle zu Emanuele fahren müssen. Stattdessen blieb sie am Tisch sitzen wie festgebunden oder angekettet, als hätte sie Nägel in den Händen und Fesseln um die Knöchel, wie ein ans Kreuz geschlagener Antichrist, gedemütigt von einem Holzstuhl.
*Ich kann dir nicht vertrauen.* »Ich ... Du ...«
»Ich oder du?«, fragte er mit einem unerträglichen Lächeln.
*Du weißt ja nicht mal, was Liebe ist.* »Ich.«
»Gut. Was ich?«
*Du wirst mich verlassen, so wie du auch alle anderen vor mir verlassen hast.* »Ich liebe dich ebenfalls, und das weißt du. *Dein Bruder hat mir gerade einen Heiratsantrag gemacht.* »Ich

bin völlig verrückt nach dir, Alessandro.« *Und weißt du was? Ich habe Ja gesagt.*

Alessandro griff nach ihrer Hand, wie er es immer tat. »Dann könnten wir dem Sturm doch gemeinsam die Stirn bieten, findest du nicht?« Er drückte ihre Finger zusammen, bis es schmerzte. »Ich werde Corinne verlassen.«

Eleonora schloss die Augen, kämpfte verzweifelt gegen die aufsteigenden Tränen an. »Alessandro ...«

»Nein, warte. Ich werde sie sowieso verlassen. Sie gehört zu meinem alten Leben. Jenem Teil, als ich noch geglaubt habe, ich könnte nicht lieben. Sie gehört zu meinem Leben ohne dich. Natürlich werden wir es ihr nicht sofort sagen, sondern warten. Wir werden uns geduldig und rücksichtsvoll verhalten. Dasselbe gilt für Emanuele. Bei ihm ist es allerdings leichter, denn du bist für ihn sowieso nur eine von vielen. Willst du, Eleonora?«

*Ich kann nicht. Das kann ich weder Corinne noch Emanuele antun.* »Ja.«

Alessandros Lächeln wurde breiter. Gerührt küsste er ihr die Hand. Eleonora schluckte, hasste sich und biss sich auf die Zunge, in genau der Reihenfolge.

»Gemeinsam werden wir es schaffen, mein Liebling.«

*Mein Liebling.*

»Wir schaffen das, versprochen.«

»Guten Abend.« Eine schrille weibliche Stimme durchbrach die Idylle.

Eleonora hob den Kopf und erblickte zunächst einen Schwangerschaftsbauch, ehe sie June erkannte. Erst in dem Moment wurde ihr bewusst, dass Emanueles Ex die ganze Zeit schon hinter ihnen saß. Möglicherweise hatte sie alles mitgehört. Eleonora schoss die Röte ins Gesicht.

»Hallo, June«, sagte Alessandro mit der üblichen Fröhlichkeit. »Setz dich doch zu uns. Wie geht es dir?«

»Wie soll es mir schon gehen.« June zog einen Stuhl vom Nebentisch heran und setzte sich zu ihnen, während Eleonora erbleichte. »Die schlimmste Übelkeit ist zum Glück vorbei, aber ich bin ständig müde. Und bei dir? Alles okay? Hallo, Eleonora, entschuldige.«

»Hallo, June.«

»Danke, mir geht's gut«, sagte Alessandro mit zufriedener Miene. »Ich muss sagen, du siehst blendend aus. So wie Emanuele sich dir gegenüber benommen hat, dachte ich, du wärst am Boden zerstört, muss ich ehrlich zugeben.«

»Na ja, es ist nicht gerade leicht, aber ich habe mich damit abgefunden.« Sie wandte sich um und heftete den Blick auf Eleonora, ihre Augen zwei geladene Waffen, jederzeit bereit, das vulgärste aller Gefühle auszuleben: Rache. »Vor allem jetzt, da sie ihn heiratet.«

Alessandro lachte zwar, fühlte sich jedoch sichtlich unwohl. Eleonora schien die Luft im gesamten Lokal einzuatmen und spie sie in einem zornigen Hustenanfall wieder aus.

»Was soll das heißen?«

»Im Grunde freue ich mich ja für ihn. Er hätte keine Bessere finden können.« Sie nahm Eleonoras Hand und drückte sie. »Eleonora wird ihn zähmen, da bin ich mir sicher. Als er es mir vor ein paar Tagen gesagt hat, wollte ich es erst gar nicht glauben. Aber inzwischen ... Na ja, man gewöhnt sich eben an alles, nicht wahr? Und jetzt entschuldigt mich bitte, ich muss los.«

June stand auf und ließ die beiden in einer Seifenblase aus Eis und Schweigen zurück.

Alessandro zahlte an der Kasse und wartete dann an der Tür auf Eleonora.

Eleonora wäre nur zu gerne weggerannt. Zweimal öffnete sie den Mund, um mit Alessandro zu sprechen. Das erste Mal, um alles zu leugnen, das zweite Mal, um ihn für die sinnlosen Lügen um Verzeihung zu bitten. Beide Male glitten die Wörter zurück in ihre Kehle bis hinunter in den Magen, wo sie auf dem ganzen Weg zum Auto wie Feuer brannten.

»Komm mit«, sagte Alessandro und setzte sich hinters Steuer, ohne sie auch nur eine Sekunde anzusehen.

»Wohin?«

»Bitte.«

Sie reihten sich in den Verkehr ein, und nach einer halben Stunde parkte Alessandro vor seiner Wohnung in Florenz. Schweigend, als hätten sie jeder einen Knebel im Mund, betraten sie erst den Palazzo, dann den Aufzug und schließlich die Wohnung.

Offenbar war sie noch nicht verkauft. Ihre Schritte hallten von den weißen Wänden wider, und ihr Echo fand nur wenige Möbel, hinter denen es sich verstecken konnte.

»Hier könnten wir zusammen einziehen«, sagte Alessandro und ging durch den langen Flur voraus bis zum Schlafzimmer. »Wenn die Dinge erst geklärt wären. Weißt du, ich bin der hartnäckigen Überzeugung, dass die Dinge in Ordnung gebracht werden können, und zwar *alle* Dinge. Aber das hier, Eleonora, das wiegt echt zu schwer.«

Eleonora ballte die Fäuste und heftete den Blick auf seinen Nacken, während er die Fenster öffnete.

»Hast du mich bloß hergebracht, um mir zu sagen, wie ekelhaft ich bin?«

Alessandro drehte sich zu ihr um. Er wirkte kein bisschen zornig, und das war unerträglich.

»Ekelhaft ist ein viel zu hässliches Wort. Ich könnte dich nie ekelhaft finden.« Er betrachtete das Bett aus Ahornholz und die weißen Vorhänge. »Ich habe beim Einrichten an dich gedacht, weißt du? Obwohl ich damals noch gar nicht wusste, dass ich dich liebe. Darauf zu verzichten bringt mich um. Jetzt, da ich es weiß, meine ich.«

»Liebe kann man nicht planen. Liebe geschieht.«

»Aber manchmal geschieht sie an Orten, die für dich unerreichbar sind, an jenen finsteren Orten, an die sich jeder Anteil von dir verkrochen hat, der er ein Trauma erlebt hat. Das verstehst du nicht.«

»Leider verstehe ich es sehr wohl.« *Was tust du da, Eleonora?* »Etwas Schreckliches ist passiert.«

»Das kannst du laut sagen.«

»Ich wollte sagen, *mir* ist etwas Schreckliches passiert. Oder vielmehr uns. Der Auslöser für unsere Angst, verlassen zu werden, hat uns angefallen wie ein wildes Tier. Die hysterischen Anfälle von Corinne haben ebenso damit zu tun wie meine Unfähigkeit, mein Leben selbst in die Hand zu nehmen.«

*Und dann das Desaster.*

Alessandro war allen Ernstes sprachlos. Was für ein seltsames Gefühl. Normalerweise wusste er zu allem etwas zu sagen, er schien ganze Schubladen mit richtigen Worten zu beherbergen.

»Frag mich bitte nicht, was damals passiert ist. Ich kann es nicht einmal vor mir selbst aussprechen.«

»Das solltest du aber«, erwiderte Alessandro. »Sieh nur mal, wie sich mein Leben verändert hat, seit ich mich der Vergangenheit gestellt habe.«

»Bist du denn jetzt glücklich?«

Alessandro lachte ungläubig auf. »Was für eine Frage.«

»Warum hasst du mich nicht, Alessandro? Nach allem, was June gerade gesagt hat?«

»Weil ich Erbarmen habe mit den Menschen, und zwar nicht nur mit dir.«

Erbarmen war ein vollkommen inakzeptables Wort.

Alessandro, der jeder einzelnen Silbe Bedeutung beimaß, hatte es sicher ganz bewusst gewählt, denn er besaß sehr viel Empathie.

»Lass mich gehen«, bettelte Eleonora. »Ich bitte dich.«

Sie erhob sich und wich langsam zurück, dann drehte sie sich um und rannte davon. Die Tür wollte nicht gleich aufgehen, Eleonora musste mit aller Kraft an der Klinke reißen, daher bemerkte sie auch erst auf dem Treppenabsatz, dass Alessandro ihr folgte. Hektisch stürzte sie die Stufen hinunter und setzte immer schneller einen Fuß vor den anderen. Sie schämte sich für ihre feige Flucht, vor allem aber schämte sie sich für sich selbst. Sie war ein Mensch ohne jedes Erbarmen und obendrein unfähig, Empathie zu empfinden, weil sie sich viel zu viele Jahre in einen Kokon gehüllt hatte, der sie am Nachdenken hinderte.

Wenn man nicht genügend nachdenkt, bezahlt man das in der Regel teuer. Man bezahlt es mit Teilen von einem selbst.

Zwischen dem zweiten und dem ersten Stock bekam Alessandro sie zu fassen und umschlang sie von hinten. Ihr Oberkörper klappte nach vorne, als sie abrupt stehen blieb und er seinen Körper von hinten an ihren presste.

»Sag, dass es nicht wahr ist«, raunte Alessandro in ihrem Nacken und drückte dabei so fest zu, dass ihr der Atem stockte. »Sag, dass er dich nicht liebt.«

Eleonora versuchte es mit aller Kraft, aber sie bekam keinen Ton heraus. Schließlich begann sie zu weinen. »Lass mich los, bitte.«

Obwohl ihr Flüstern kaum hörbar war, reagierte Alessandro sofort. Er lockerte die Umklammerung und erlaubte Eleonora, den Raum mit ihrer Angst zu füllen. Einen kurzen Moment lang verharrte sie unsicher zwischen der Treppenstufe und der Zukunft. Sie spürte Alessandros keuchenden

Atem im Nacken, vermutlich fiel es ihm genauso schwer, die Realität zu akzeptieren.

Dann endlich fand sie die Kraft, ihre Beine zu bewegen, und setzte ihre Flucht fort.

»Um es kurz zu machen, er hat mir die Einladungen gezeigt, und ich war hin und weg. Ich dachte nur noch wow!«

*Wow. Ja, klar.*

»Tatsächlich?«

Corinne redete und redete, während Emanuele, den Kopf zwischen Eleonoras Beinen, mit der Zunge zarte Kreise und präzise Linien auf ihre Schenkel malte.

»Leg endlich das dämliche Telefon weg.« Sein warmer Atem auf ihrer feuchten Haut wirkte wie ein mächtiges Aphrodisiakum. Eleonora schluckte das Stöhnen in ihrer Kehle herunter, umfasste seinen Kopf mit beiden Händen und drückte seinen Mund auf ihr warmes Geschlecht. Er betäubte jede einzelne ihrer Ängste mit seinen unzähligen Gegenmitteln.

»Wir fahren Ende August los und bleiben zehn Tage in Südfrankreich. Damit hätte ich nicht im Traum gerechnet!«

*Ich auch nicht, glaub mir.* »Das ist ja fantastisch, Corinne.«

»Boris nehmen wir auch mit. Wenn du wüsstest, wie viel Mühe Alessandro sich gibt, um ein Hotel zu finden, in dem Hunde erlaubt sind. Er ist mit Feuereifer dabei …«

»Dann ist er also wieder der Alte?«

»Schön wär's. Es war besser, als er noch nicht wusste, was damals mit ihm passiert ist. Wenigstens wusste ich da, wie ich mit ihm umgehen soll.«

*Gütiger Himmel.* Wie grausam Arglosigkeit sein konnte.

Emanuele hob den Kopf und nahm ihr das Telefon aus der Hand.

»Corinne, Liebes?«

»Emanuele?«
»Genau. Würde es dir etwas ausmachen, das Gespräch morgen früh weiterzuführen, wenn ich nicht mehr mit meiner Frau im Bett liege?«
Eleonora schlug die Hände vors Gesicht. Sie hatte Corinne vor Augen, die wie ein Schulmädchen errötete.
»Ich ... nein wirklich, entschuldige. Ich wollte nicht ...«
»Ist schon gut. Bis morgen dann. Ciao.«
Damit schaltete Emanuele das Telefon aus und zog Eleonora an sich.
Dieser Mann war eine Naturgewalt. Er machte sie völlig benommen, und das war genau, was sie brauchte, vor allem nach den Neuigkeiten, die Corinne ihr gerade erzählt hatte. Alessandro hatte offenbar mit allem abgeschlossen, was je zwischen ihnen gewesen war. Eleonora hingegen noch nicht.

# 25

Im Spiegel erblickte sie eine Frau, die sie nicht kannte.
Sie war schöner als die andere, die beständig in dem fragilen Gleichgewicht zwischen Verzagtheit und Beschämung lebte. Ihre Augen wirkten größer, der Mund sah voller aus.
Vielleicht war es ja der Sex? Sozusagen ihr befriedigter Körper.
Eleonora wusch sich das Gesicht. Es war erst neun Uhr vormittags, doch Corinne war schon vor einer halben Stunde in ihre kleine Wohnung eingefallen, um ihr die Nachricht des Jahrhunderts zu überbringen: Alessandro hatte ein Filmangebot erhalten.
Als seine Ehefrau war Corinne gleichermaßen stolz und besorgt. Sie genoss die Vorstellung, Zugang zur Welt des Showbiz zu bekommen, aber sie befürchtete auch, ihren attraktiven Ehemann künftig mit der ganzen Welt teilen zu müssen.
Während Corinne unaufhörlich weiterplapperte, warf Eleonora einen letzten Blick in den Spiegel und stellte erstaunt fest, dass ihre Miene wohlwollend war. Sie hatte ihr bisheriges Leben damit zugebracht, sich zu hassen, ohne andere dabei zu verletzen, und jetzt, da sie ständig allen auf die Füße trat, war sie auf einmal in der Lage, sich selbst zu mögen. Vielleicht rührte diese Zärtlichkeit sich selbst ge-

genüber ja daher, dass sie sich selbst als Menschen mit Macken und Fehlern betrachten konnte. Wie auch immer, Eleonora war heiter und gelassen, außerdem hatte sie Hunger.

Zum ersten Mal schien es ihr kein unmögliches Unterfangen zu sein, eine Entscheidung zu treffen. Gewiss, die Entscheidung wäre nicht endgültig. In diesen turbulenten Tagen, in denen eine Veränderung auf die nächste folgte, war es undenkbar, in ein solides Fundament in sich selbst zu legen.

Eleonora wusste allerdings, dass sie die Leichtigkeit jener Zwischenwelt, die mit der Realität so gut wie nichts zu tun hatte und ihr daher lediglich vorübergehend Schutz bot, nicht länger ertragen konnte.

Klar und deutlich sah sie die beiden Brüder, ein jeder der Mann ihres Lebens, an den entgegengesetzten Rändern jener seltsamen Welt stehen, in der sie da gelandet war. Auf der einen Seite Alessandro, labil und unerreichbar, der zwischen zwei Leben schwebte: jenem, das zerstört worden war, als er noch ein kleiner Junge war, und jenem, das er selbst geschaffen hatte, als er freikam, auf der anderen Seite Emanuele, der mit beiden Füßen fest auf der Erde stand, mit seinem außergewöhnlichen Charisma, ein totaler Kontrollfreak und zugleich unendlich großzügig, der all das hinter seiner ungezwungenen Art verbarg.

Auf keinen der beiden wollte Eleonora verzichten. Dennoch war es an der Zeit, sich zu entscheiden.

Alessandro wäre wohl die konsequentere Wahl gewesen, da in Eleonoras Leben stets Ungewissheit geherrscht hatte und eine fragile Bindung eine natürliche Folge davon gewesen wäre.

Doch Eleonora konnte sich nicht länger hinter der Überzeugung verschanzen, dass sie die Dinge nicht zu ändern vermochte. Selbst Alessandro war es gelungen, zumindest bemühte er sich darum. Wenn er es hinbekam, dann schaffte sie es auch. Dann schaffte es sogar Corinne.

Eleonora kehrte in die Küche zurück, setzte sich an den kleinen Tisch und hörte ihrer Freundin zu, die immer noch redete.

Erst nach mehreren Minuten hielt Corinne inne. »Findest du das nicht auch wunderbar, Eleonora?«

»Was denn?«

»Na, all das!«

»Ach so, ja. Und du?«

»Ich? Natürlich!«

»Sicher?«

»Na ja, ich bin schon oft unsicher und muss mit meinen Ängsten leben, das sagte ich ja schon. Aber Alessandros Glück ist auch mein Glück. Möglicherweise gleicht sich ja bald alles aus, wenn erst sein großer Traum in Erfüllung geht. Wer glücklich und zufrieden ist, der kann Veränderungen leichter annehmen. Das habe ich mal in einem Buch gelesen, das Denise mir geliehen hat. *Herrin über dein Leben* heißt es.

»*Herrin über*... Corinne, was kommt als Nächstes? Fängst du etwa an, dir Karten zu legen?«

Corinne schnaubte und wickelte eine Haarsträhne um den Zeigefinger, wie sie es schon als kleines Mädchen getan hatte, wenn sie nervös war.

»Sei keine Spielverderberin«, rügte sie scherzhaft. »Sonst lade ich dich nicht zu uns nach Cannes ein.«

*Nach Cannes, sieh mal einer an.* »Aha, wenn das so ist ... Hör mal, Corinne, ich muss dir etwas Wichtiges sagen.«

»Nein, bitte nicht.«

»Was heißt da ›bitte nicht‹? Bleib ernst.«

»Ich bin immer ernst. Aber ich habe mich gerade erst halbwegs wieder gefangen. Schlechte Neuigkeiten kann ich jetzt nicht gebrauchen. Eigentlich kann ich überhaupt keine Neuigkeiten gebrauchen.«

»Tu ruhig weiter so, als wäre nichts, meinetwegen bieg dir auch die Welt zurecht, wie du sie brauchst, aber du kannst mich nicht daran hindern, es dir zu sagen. Bitte hör mir kurz zu, danach kannst du tun oder lassen, was du für richtig hältst.«

»Na gut.« Corinne schenkte sich noch etwas Tee ein. »Schieß los.«

»Wir werden uns eine Zeit lang nicht mehr sehen.«

Corinne machte ein verblüfftes Gesicht. »Wieso?«

»Ich ziehe mit Emanuele auf den Agriturismo. Falls er mich noch will.«

»Das verstehe ich nicht ganz. Warum sollte er dich nicht mehr wollen? Und was hat dein Umzug damit zu tun, dass du nicht mehr nach Bruges kommst?«

»Okay, alles der Reihe nach.« Eleonora seufzte. Ungefähr tausendmal hatte sie das Gespräch mit Corinne in der vergangenen Nacht im Kopf durchgespielt, aber am Ende kam es doch anders und war meist sogar noch komplizierter. »Besser gesagt, ich werde beide Fragen mit einem Geständnis beantworten.«

Corinne wusste es. Im Grunde ihres Herzens wusste sie, was Eleonora ihr sagen wollte. Deshalb rang sie auch die Hände im Schoß, saß mit übereinandergeschlagenen Beinen völlig verkrampft da und wippte nervös mit dem linken Fuß.

»Ein Geständnis. Muss das sein? Du hattest schon immer einen Wahrheitsfimmel.«

»Ich? Wie bitte?«

»Ich muss dir die Wahrheit sagen, Corinne. Ich will ganz aufrichtig sein mit dir. Corinne, um ehrlich zu sein, Corinne ...«

»Schluss damit! Die Wahrheit wird uns nicht retten, sie fügt uns nur Leid zu. Kein Mensch auf dieser Erde ist so wahrhaftig, dass er glaubhaft wird. Hör endlich auf damit!«
»Aber Corinne ...«
»Ja?«
»Hör es dir an, ich bitte dich.«
»Ach, ich weiß nicht.« Corinne stand auf und hängte sich ihre Handtasche über die Schulter, steif wie ein Roboter. »Ich weiß nicht, ob ich dir zuhören will. Ich muss sowieso gehen, Alessandro kommt zum Mittagessen vorbei und hat mich gebeten, Bolognesesoße zu machen. Nach Ritas Rezept, weißt du noch? Die war so was von lecker! Dass Mina nicht mehr zu uns kommt, hat mich ganz schön ins Schleudern gebracht. Ich koche nicht so gerne, wie du weißt, und ...«
»Corinne ...«
»... habe keine Lust, es mit dreißig noch zu lernen.«
»Ich liebe ihn.«
Bei dem Satz fiel Corinne in sich zusammen. Sogar die Haut schien sich zu lösen, Lider und Mundwinkel senkten sich, während aus ihrem Mund ein einziges, endlos langes Schluchzen drang.
Eleonora umarmte sie. »Verzeih mir. Ich werde ihn dir nicht wegnehmen. Ich schwöre es.«
»Ich hab's immer schon gewusst«, sagte Corinne mit bebenden Lippen, die Stimme ganz dünn und leise. »Schon an dem Tag, an dem du in Bruges angekommen bist, war mir klar, dass ihr euch verlieben würdet. Deswegen wollte ich dich auch dort weghaben, nur deswegen.«
»Keine Sorge, er hat sich nicht in mich verliebt«, log Eleonora. Möglicherweise log sie auch nicht, wer konnte das schon mit Sicherheit sagen? »Wie auch immer, ich werde mich eine Zeit lang von ihm fernhalten. Es tut viel zu weh, verstehst du das?«

»Ich verstehe dich nur zu gut.«
»Bitte sei mir nicht böse.«
»Du mir auch nicht.«
Eleonora umarmte Corinne. Wie seltsam die Liebe zwischen ihnen war, in die Pflichtgefühl und Gefühlsüberschwang genauso hineinspielten wie Erbitterung und völlige Hingabe.
»Wir haben schon Schlimmeres zusammen durchgemacht als das«, sagte sie zu Corinne, ohne sie loszulassen, so als fürchtete sie, Corinne könnte ihr entgleiten und in ein schwarzes Loch abrutschen. »Wir werden dieses Problem genauso anpacken wie alle anderen, früher oder später ...«
»Ich weiß nicht, ob ich das kann.«
»Wir schaffen das schon.«
Corinne löste sich aus der Umarmung und tupfte sorgfältig die Tränen von ihren Wangen. Sie besaß die außergewöhnliche Fähigkeit, sich in Rekordzeit von ihren seelischen Erregungen zu erholen, so als würde sie sie einfach in einen Sack stecken und verräumen.
»Und Emanuele?«, fragte Corinne unvermittelt.
»Was soll mit ihm sein?«
»Wirst du mit ihm zusammenziehen ... obwohl du seinen Bruder liebst?«
»Corinne, ich bin völlig verrückt nach ihm.«
»Auch nach Emanuele?«
»Ja, auch nach ihm.«
»Das ist unmöglich.«
»Ist es nicht.«
»Man kann durchaus zwei Menschen lieben, aber nicht beide gleich stark. Tief in deinem Herzen weißt du, für wen du dich entscheiden würdest, wenn du dazu gezwungen wärst.«
*Bin ich denn etwa nicht gezwungen, mich zu entscheiden?*

»Ich weiß es nicht, ich weiß gar nichts. Allein der Gedanke, Emanuele womöglich nie mehr zu sehen, macht mich wahnsinnig.«

»Na, dann ist es doch einfach.« Corinne strahlte wieder. »Dann ist Emanuele der Mann, den du wirklich liebst.«

»Kann sein. Auf jeden Fall ist es besser, wenn ich mich von der Villa Bruges fernhalte.«

»Ich bin aber nicht schuld daran, und Denise und Maurizio auch nicht.«

»Corinne, wir sind keine Bilderbuchfamilie. Zu Denise und Maurizio habe ich gar keine enge Beziehung. Du wirst mir allerdings fehlen.«

Corinne machte einen Schmollmund wie ein kleines Mädchen.

»Wie lange werden wir uns nicht sehen?«

»Keine Ahnung. Ein paar Monate vielleicht.«

»Was? Das ist ja irre lang!«

»Versetz dich bitte mal in meine Lage.«

Corinne dachte kurz nach, dann nickte sie verständnisvoll. »Ich kann dich verstehen. Du hast recht. Du musst tun, was für dich stimmig ist, was getan werden muss. Das Richtige eben.«

»Das Richtige existiert nicht. Ich versuche nur so wenig wie möglich zu leiden.«

»Jedenfalls hat Mina mich echt hängen lassen«, wechselte Corinne abrupt das Thema, als ihr klar wurde, wie schlimm es für Eleonora war, auf Alessandro zu verzichten. Eleonora würde leiden, damit sie es nicht musste.

»Ich mach dir einen Vorschlag«, fuhr Corinne unbeirrt fort. »Wir treffen uns noch mal zum Abendessen, nur du und ich, und zwar noch vor deinem Umzug auf den Agriturismo. Danach nimmst du dir dann alle Zeit der Welt ... Aber ich darf dich doch zwischendurch anrufen, oder?«

»Ich gehe ja nicht in Klausur, Corinne. Natürlich kannst du mich anrufen.«

»Gut. Jetzt muss ich aber wirklich los. Ritas Bolognesesoße wartet auf mich. Neulich ist sie mir echt super gelungen.«

»Sie wird auch heute schmecken.«

Eleonora sah ihrer Freundin nach, als sie fröhlich die Tür öffnete und sie hinter sich zumachte. Dabei kam ihr der Gedanke, dass sie offenbar als Einzige bereit war, ihre Schuld zu tragen. Die anderen schüttelten sie mit einem Schulterzucken ab oder taten zumindest so, als würden sie die Last nicht spüren.

Eleonora und Emanuele waren zu einer Feier eingeladen. Es kam selten vor, dass sie einen Stadtbummel machten oder ausgingen, sie verbrachten ihre Freizeit lieber im Bett. An diesem Abend jedoch feierte ein guter Freund von Emanuele seinen Geburtstag in einem Lokal in Florenz, daher verbrachte Eleonora eine gute Stunde vor dem Spiegel – mit Erfolg.

Sie sah noch besser aus als sonst, und bei dem Essen flirteten mindestens drei Männer völlig ungeniert mit ihr.

»Du bist wohl auf Eroberungsfeldzug«, neckte Emanuele sie und zog sie hinter sich her zum Tresen. »Was trinkst du?«

»Dasselbe wie du.«

Er bestellte zwei Gin auf Eis, und Eleonora griff widerstrebend nach dem Drink. Sie mochte Gin nicht sonderlich, aber noch weniger gern suchte sie alkoholische Getränke selbst aus, deshalb fand sie sich damit ab.

»Wer war das in dem grünen Hemd? Diesem giftgrünen Teil?«

»Wenn du ihn nicht mal kennst, woher soll ich dann ...?«

Eleonora trank einen großen Schluck und musste husten.

»Mensch.«

»Du solltest nichts Hochprozentiges trinken, Mädchen.« Emanuele küsste sie hinters Ohr, was sie sogleich schwach werden ließ, als hätte er einen Knopf gedrückt. »Also, wer war das?«
»Ich weiß es nicht, hab ich doch gesagt. Es sind immerhin deine Freunde.«
»Ich habe keine Freunde mit giftgrünen Hemden.«
»Wie auch immer ... Schön, dass es dich nervt. Normalerweise muss ich mich immer zu dir durchboxen, während dir wildfremde Frauen an die Wäsche gehen.«
Emanuele musste schallend lachen und grüßte kurz einen Bekannten, dann schenkte er Eleonora wieder seine volle Aufmerksamkeit. »Ich habe dich beobachtet, du hast gelacht.«
»Wo und wann?«
»Mit dem grünen Kerl. Du hast mit ihm gelacht.«
»Ist das verboten?«
»Ja. Dein Lachen ist meine Rettung. Ich will es mit niemandem teilen. Mit anderen kannst du meinetwegen reden, ihnen zulächeln oder mit ihnen Blicke wechseln. Aber zwei Dinge gehören mir: dein Lachen und deine Fragerei. Ist das klar?«
Eleonora schaute ihm tief in die Augen. Emanuele war oft ironisch, aber auch sehr bestimmt. Beides liebte sie an ihm.
»Und wenn nicht?«
»Provozier mich nicht.« Er küsste sie sanft auf den Mund.
Ohne ein weiteres Wort entfernte er sich und gesellte sich zu einer Gruppe ehemaliger Klassenkameraden, die ihn begeistert begrüßten. Eleonora konnte sich gut vorstellen, dass er am Gymnasium sehr beliebt gewesen war. Überall beliebt, ein Sportass und hervorragender Schüler. Ein echter Überflieger und trotzdem kein Vergleich zu seinem Bruder.

Eleonora drehte sich wieder zum Tresen um und bestellte ein Glas Wasser. Dabei entdeckte sie Denise, die in einer Ecke auf einem Sofa im Halbdunkel saß und mit einem Mann flirtete, von dem Eleonora nur die Beine und großen Hände erkennen konnte.

Voller Mitgefühl dachte Eleonora an Maurizio. Wo er wohl war? War er ruhig oder nervös? Befürchtete er, dass seine Frau ihn an diesem Abend betrügen könnte?

Für einen Moment stieg Wut in ihr auf. Das war nicht fair. Aufrichtige Menschen wie Maurizio hatten weder Untreue noch Lügen verdient.

Sie ging zu Emanuele hinüber, nahm ihn beim Arm und bat seine Freunde um Entschuldigung, ehe sie ihn in eine Ecke zog. Er musste den Kopf zu ihr herunterbeugen, um sie zu verstehen, da inzwischen eine Rockband spielte und man sein eigenes Wort nicht mehr verstand.

»Denise bandelt mit einem fremden Mann an.«

»Was?«

»Denise! Sie ist dabei, einen Typen abzuschleppen, schau doch mal. Das sieht ein Blinder, dass sie den ins Bett zerren will.«

Emanuele folgte Eleonoras Blick und näherte den Mund ihrem Ohr. »Ja, klar. Es ist Alessandro. Er ist gerade erst gekommen. Denise baggert ihn immer an, wenn er mal Ausgang hat.«

*Nein, bitte nicht Alessandro.*

Doch er war es tatsächlich. Wie bestellt trat Alessandro aus dem Halbdunkel, ein echter Hingucker in der Jeans und dem blauen Jackett, und näherte sich dem Tresen. In dem Moment zog ein Freund Emanuele am Arm weg, und Eleonora wandte sich zu Alessandro um.

»He, du auch hier«, sagte er, als er sie auf sich zukommen sah.

»Kommt man um Mitternacht noch auf eine Party?«
»Was, schon so spät?«
»Ja.«
»Hab ich gar nicht bemerkt.« Eleonora entschied, dass sie sich ruhig ein bisschen Zeit mit ihm gönnen durfte. Nur zehn Minuten. Schließlich würde sie bald lange Zeit ohne ihn auskommen müssen. Das hatte sie sich selbst und Corinne versprochen.
»Denise nervt dich, oder?«
»Bitte lass uns von was anderem reden.« Alessandros Blick wanderte über ihr Gesicht, verweilte erst auf ihren Brüsten, dann auf den langen, nackten Beinen. »Du siehst hinreißend aus.«
»Lass das« wäre die richtige Antwort gewesen, stattdessen sagte sie: »Danke.«
»Ich muss jetzt gehen.«
»Aber du bist doch eben erst gekommen!«
»Ich wusste nicht, dass du auch da sein würdest. Man sieht sich, okay? Grüß mir Emanuele.«
In einem Zug kippte Alessandro die bernsteinfarbene Flüssigkeit in seinem Glas herunter und verließ das Fest, obwohl Denise alles versuchte, um ihn aufzuhalten.

## 26

Alessandro saß mit seiner Mutter im Garten auf einer Bank hinter der Villa und hörte ihren Erzählungen zu. Greta trug Gartenhandschuhe, weil sie sich wie bei jedem ihrer Besuche in Bruges um den Rosengarten kümmerte. Die Hände zwischen die Knie geklemmt, den Blick auf den Boden gerichtet, saß er da, während der laue Wind frech mit seinen Haaren spielte.

Eleonora nährte sich den beiden, die Hände in den Taschen ihres mädchenhaften Sommerkleids, das der Wind neckisch über den Knien aufbauschte.

»Hallo, Greta, herzlich willkommen«, sagte sie mit einem strahlenden Lächeln und zeigte damit ihre neu gewonnene Sicherheit. »Alessandro ...«

Greta wandte sich zu ihr um, und Alessandro schaute auf.

»Liebes!« Die ältere Dame breitete die Arme aus und wartete wie eine Königin auf dem Thron, bis Eleonora zu ihr kam und sie drückte. »Wie geht es dir?«

»Gut.« Eleonora hauchte links und rechts von Gretas Wangen Küsschen in die Luft, dann richtete sie sich auf. »Dir hoffentlich auch.«

»Na ja, wie es alten Frauen halt so geht.«

»Von wegen alte Frau! Du siehst blendend aus.«

Als wollte sie das Kompliment bestätigen, stand Greta

leichtfüßig auf, streckte sich und zog die Handschuhe aus. »So, hier bin ich fertig. Der Rosengarten müsste sich bei mir bedanken. Wenn ich nicht wäre …«

»Ach, woher!«, war das Erste, was Alessandro sagte. Er wirkte zerstreuter als sonst. »Ich bezahle immerhin einen Gärtner dafür.«

»Der Gärtner ist ein Stümper. Ich gehe jetzt hinein, Eleonora, ich muss unter die Dusche. Bleibst du noch ein bisschen?«

»Höchstens zehn Minuten. Ich ziehe gerade um, erinnerst du dich?«

»Natürlich erinnere ich mich. Ich bin ja nicht vertrottelt. Du raubst mir meinen Erstgeborenen, wie könnte eine Mutter so etwas vergessen?«

Sie lachten beide, dann umarmte Greta sie und ließ Eleonora mit Alessandro allein. Wie viel sie wohl ahnte? Vermutlich einiges, der Geschwindigkeit nach zu urteilen, mit der sie sich entfernte.

Die Hände wieder in den Taschen, blieb Eleonora kurz stehen, um Alessandro zu betrachten, und verteufelte den böigen Wind, der sogar ihre Gedanken davonwehte.

Alessandros Stimme durchschnitt die Stille wie eine Klinge. »Falls du hergekommen bist, um mich zu trösten, kannst du dir die Mühe sparen. Mir geht's blendend.«

Eleonora stieß die Luft aus. Auf Groll war sie gefasst gewesen, aber nicht auf Trotz. Trotz war zu banal und Alessandro nicht angemessen.

»Komm, hör auf. Ich muss niemanden trösten. Das fehlte noch.«

»Wieso? Glaubst du etwa, ich brauche keinen Zuspruch?«

»Du hast doch eben selbst gesagt, dass es dir blendend geht.«

»Ich wollte dir bloß aus deiner Verlegenheit helfen.«

»Oh, vielen Dank. Eigentlich wollte ich mich nur kurz verabschieden.«

»Warum? Sehen wir uns denn nicht mehr?«

Die Frage war scherzhaft gemeint, doch Eleonora erwiderte: »Eine Zeit lang.«

Alessandro starrte sie verwirrt an. »Warum?« Die Frage klang traurig und auf das Schlimmste gefasst.

»Wenn du dich ein bisschen anstrengst, kommst du von selbst drauf.«

»Ich kann nicht. Ich muss mich schon extrem zusammenreißen, um dich nicht mit Gewalt von hier fortzubringen und im erstbesten Hauseingang von Borgo San Lorenzo zu küssen.«

Seine Antwort versetzte Eleonora einen Stich, was sie sich aber nicht anmerken ließ. »Dafür brauche ich dringend eine Dekompressionskammer.«

»Und die hilft dir dabei, mich nicht mehr zu lieben? Deinen Schmerz zu betäuben, weil du ja so ein großes Opfer bringst? Gerade du, die du mir immer vorgeworfen hast, dass ich mich aufopfere.«

»Es ist kein Opfer für mich, mit Emanuele zusammenzuleben. Ich kann nicht heiraten, wenn ich mir über meine Gefühle nicht im Klaren bin, aber ich ...«

»Aber zusammenleben geht schon? Was macht das denn bitte für einen Unterschied?«

»Einen großen.«

»Sorry, wenn ich das jetzt so direkt sage, Eleonora, aber ich finde deine Entscheidung erbärmlich und gewissenlos.«

»Kann sein. Aber ich will ihn nicht verlieren.«

»Und was ist mit mir?«

»Alessandro ...« Sie wollte sich erst neben ihn setzen, doch dann überlegte sie es sich anders. Seine Nähe war viel zu gefährlich. »Dich hatte ich nie.«

»Du irrst dich. Der springende Punkt ist, dass du mir nicht vertraust.«

»Stimmt.«

Mit einer derart unvermittelten Antwort hatte Alessandro nicht gerechnet, und für einen Moment wirkte er verwirrt, wenn nicht gar fassungslos. »Du tust mir unrecht. Ich habe mich verändert.«

»Du fährst mit Corinne nach Cannes, hab ich gehört?«

Der Versuch, das Thema zu wechseln, misslang.

»Ja und gleich danach werde ich die Scheidung einreichen.«

Besorgt spähte Eleonora zur Villa hinüber. Was da wohl noch auf sie zukommen würde? Vielleicht sollte sie Emanuele vorschlagen, Corinne eine Zeit lang bei sich wohnen zu lassen, um ein Auge auf sie zu haben.

»Das wird sicher die Hölle.«

»Ja. Ich bitte dich, auch wenn du mich nicht mehr sehen willst, steh wenigstens Corinne bei.«

Diesmal funkelten die Klingen in Eleonoras Augen. »Darauf brauchst du mich nicht extra hinzuweisen. Ich werde tun, was notwendig ist, und zwar mit Liebe.«

»Auch ich habe getan, was notwendig war.«

»Das heißt?«

»Ich habe Emanuele gesagt, dass du mich liebst.«

Eleonora verschlug es den Atem. Ein Kloß rann ihr durch die Kehle bis in den Magen, wo er sich verfestigte und schwer wie Zement wurde.

*Das glaube ich jetzt nicht.* »Du hast *was* getan?«

Alessandro lächelte. Unglaublich!

»Ihm gesagt, dass du mich liebst. Das war ich ihm schuldig. Immerhin ist er mein Bruder.«

»Was zum Henker sagst du da, Alessandro?«

»Die Wahrheit.«

»Was hat er geantwortet?«
»Dass er es weiß.« Eleonora brach in schallendes Gelächter aus, das eher klang wie ein wütendes Niesen.« »Ihr treibt mich noch in den Wahnsinn.«
»Du hast uns alle beide längst in den Wahnsinn getrieben.«
»Ich hätte es wissen müssen, verdammt! Nichts läuft einfach nur normal, nicht mal nach einer Entscheidung. Er hat also gesagt, dass er es weiß. Und dann?«
»Nichts. Er hat noch gesagt, dass er dich liebt und dass es für euch beide reicht.«
»Das ist doch total absurd ...«
»Ich kenne meinen Bruder. Er muss dich wirklich lieben, so etwas würde er keiner anderen durchgehen lassen. Es ist deine letzte Chance. Wenn du mich nicht vergessen kannst, wird er dich aus seinem Leben verbannen. Wenn ich ehrlich bin, dann hoffe ich, dass genau das passiert. Bis dahin bleibt mir nichts anderes übrig, als deine Entscheidung hinzunehmen.«

»Ah, hier steckst du!«, rief Corinne und trocknete sich an einem großen Geschirrtuch die Hände ab. Sie musste sofort aus der Küche geeilt sein, nachdem sie ihre Freundin im Garten entdeckt hatte. »Wie weit seid ihr mit dem Umzug?«

»Ich hab ja nicht so viele Sachen, aber Emanuele hat ganz schön zu tun.« Eleonora wich Alessandros Blick aus, der auf ihr ruhte. »Was machst du gerade? Sag bloß, du kochst schon wieder!«

»Ja. Es macht mir Riesenspaß, weißt du? Ach, übrigens, Rita hat vorhin angerufen. Sie zieht demnächst nach Österreich.«

»Nach Österreich? Machst du Witze?«

»Sie hat einen Dirigenten kennengelernt, die beiden wollen in Wien zusammenleben.«

»Sie wird sich nie ändern.«

»Im Gegensatz zu uns.«

Mit dieser Antwort hatte Eleonora nicht gerechnet. »Entschuldige, was hast du gesagt?«

»Wir können alles verändern.«

Es war wunderbar und schrecklich zugleich, was da gerade vor sich ging, und erfüllte Eleonoras Herz sowohl mit Freude als auch mit Entsetzen. Corinne hatte sich gerade erst von ihrem letzten Tief erholt und musste gleich den nächsten Tiefschlag verkraften. Grausamer ging es kaum.

Aber Eleonora würde das Kind schon schaukeln. Wie immer. Genau wie damals, als Corinne scheinbar fröhlich im Garten gespielt hatte, um sich einen Moment später umzudrehen und in Tränen auszubrechen, als wäre alles zu spät, nur weil hinter den Häusern die Sonne unterging. Eleonora hatte ihre Freundin dann immer in den Arm genommen und ihr versichert, dass sich daran nie etwas ändern werde und sie ihr Leben lang die Arme für Corinne ausbreiten werde, auch wenn sich ihre Wege einmal trennen sollten.«

»Abgesehen von meinen Armen, die dich immer auffangen werden«, murmelte sie, und Corinne war gerührt.

Wie schade, dass man die meisten Dinge zu spät versteht. Zum Beispiel, dass es unnötig ist, so zu tun, als würde man nie und niemandem gegenüber Hass empfinden, nicht mal einer Freundin gegenüber, die für einen wie eine Schwester ist. Hätte Corinne ihr doch bloß ihren Hass ins Gesicht geschrien, wenigstens einmal, dann hätten sie sich in all den Jahren viel intensiver geliebt.

Selbstversunken schlenderte Emanuele durch die Weinberge. Das rote Licht der untergehenden Sonne zeichnete die Linien seines Körpers nach, den Eleonora so sehr liebte, und schenkte ihr mit diesem Anblick einen Moment der Vollkommenheit.

Nur zu gerne hätte Eleonora ein Foto von ihm gemacht, doch sie unterdrückte den Drang, das Handy herauszuholen, sie fand es unpassend. Obwohl, wie Emanuele so dastand, umgeben von einem virtuellen Rahmen, hätte eine Fotografie ihn vermutlich wahrhaftiger wiedergegeben, als Eleonora ihn vor sich sah. Möglicherweise hätte es ihn realer gemacht.

»Bald ist Erntezeit«, sagte Emanuele, als er Eleonora näher kommen hörte. »Das wird schön. Eine Wiedergeburt.«

»Ich hoffe es.«

»Ich bin mir sicher.«

Er wandte sich zu ihr um und liebkoste ihre Wange. Es war eine untypische Geste für ihn, aber er überraschte sie gerade ständig – nicht zuletzt damit, wie er um sie kämpfte.

»Ich muss unbedingt mit Maurizio reden«, sagt Emanuele. »Unter Brüdern müssen gewisse Dinge auf den Tisch.«

Die Bemerkung verblüffte Eleonora. Normalerweise ignorierten die anderen das Verhalten von Denise stillschweigend, daher kam diese Ankündigung für sie überraschend.

»Hast du schon mit Alessandro gesprochen?«

»Ja, er hat sich furchtbar aufgeregt und ist überhaupt nicht einverstanden. Er behauptet, dass zwischen ihm und Denise nichts läuft und ich Maurizio unnötig das Leben schwer mache.«

»Blödsinn. Ich bin mir sicher, dass Denise ihn regelmäßig betrügt. Maurizio hat ein Recht darauf, noch mal von vorn anzufangen, mit einer Frau, die ihn liebt.«

»Stimmt. Leider wird er das nicht tun. Er ist ein Sturkopf.«

*Maurizio, ein Sturkopf?* Das kam ihr widersprüchlich vor. Aber vielleicht konnte man es tatsächlich als eine Form von Starrköpfigkeit interpretieren, dass er manche Dinge einfach nicht wahrhaben wollte. Verdrängung ist ein überaus häufiger Abwehrmechanismus.

»Ein jeder ist für sein Leben selbst verantwortlich«, fuhr Emanuele fort, nahm Eleonoras Hand und zog sie hinter sich her zum Gebäude. »Ich zum Beispiel habe mich für eine unbezähmbare und obendrein unschlüssige Frau entschieden. Allerdings liebe ich Herausforderungen.«

Eleonora lächelte, ohne dass er es sehen konnte. Es war leichter, sich den Dingen zu stellen, wenn sie sich klärten.

»Du nimmst mich eben so, wie ich bin, Emanuele. Warum?«

»Weil wir das alle tun sollten. Es hat keinen Sinn, Menschen oder Ereignisse krampfhaft ändern zu wollen, bis man sich irgendwann sogar vormacht, dass sie sich gewandelt haben und endlich so sind, wie wir sie gerne hätten.«

»Und? Bist du optimistisch?«

Emanuele drehte sich um und lief rückwärts weiter. »Du wirst ihn vergessen, Eleonora. Bald wird es in deinem Leben für niemanden mehr Raum geben als für mich.«

»Das ist doch längst so.«

»Ich kenne den Zauber, der von meinem Bruder ausgeht, nur zu gut. Glaubst du im Ernst, ich hätte es akzeptiert, mit einer Frau zusammenzuleben, die einen anderen liebt? Illusionen bringen nichts. Das hier ist das wahre Leben.« Er zog Eleonora an sich und küsste sie, versprach ihr eine Sicherheit, die sie nie gehabt hatte. »Es ist an der Zeit zu leben.«

*Leseprobe*

SARA BILOTTI

# Die Geliebte
### Eleonoras geheime Nächte

Band 3 der sinnlichen Trilogie

Die sonnige Toskana hat Eleonoras Leben schöner gemacht, und seit sie bei Emanuele wohnt, empfindet sie zum ersten Mal in ihrem Leben ein Gefühl von Zugehörigkeit. Dieser Mann kennt sie einfach, und er weiß, wie er selbst ihre verbotensten Sehnsüchte entfachen kann. Trotz allem findet sie keinen Frieden, denn sein Bruder Alessandro lässt sich weder aus ihrem Kopf noch aus ihrem Herzen verbannen. Als Emanuele ihr Vertrauen missbraucht, gerät die Situation aus dem Gleichgewicht. Eleonora reagiert mit Flucht, wie sie es immer getan hat. Gleichzeitig spürt sie, dass der Moment gekommen ist, sich ihrer Vergangenheit zu stellen, so schmerzhaft sie auch sein mag. Der Moment, um endlich eine Entscheidung zu treffen …

# 1

»Wie denken Sie darüber, dass die Unterhaltungsindustrie uns heutzutage eher zerstreut als zum Denken anregt?«
Die raue Stimme der Journalistin, die aus den Lautsprechern des Plasmafernsehers drang, verlieh ihren Worten zusätzlich Gewicht. Dennoch wirkte sie blass und unbedeutend neben Alessandro, der mit seinem Charisma nicht nur das ganze Fernsehstudio einnahm, sondern auch den Bildschirm und Eleonoras Wohnzimmer.

In Großaufnahme waren seine ebenmäßigen Gesichtszüge zu sehen, und da er schwieg, zoomte ihn die Kamera noch näher heran, bis nur noch die Augen und die erstaunt hochgezogenen Augenbrauen im Bild waren. Eleonora wusste, dass niemand außer ihr Alessandros Verärgerung mitbekommen würde, weil nur sie ihn so gut kannte. Sein Verhalten und die Mimik bedeuteten, dass ihm die Frage nicht gefallen hatte. Dass er sie snobistisch und anbiedernd fand.

»Unterhaltung hat im Grunde nur einen Zweck, nämlich den Menschen ein paar angenehme Momente zu verschaffen«, antwortete Alessandro schließlich, und sein Blick wurde sanft. Offenbar war er zum Schluss gekommen, dass die Journalistin nichts für die banalen Fragen konnte, die ihr ein Redakteur in den Mund gelegt hatte, und er sie deshalb nicht angehen durfte. »Die Unbeschwertheit und die

Erholung, die damit einhergeht, helfen beim Nachdenken. Kinodrehbücher zu schreiben ist alles andere als einfach. Um die Zuschauer zu erreichen, muss man dafür sorgen, dass sie kurz innehalten, sich entspannen und lachen. Dann, wirklich erst dann, kann man das eine oder andere Signal aussenden.«

Die Journalistin hatte nichts von dem verstanden, was er da gesagt hatte, das war offenkundig. Dennoch nickte sie heftig und lächelte, als hätte sie gerade im Lotto gewonnen. Sie war zierlich und attraktiv, mit einer gewissen Ausstrahlung.

Eleonora wusste nur zu gut, wie Alessandro auf sein Gegenüber wirkte, allerdings wusste sie ebenfalls, dass die Journalistin keine Chance bei ihm hatte. Alessandro suchte sich stets Frauen aus, die seinen Beschützerinstinkt weckten. Eine zierliche Figur reichte da nicht.

»Dann wäre es also falsch, *Existences* zu den Unterhaltungsfilmen zu zählen?«

Diesmal nickte Alessandro, und im Gegensatz zur Journalistin tat er es mit Überzeugung.

»*Existences* ist eine italienisch-britische Koproduktion, wodurch der Film die Möglichkeiten einer Fusion unterschiedlicher Kulturen ausschöpft. Er ist unterhaltsam, weil er humorvoll ist und die Zuschauer berührt. Zugleich wirft er zahlreiche Fragen auf über den Sinn dieser Jahre. Ich weiß nicht, was die Jugendlichen im nächsten Jahrhundert in den Geschichtsbüchern lesen werden, für Zeitzeugen ist es immer schwierig zu beurteilen, was sie gerade erleben. Aber eines steht für mich fest: Der Individualismus der Achtzigerjahre hat wahre Unmenschen hervorgebracht, und es hat gut zwanzig Jahre gedauert, um das Wertesystem wiederherzustellen. Die Menschheit ist nicht untergegangen, sie hat sich nur in übergroßen Egos und undurchdringlichen

Spiegelkabinetten verirrt. Wir alle sind inzwischen darum bemüht, eine neue gemeinsame Identität zu schaffen. Davon handelt der Film, der die Geschichte einer britischen Familie erzählt, die auf der Suche nach ihrer verschwundenen Tochter nach Rom zieht. Die Kunstmalerin, die Italien zu ihrer Wahlheimat gemacht hat, ist plötzlich spurlos verschwunden.«

»Apropos, lassen Sie uns über die weibliche Hauptfigur Melanie sprechen, übrigens hervorragend verkörpert von Barbara Connors. Melanie findet Zuflucht im Schloss von Davide, der von Ihnen dargestellt wird, um sich selbst zu verwirklichen. Gelingt es ihr denn am Ende?«

Erneut eine hochgezogene Braue, gefolgt von einem entwaffnenden Lächeln.

»Melanie geht ja genau den umgekehrten Weg wie die anderen Figuren, die sich von ihrem Egoismus befreien wollen. Sie dagegen spürt, dass sie ihre Identität verloren hat und sucht diese in Davide, indem sie ihn zu ihrem Spiegel macht. Erst ganz am Ende verstehen die Zuschauer, warum ausgerechnet dieser einsame, von seiner dunklen Vergangenheit gequälte Unbekannte für sie zu einer Projektionsfläche werden konnte.«

*Einsam, gequält, dunkle Vergangenheit* – die Schlagworte erinnerten Eleonora an jemanden.

Der Film war in den italienischen Kinos gerade angelaufen und feierte bereits große Erfolge in ganz Europa. Eleonora hatte ihn am Abend zuvor zusammen mit Emanuele, Corinne, Denise und Maurizio gesehen. Sie waren alle hellauf begeistert gewesen von Alessandros schauspielerischer Leistung.

Als sie aus dem Kino traten und die anderen Zuschauer sich begeistert über den Film austauschten, standen sie einfach nur schweigend da und waren völlig überwältigt.

Erst beim Auto meinte Emanuele lakonisch: »Er hat's tatsächlich geschafft, der Mistkerl.«

Ein einziger Satz und die anderen kicherten los, als hätte er einen seiner üblichen Witze gerissen.

»Jetzt haben Sie uns aber richtig neugierig gemacht«, sagte die Journalistin aufgeregt und brach in künstliches Gelächter aus, woraufhin Alessandro erstarrte.

Die Kamera zoomte nun die Journalistin heran, die nun zur Anmoderation überging und den Zuschauern den Film noch einmal wärmstens empfahl.

Eleonora schaltete den Fernseher aus und wollte ins Restaurant zurückgehen, wo Emanuele vermutlich noch immer bei der reichen russischen Familie am Tisch saß. Die Toskana-Liebhaber machten Urlaub auf dem Agriturismo und unterhielten sich begeistert mit dem Gastgeber. Eleonora war ganz froh, dass sie nicht dabeisitzen und gegenüber dem angeheiterten Paar und der schweigsamen Tochter Interesse heucheln musste. Aber sie wollte sich zumindest kurz blicken lassen und die Rolle der Gastgeberin erfüllen, die ihr eigentlich gar nicht zustand. Dies war der einzige negative Aspekt an ihrem Leben auf dem Agriturismo.

Eleonora raffte sich auf und erhob sich vom Sofa, prallte jedoch unvermittelt mit ihrer besten Freundin zusammen und stieß vor Schreck einen Schrei aus.

»Mein Gott, Corinne, du schleichst durchs Haus wie ein Gespenst!«

Reglos wie eine Statue stand Corinne neben dem Sofa. Sie hielt den Blick gesenkt und betrachtete Eleonoras Handgelenk mit dem Rosen-Tattoo, das die Narbe verbarg.

»Du hast mir gar nichts gesagt.«

»Wovon redest du?«

»Von dem Interview.«

Eleonora seufzte genervt. Es war immer das Gleiche, obwohl Alessandro nun schon seit fast einem Jahr in Rom lebte.
»Woher hätte ich das wissen sollen? Ich habe Nachrichten geschaut, und gleich danach haben sie das Interview mit ihm gesendet.«
»Lügnerin.«
*Nein, bitte keine Tränen.* Das konnte sie jetzt nicht ertragen. Eleonora versuchte zu lächeln.
»Corinne, findest du es etwa logisch und nachvollziehbar, dass ich dich darauf hinweise, wenn ein Interview mit Alessandro ausgestrahlt wird? Meinst du nicht, es wäre besser, wenn ich dir dabei helfe, ihn ein für alle Mal zu vergessen, anstatt dir unmittelbar nach dem Abendessen sein Gesicht in Großaufnahme zuzumuten?«
»Du bist nicht witzig.«
»Das wollte ich auch gar nicht sein.«
»Inzwischen ist ein ganzes Jahr rum. Ich bin bereit, ihn wiederzusehen.«
»Nach dem Film gestern hattest du vierzig Grad Fieber.«
»Das war eine Grippe und hatte nichts mit Alessandro zu tun.«
»Eine Grippe, die nach anderthalb Stunden auskuriert ist? Ich bitte dich, sei nicht kindisch.«
»Das nächste Mal möchte ich informiert werden. Immerhin ist er mein Ehemann.«
Eleonora lag das Wörtchen »Ex« auf der Zunge, aber sie konnte es zurückhalten. »Na gut, einverstanden. Lass uns ins Restaurant gehen, die Russen sind noch da.«
»Ich weiß, ich komme gerade von dort.« Endlich entspannte Corinne sich, ihr Körper wurde weicher, und sie wirkte sofort ein paar Zentimeter kleiner. »Sie sind bei der fünften Flasche Rotwein. Er hat einen hochroten Kopf, sie

kichert nur noch, und die Tochter starrt Emanuele seit zwei Stunden stumpfsinnig an. Nicht dass mich das erstaunen würde. Du kennst ihn ja ...« Corinne lachte kurz auf.

Ohne etwas zu erwidern, hakte Eleonora sich bei ihr ein, und Arm in Arm gingen sie hinunter ins Erdgeschoss, wo Emanuele nicht loskam.

Wann und wo auch immer Not am Mann war, packte er mit an und machte dabei keinen Unterschied zwischen sich und den Angestellten. Er hätte ohne weiteres auf seinem herrschaftlichen Gut den Chef herauskehren können, doch er war immer in Hemdsärmeln anzutreffen und half den Kellnern ebenso wie den Köchen und den Gärtnern.

Seine Energie und Lebenslust standen seiner attraktiven Erscheinung in nichts nach, und Eleonora war stolz, zu ihm zu gehören.

Zu jemandem oder etwas zu gehören, war ihr bisher fremd gewesen. Nach und nach änderten sich jedoch die Dinge, und die unangenehme Leere, die zwischen Magen und Lunge spiralförmig hochkroch, erfasste sie nur noch selten. Ein Gefühl der Dringlichkeit und der innere Drang zu fliehen zogen sie an den Armen, zeigten sich so lange in regelmäßig wiederkehrenden Bildern, etwa einem offenen Koffer, der gepackt und verschlossen wurde, Bahngleisen, die sich am Horizont verloren, und einem von Kreidestaub ganz grauen Schwamm, mit dem jemand wiederholt eine vollgeschriebene Wandtafel sauber wischte, bis Eleonora Erleichterung verspürte.

Erst kurz nach Mitternacht erhob sich die russische Familie und ging schlafen. Die Tochter warf Emanuele einen letzten schmachtenden Blick zu, bevor sie mit ihren betrunkenen Eltern in den Aufzug stieg. Eleonora verstand nur zu gut, wie sie sich fühlen musste. Sechzehn Jahre, bleich und fremd, aufgewärmt von der toskanischen Oktobersonne, beim Abendessen am Tisch mit diesem selten attraktiven, charismatischen Latin Lover, der mit jedem Wort Pheromone versprühte. Das Mädchen würde sicher noch lange von diesem Abend zehren und sich in den kalten russischen Winternächten an der Erinnerung wärmen.

Emanuele küsste Eleonora auf den Mund, bevor er in der Restaurantküche verschwand, um beim Aufräumen zu helfen. Die Kellner waren müde, aber auch zufrieden mit dem unverhältnismäßig hohen Trinkgeld, das sie erhalten hatten. Eleonora berührte ihre Lippen, die wie nach jedem Kontakt mit Emanuele so heftig brannten wie bei einem nicht enden wollenden ersten Kuss. Auch beim Sex mit ihm durchlebte sie immer wieder neue Emotionen und genoss den Akt jedes Mal wie beim ersten Mal. Weder die unwiderstehliche Lust noch die Heftigkeit des Orgasmus oder die Intensität ihres Verlangens flauten auch nur ansatzweise ab.

Nichts hatte sich geändert.

Jeden Morgen von neuem zufrieden und hungrig in ihrem gemeinsamen Bett zu erwachen versetzte Eleonora, an ständige Veränderungen gewöhnt, in Erstaunen.

Da Emanuele erst um zwei Uhr Feierabend machen würde, zog Eleonora sich alleine zurück. Kurz darauf ging auch Corinne in ihr Zimmer, das sie ihr damals nach der Trennung geradezu aufgedrängt hatten. Eleonora hatte ihre Freundin zu ihnen auf den Agriturismo geholt, nachdem Alessandro sie kurz nach der Hochzeit verlassen hatte, da alle dachten, sie würde sich etwas antun.

Nach Alessandros Umzug nach Rom blieben die Türen und Fenster in der Villa Bruges fast immer verschlossen. Wenn Eleonora ab und zu einmal hinfuhr, irrte sie durch die verlassenen Räume, in denen ihre Schritte von den Wänden widerhallten und die Leere des Anwesens in die Welt hinausschrien. Vor ihrem geistigen Auge sah sie Alessandro erst die Fenster eins nach dem anderen öffnen und dann die Türen aufstoßen, als wären die Flure Arterien und er müsste sämtliche Hindernisse aus dem Weg räumen, damit das Blut wieder zirkulieren konnte.

Ohne ihren König war die Villa Bruges wahrlich ein trister Ort.

Als Emanuele hereinkam, war Eleonora noch wach. Er küsste sie und fing an, von dem Abend mit der russischen Familie zu erzählen.

»Irgendwann dachte ich echt, der Typ kotzt jeden Moment auf den Schmorbraten«, erzählte er, während er sich auszog, um zu duschen. »Er hat allein fast drei Liter Wein gebechert, seine Frau war dagegen schon nach zwei Gläsern hinüber, von der Tochter ganz zu schweigen.«

Eleonora lag auf dem Bett, betrachtete seinen überaus attraktiven nackten Körper und genoss den Anblick in vollen Zügen. Sie lächelte amüsiert. »Die Tochter kommt mir vor wie ein Gespenst.«

Emanuele drehte den Warmwasserhahn auf. »Das kannst du laut sagen. Kommst du mit mir unter die Dusche? Beim Essen musste ich die ganze Zeit an das Foto denken, das ich vorletzte Nacht von dir gemacht habe. Die Russen haben die ganze Zeit von irgendwelchen Chianti-Weinlagen geschwafelt, und ich habe nur an dich gedacht, wie du nackt auf dem Bett liegst und auf mich wartest. Wie soll man bitte vernünftig Smalltalk machen, wenn man solche Bilder im Kopf hat?«

Eleonora errötete und ging zu ihm hinüber. Sie hatte sich noch immer nicht an seine Ungezwungenheit gewöhnt.

»Nicht heute Nacht, Emanuele. Ich habe gerade meine Tage.«

»Na und?«

»Bitte …«

Er bedrängte sie nicht weiter, stellte sich aber auch nicht unter die Dusche, sondern musterte Eleonora eindringlich. »Was ist?« Sie fühlte sich unbehaglich.

»Wir sollten mal zum Arzt gehen.«

»Bitte fang nicht schon wieder damit an.«

»Vielleicht liegt es ja an mir? Wir sollten wenigstens versuchen herauszufinden, warum du nicht schwanger wirst.«

»Emanuele, darüber haben wir doch schon so oft gesprochen. Ich will nicht zu einem Spezialisten gehen, um hinterher monatelang auf Kommando Sex haben zu müssen. Ein Kind hat weder für dich noch für mich oberste Priorität. Oder täusche ich mich da etwa?«

»Woher weißt du, wie sehr ich mir ein Kind wünsche?«

»Du hast bereits eins.«

»Ich möchte aber eins von dir. Darüber solltest du dich freuen.«

»Tu ich doch.«

»Ja, das sieht man. Jetzt mal ehrlich, Eleonora, nimmst du die Pille?«

Sie lehnte sich gegen die Kacheln im Bad und wich seinem Blick aus. »Nein«, sagte sie, zum Spiegel gewandt. »Das haben wir doch schon zigmal durchgekaut.«

»Gut. Sobald ich ein bisschen Luft habe, rufe ich Antonella an und frage sie, ob sie mir einen guten Frauenarzt empfehlen kann.«

Eleonora wollte etwas erwidern, aber Emanuele stieg in die Dusche und machte die Glastür hinter sich zu. Kurz darauf war sein muskulöser Körper in Dampf gehüllt, was Eleonora half, sich wieder auf das Streitthema zu konzentrieren.

Sie war davon überzeugt, dass Emanuele sich nicht wirklich ein Kind wünschte. Er war nur so sehr daran gewöhnt zu bekommen, was er wollte, dass ihr Desinteresse ihn beunruhigte. Deshalb versteifte er sich auf das Thema, obwohl es ihm in Wahrheit gar nicht am Herzen lag.

Der Frauenarzt war nicht die Lösung ihrer Probleme. Denn Eleonora wollte kein Kind, sie hatte noch nie eins gewollt. Obwohl: Vor dem Desaster hatte sie sich nichts sehnlicher gewünscht, als ein Kind großzuziehen, um sich und der Welt zu beweisen, dass auch jemand, der viel entbehren musste, zu geben in der Lage ist, sozusagen als ausgleichende Gerechtigkeit. Aber danach … Das Bild von sich selbst mit einem Säugling an der Brust kam ihr wie die verblichene Fotografie einer Illusion vor. Nach dem Desaster konnte nichts und niemand für Gerechtigkeit sorgen. Nie mehr.

*Wenn Sie wissen möchten,*
*wie es weitergeht, lesen Sie*

SARA BILOTTI

*Die Geliebte*

Eleonoras geheime Nächte

978-3-7645-0582-0

**blanvalet**

Dieses Buch ist auch als E-Book erhältlich.
978-3-641-18690-6